# 仔羊の頭

フランシスコ・アヤラ＝著
松本健二／丸田千花子＝訳

現代企画室

# 仔羊の頭

フランシスコ・アヤラ　松本健二／丸田千花子＝訳

セルバンテス賞コレクション 4
企画・監修＝寺尾隆吉＋稲本健二
協力＝セルバンテス文化センター（東京）

Instituto
Cervantes

*LA CABEZA DEL CORDERO*
FRANCISCO AYALA

Traducido por MATSUMOTO Kenji / MARUTA Chikako

La realización de este libro ha sido subvencionada en
2009 por el Programa "Baltasar Gracián" del Ministerio
de Cultura de España.

# 目次

# 序

二〇歳でものを書くのは書くのが面白いから書くのであってそれ以上の理由は要らない。これが四〇歳ともなれば話は別だ。考えてもみてほしい、作者の個人的趣味や欲望以外にたいしてまともな動機も志もない大衆迎合型の本がこれだけ絶え間なくわらわらと出版されている御時世に、今さら新たな本をもう一冊つけくわえるのも馬鹿な話ではないか。文学的業績などといった手垢にまみれた理屈を引き合いにだすつもりなど私にはさらさらないし、文学で業績を立てるつもりもなければ、そもそも――私見では――文学という営為がまともな人間の業績になるはずもない。若くして文壇デビューを遂げ、その後もずっと同じ作風のものを書き続けている人間をプロの作家と呼ぶことに誰も異存はないだろうが、確かなことは――打ち明けよう――私自身はそのような地位に甘んじてきたつもりもなければ、その地位を守るため役人みたいにコツコツ働いてきたつもりもないということだ。その逆である。私は怪しげな文学的格付けの対象にはなるまいと努めてきたし、ことあるごとに自分の外面《そとづら》を意図的にぼやかし、そのたびに我にかえって、あんな作家的な振る舞い方という社会規範に忠実に従っている連中、他人を不安に陥れることもなく、ひとたびその振る舞い方が社会に受け入れられたあとは自分でも大した不安を感じなくなるような……そんな奴らに御褒美として与えられる利益や快適さやささやかな進歩などというものときっぱり縁を断ってきた。誤解しないでいただきたいのだが——先に断っておく——なにも自慢しているのではない。たがの外れた世界が私に強いてきた条件を——現実そのままに、そしておそらく苦々しく、また懐かしく——表現しているに過ぎない。別の環境にいれば今とは違うタイプの人間になっていたであろうが、作家というのは書いた作品と時間の産物なのであり、つまりは作品こそが時の子宮に作者像という子どもを孕ませるのだ。

一八歳のとき——刊行は一九二五年——最初の小説を書き、マドリードでさい先よく迎えられたその作品は題を『魂なき人間の悲喜劇』といい、多読濫読の成果をまとめたものだった。翌年の二作目の小説『ある夜明けの物語』は批評家からあまりに普通すぎる評価をもらったため、出版後にも不満が残り、どうしていいか分からず、ついには違う道を探すことに決めた。それまでは古典やロマン主義作家やガルドス、[1]さらには九八年世代[2]とペレス・デ・アヤラ[3]とかガブリエル・ミロー[4]といったそのエピゴーネンたちを手当たり次第に読んでいたが、ここで初めていわゆる前衛と呼ばれるグループと接触し、自分ひとりで進むべき道を模索し始めた。ここで育んだ様々な空想が『西洋評論』[5]によって刊行された——うちのいくつかは先に同名雑誌に掲載された——短編小説であり、これら《非人間化された》短編小説[6]は、その基本的な題材を自分の目、あるいは夢で見たつまらない事柄のみに限定し、それに基いて、感覚的イメージを散りばめた新奇なレトリックを用い、純粋な虚構を立ち上げるという試みであった。

恐れを知らずに肯定と否定を繰り返し、活力に満ちた輝かしい新世界を――しかも一瞬にして――構築するためすべてを白紙に戻そうとしていたあの時代の空気をよもや忘れる者はいまい。ほかのジャンルと同様、文学でも過去との断絶が生じ、私たち若い世代は自分自身の言葉を手にしていた。若いというのはそれだけで価値があり栄光なのだと誉めそやされ、ますます生意気な態度で愉快なデタラメをするのがいいようにみなされ、悪ふざけをしても真面目に受け取られ、ついにはそれを真似ようとする者まで現れる……。ただの口ごもり、新鮮なイメージ、というかただの無責任な言葉遊び、ちょいと洒落た行為、軽い冗談、自由連想、こういったものがもっとも高く格付けされる文学的価値となっていた。

ところが、イメージと隠喩と言葉を弄び、世界を前に自分が感じる驚異に自分で嬉しがり、その驚異を貶めてはしゃぐといった、この官能的喜びを味わうチャンスと環境も、最初の青春時代の読書体験と同様、すぐさま過去のものとなってしまう。私もそれなりに関わらざるを得なかったあの華やかな詩の運動はみないきなり廃れてしまい、私たちが新時代の曙と考えたものは、その後の時代を予感させる事件の暗澹たる深刻さによってすっかり輝きを失い、そして私はみずから口を閉ざした。文学とは別の必要性と興味に促されて、ただ間違いなくより深い大義の重圧――と私は考えていたのだが――のもとで、虚構を書くという自分の趣味に封印をし、私たちの運命、急速にその夢を失いつつある世界の運命というこの重苦しく暗く不幸なテーマを、自分の筆一本でなんとか解明しようと決めた。私のよき友人であるドイツのスペイン学者で、最近の消息は知らないのだが、我々が行なったあの挑戦的なゴンゴラの没後三百年記念祭[7]の際には素晴らしい本を書いてドイツから協力してくれたヴァルター・パプストが、ある記事のなかで、当時の私の最新作であったと思われる『冬を前にしたエリカ』のことを、当時のヨーロッパ精神を苦しめていた絶望的苦痛の反映であると解釈してくれたのを、今でもよく覚えている。実際のところ、私はそんなことを反映させたつもりもなければ、なにを反映させようとしたつもりもなく、自分の選んだ審美的方向で探究をし続けていただけの話なのであるが、あとで考えてみるとヴァルターの言っていることも理解できるし、実際に一九二九年から三〇年にかけてのベルリン滞在（ちょうどナチスの勃興期にあたり、また、近ごろ懐古的な作風の力作『さらばベルリン』を書いたイシャーウッド[8]という私と同じ世代の若者が滞在中だった）は、その当時ひそかに進行していた恐るべき現実に関する直観——ともちろん確かな知識——を私の精神に植え付けたし、そのような現実を前にした場合、私たちが夢中になっていた見せかけだけの根拠のない言葉遊びなどなにの意味があっただろうか？　だってその直後には……。

私たちの国のように、突然巨大な歴史的断絶がもたらされたとき、そこに居合わせた者は自分自身の個人的な過去をなにか完全に切り離された遠いものと捉え、直前の世代だけではなく自分自身の世代の運命というものを極めて客観的に——ということは若干無礼な言い方で——表明することが可能になる。今日の高みからすれば昨日などはるか昔に見えるのだ！

私が駆け出しのころスペイン文学はその最盛期にあった。九八年世代の重鎮たちは脂が乗り切ったころで、オルテガ・イ・ガセー[9]とその仲間たちが時代の頂点に達しつつあり、また、いまだ定義しがたい（自分で自分のことを定義していなかったわけではなかったが）無数の新しい作家たちが至るところから現れ、うちの数人はめきめき頭角を現し、のちの名声を確固たるものにし始めていた。この簡素な全体像のなかにどれだけの多様性と豊かさがあったことか！　そして現在の荒廃となんと対照的なことだろう！

こうした変化の過程はほんの数年前の歴史である。スペイン社会（ヨーロッパの辺境にあって隔絶され孤立していたスペイン）は二〇世紀初頭の二五年間に物質的にも精神的にも大変に急激な進化を遂げ、その精力的な成長過程において旧体制をようやく打破し、近代政体としての黎明期に入っていた。ところが、正常で健康であったこの国内動向の急変に際して、例の巨大な全面紛争、すなわちスペインを席捲し荒らし回ったあとは世界中を悩ませることになる西欧の一大危機に火が付いた。

つまりスペイン内戦と、文学にとっては離散と弾圧がやって来て、当時三〇代であった私の世代を襲ったのだ。もっとも古い九八年世代の人々はすでに――当然！――その作品を完成済みで、それを通してスペイン国内とスペイン語圏の大部分に絶大な影響力を及ぼし、またスペイン語の枠を超えて、西欧のほかの地域にもはっきりと感知し得る刻印をすでに残していた。ウナムーノ[10]、バリエ・インクラン[11]、アソリン[12]、またあのマチャード[13]ですら、すでに文学史上に足跡を残していたばかりか、スペイン社交界におけるまさに――活力にあふれ行動的かつ創造的な

――《時の人》として知られていた。また、その言葉が神の託宣のごとく奉られていたオルテガ・イ・ガセーについては今さらなにを言うまでもない。ひとりの知識人の意見があれほどの力をもったことは珍しい、なにしろ彼は一五年から二〇年の長きに渡ってスペインに決定的で非常に強い直接的影響力を及ぼしたのだから……。彼らにとって、内戦は、主要な部分をすでに完成させていたその文学活動の最終的終結を意味した。死んだ人もいれば生き残って沈黙した人もいるし、また執筆を続けている人、生き残りのひとりとして書き続けている人もいる。ただその作品は、以前に比べて劣っているとはいうわけではないが、たとえば今アソリンが書いていること、バロハ[14]が書いていることなどは、どうも後退しているというか、自分の過去の作風と同じというか、前作に追随しているというか、単なる焼き直しのようなものになってしまっており、あんなことが許されるならケベード[15]やファン・バレラ[16]が今でもなお新作を発表したっていいような気もするし――それが言い過ぎだというのなら――グラシアン[17]の伝記を書いている歴史家が至急その文献一覧に加えるべき新原稿発見さる……ぐらいは言いたくなるような古めかしい作風なのだ。いちばん若いゴメス・デ・ラ・セルナ[18]のような作家までもが一九二〇年代に開拓した自身の作風を飽きもせず無駄に繰り返し続けている。

いっぽう、彼らの次にあたる私の世代[19]は、まだようやく拙い表現活動を始めたばかりの段階で内戦勃発に直面し、そこで切断され、活動を停止した。直前のプリモ・デ・リベラ[20]独裁政権の停滞期から、すでに過去のあらゆる戦闘的特質を失い、あとは衰退し滅びゆくしかない旧体制の残滓というものと、自分たちが今後もしばらく付き合っていかねばならないということは目に見えていた。そのように希望の持てる移行期という環境にいた私たち新世代は、社会状況とできるだけ距離を置こうとする唯美的な創作姿勢を通し、身近な現実との断絶を自ら宣言した。もっとも大胆な形式上の冒険、完全に支離滅裂なテーマ設定、民俗文化や伝統文化や地方文化への接近、教養主義様式や古典様式やバロック様式、さらには新ロマン主義の鉱脈までをも含む過去の様式の再評価、これらの傾向が互いにぶつかり合いながらも、相当に混じり合いながら共存し、そのすべてが直近の社会的現実からの乖離と世代特有の探究を行なっている点において共通していた。この世代には、たとえばウルトライスモ[21]とゴンゴリスモ[22]のような互いにあまりにかけ離れた両極端が混在していて、それぞれの信奉者は各流派の生成時期と範囲とを声高に叫び、そんな相手と一緒にはしてくれるなと血相を変えて主張するであろうが、遠くから眺めている限り、彼らは彼らの想像以上に互いにそっくりなのであって、一枚の絵を構成する諸要素に過ぎないことが分かる。たとえば『ニューヨークの詩人』におけるロルカ[23]は『マリアーナ・ピネーダ』や『ジプシー歌集』の作者と同じであると明らかに分かるし、アルベルティ[24]は『陸《おか》の船乗り』のあとで『天使たちについて』を書いているし、普通は多くの詩人が単一の形式にこだわるところをヘラルド・ディエゴ[25]は最終的に自分の詩を敢えて相反する二つの様式に分類したのではなかったか？　何人かの詩人によるその若々しい作品は、早熟な才能の喜ばしき開花としていずれ文学便覧や詩選集に掲載されるであろうし——すでにその詩のリズムはスペイン文学史に刻まれている——そうした開花は、特にごく限られた少数（まだ他にもいるのだが、ここではホルヘ・ギリェン[26]という名だけを挙げておこう）にあっては、非常に明確かつ不動の完成された詩的人格という、このまるでヒヤシンスのようにたったひとつの球根で養分を吸収することのできる確固たる軸に支えられて、ひとり孤独に自己の内面と向き合うことを通し、達成されたのである。しかし、この世代のほかの連中は、すでに墓場行きが決定だ！

なかでも私の世代の散文は単なる実験に堕してしまい、それゆえ、そこに書かれた思想的要素の大部分は、読む者に非常に幅の広い複雑で厳密な客観的考察を要求し、結果として、そうした散文で開拓された表現の可能性は昨今の若い作家たちのあいだでは概して不評であり、そもそも、そうした昨今の若い作家たちが自らの題材の糧とすべき世界を前にしたときの姿勢は——まず絶対に——私たちの世代のような無関心ではないのである。このようなわけで、廃墟のなからいくつかの新しい詩の声が現れて、前々から知られていた古典的詩人たちの聞き慣れた言葉に自らの嘆きを添えることに成功したそのいっぽう、散文創作の分野はほとんど不毛の荒野と化したのだ……。

もっとも、ここでスペイン文学の現状分析を行なうつもりはない。最近ではリカルド・グリョンがスペインに絞った文学研究を行なっており（雑誌『レアリダー』第一二号、一九四八年一一月・一二月合冊、ブエノスアイレス）、また私自身もメキシコの雑誌『クアデルノス・アメリカーノス』（一九四九年一号）で国外移住したスペイン作家の動向に言及しており、同時にアンヘル・デル・

リオの最新作『スペイン文学史』の最終章に《内戦とそれがもたらしたもの》と題する論考があって、この最後の論は、読んでいて胸が締め付けられる内容で、しかも執筆時の著者の溢れんばかりの善意を感じ取ることができる。この本を読んでいて驚くのだが、スペイン文学にはこれまで内戦というものが入る余地すらなく、むしろ作家たちは内戦の話題を避け、まるでなにごともなかったかのように内戦以前の様式をいじくっているだけであった。そしてなによりも興味深いことは、これはもう確実に、我々と同様の過酷な体験を経たイギリスやフランスやイタリアではあの悲惨な動乱期がすぐさま大量の――しばしば優れた――文学作品として消化されたのに、スペインではまったくそうならなかったということ、そしてそのいっぽうで、そのテーマを外国人作家――マルローとヘミングウェイというもっとも有名な名前を挙げておく――が取り上げたということである。[27]

だが、こうも言っておかねばならない。あの私たちの国の紛争に関しては、生の感情に直接的に訴えるのに適したジャンルに限られてはいたが、いくつか価値ある文学的産物がなかったわけでもない。レオン・フェリペ[28]の詩だけではなく、たとえばアントニオ・マチャードの最近のソネットのいくつか、またラファエル・アルベルティの風刺詩のいくつかはすでに古典の域に達しているだろう。また、たまたまいい作家に恵まれなかったというような理由だけでは絶対になく、おそらく、なににもましてまず作家の置かれた様々な不可避的状況というものがあって、結果的に、あの内戦という私の世代の中核的体験は、どう考えても本来ならあってしかるべき勢いと威厳を伴ってスペイン文学に持ちこまれるということにならなかったのだ。

私がここに提供する小説はあの身の毛もよだつ出来事を扱っており――書こうとするまでに十年の歳月をかけた以上――余計な副次的要素は一切排しているつもりだ……。だが――自問するのだが――自分の書こうとしたことを読者に説明するのが果たして妥当なことであろうか？もちろん、文学作品は作者だけがその作品の意図を結果も考えずに公表できるということを知らないわけではないし、また、芸術的創造においては、練りに練られた《作者の意図》など、たとえそれが成功をおさめたときですらその作品の完成度と意味を説明し尽くすことは到底できないし、よくてせいぜい作品に近づくための優れた一回路となるか、あるいはしばしば単なる混乱を招く原因となるのが関の山であって、仮にそうであるなら、作者自身による自作解説など批評家の解釈同様にいい加減なものであるし正しくもなんともない、ということもまた私の念頭にはある。やはり考えれば考えるほどこのような説明がましい序文は不要に思えてくる、それはよく分かっている。しかしながら、スペイン語で執筆をする私たちにとって今の文学の置かれた状況はあまりに不安定であるから、正常な文化的環境では当然あるはずのきちんとした説明要請もないので、作者は自分自身が望むからだけでなく、途方に暮れている読者のことも考慮して、自らの手許にある解説文を読者に多少なりとも提供し、少しでも読者を導いてやらねばならない。今さら暗黙の了解などと言っている場合ではないのだ。ここはひとつ恥を忍んで、自分自身の商品を自画自賛するというおそらく虚栄心の強い、嫌味な、厚顔無恥な人間として読者の前に姿を晒さねばならぬ。

この本は、『横領者ども』という、現代の苦悩を異なるいくつかの過去に投影した小説の次に書かれた。ここに集められた短編小説は、同じ苦悩を、それが生まれた生の現場に接近させている。[29] 作品はすべてスペイン内戦を考察したもので、それは最初の「言伝」のような、実際の戦争に関する言及がまったくなく、一九三六年より前を舞台にしているとすら思われる作品も含めてである。なぜなら、これらの物語ではスペイン市民戦争というテーマが、戦争を育んだ人間の情念という普遍的な観点のもとで、言うなれば、人々の心のなかの内戦として提示されているからだ。だから、最初の「言伝」に出てくる凡庸きわまる登場人物たちは、近い未来に待ちうける悲劇の予感すら抱いていないように見えるが、実はその灰色の日常生活のなかで、自分では知らぬうちに、たとえば内に秘めた嫉妬や愚かな自惚れや倦怠などといった精神的緊張のなかで、また、なにか異常な出来事、大きな事件、国中を熱狂させ興奮させ燃え上がらせるような重大事件を心密かに願ったりするなかで、すでに内戦を生きてしまっているのであって、そうしたことをふまえたうえで敢えて深読みをするならば、最後まで解読されない《言伝《メンサヘ》》が伝えることとは、まさに内戦以外のなにものでもないと言えよう。

というわけでこの「言伝」を冒頭に置いた。これを入り口として、戦争が生の形で現れ、歴史的事実として動かしがたくなった状況を描く、他の短編小説が続く。「言伝」ではどちらかというと滑稽なかけ合いを生み出している感情が、今度は戦争という生地を編む糸となり、いきなり悲劇的展開に急変したりする。罪深き潔白の者、潔白の罪人、ここではあらゆる登場人物が罪悪感という重荷をその心に背負い、仕方ないとは分かりつつも、自分にはなんの咎もないのに天から降ってきたとも言える不条理な宿命に、打ちひしがれ、従ってゆかねばならない。似たようなスタイルの二作「帰還」「仔羊の頭」においても、戦争は進行中のものとしてではなく、すでに終了した過去のものとして描かれている。この二つの小説は内戦から十年後を描いているが、内戦はまだそこに息づいていて、二人の主人公の心に容赦なくのしかかり、彼らは性格も置かれた環境もそれぞれに異なるが、共に自らの運命を内戦に委ねている。彼らの人生は内戦に鎖で繋がれている、いや、それだけではない。ここでは内戦が二人の主人公の人生と行動を通して構成されているのだが、あの恐ろしい出来事は彼らをいつまでも苦しめ、悪夢のなかで自分の足音に感じるような、歪んだ鏡に映った自分自身の体を見たときに感じるような恐怖を、二人に覚えさせる。

もうひとつの短篇「タホ川」では内戦が初めてその生の姿を現し、進行中のものとして語られるが、そこでの内戦とはあるひとりの人物の戦い、たったひとつの事件のみに限定したものであり、小説では、その事件をめぐって、無実と有罪の混同というテーマが、自分の行為を反省する主人公の自意識のドラマとして、繰り返し現れることになる。まさにこの普遍的問題を一人物の主観に特化して描くという目的が、この小説とほかの小説を分かつ大きな特徴を決めることになった。まずここでは語り手がほかの作品のように一人称の語り手ではない。「タホ川」のテーマはかなり内面のことを扱っているので、その代わり、客観性を保証するため、語り手を非人称にしている。「タホ川」の主人公は内側からも外側からも観察の対象となるが、これに対し、ほかの小説では、主人公自らがその個性に応じて世界を観察し形作るのであって、彼らはみないずれも強烈で分かりやすい個性の持ち主で、たとえば「言伝」の《俺》は意地の悪い虚栄心と嫉妬に充ち溢れた男であるし、「帰還」の《私》は健全な精神を持つ狡猾でやや粗暴な人物であり、また「仔羊の頭」の《私》は知性的で皮肉っぽく人を見下した悪賢い男である……。いっぽう「タホ川」の主人公は軟弱で友だちの少ない夢想家、ブルジョワで教養もあり、ものごとを繊細に分析し、敵に寛大な感情を抱くことができるのだが、人間どうしの不和によって刻まれた深い溝を飛び越えるだけの力には欠けている。ほかの小説では、あるときは丁寧な詭弁によって幾重にもくるまれ、あるときは動乱の騒ぎのなかに解き放たれ、常になんらかの行為として具現化してきた精神的緊張が、この「タホ川」では思想の色彩を濃くするのであるが、その思想というのはやんわりと、それとなく触れられていて、たとえば主人公の家族の団欒を暗くしている政治の議論は、小説の中心となっている内戦や国内の様々な紛争ではなく、第一次大戦という昔の戦争を話題にしているが、当時は中立であったはずのスペインにおいてこの戦争に関する議論をする親子がすでに敵と味方に分かれていること自体に、後にスペイン人を和解しがたい二つの敵どうしに分かつことになる断絶の川《タホ》が見え隠れするのである。

以上見てきたように、今回の私の新たな文学的創造は、スペイン内戦という体験を受けて、全世界が直面することになる深刻かつ暴力的な激動の時代の端緒を我々スペイン人の手で切り開くことになったあのおぞましい出来事に関し、様々な解釈があるなかで、その本質を私なりに受け止めた結果を提供するものである。

　この内戦への我々の国民としての関与が、これまでずっと斜に構えた、というか、錯綜し、もつれた、その意味で曖昧なものであったこと、そして今もなおそうあらねばならないということは、ここで議論するのはふさわしくないある運命に関わる問題である。その運命こそが、あれほどすさまじい体験をごく普通に語り尽くす妨げとなっているのは確かであるが、そうかと言って、あらゆる発言を封じこめられるものでもない。先の第二次大戦のあいだに空爆、侵略、敵軍による占領、虐殺行為、そのほか無数の恐怖を味わった世界の人々に負けず劣らず、我々もまた、人間性の最下部に降下し、非人間性の深淵を覗きこみ、そうすることで欺瞞とペテンの思想から距離を置き、心を清め、目をゆすぎ、その一瞥でこの世に蔓延するあらゆる悪の魔力を排除し退ける、とまでは言えないにせよ、少なくともその目で悪の姿を表ざたにし、鋭い視線で悪の単純な真実をあばき出し、結果としてそれを打ち負かす機会を与えられたのだ。

　一度地獄へ降りたあとの静謐な魂に宿るそのような純粋なる真実は、それ自体が文学的な導きとなり、嘆かわしくも《どうすれば》ばかりに詳しい人間で溢れている世の中にあって《なにを》すべきかを教えてくれるものであるが、ここ断わっておこう、その導きからなにかを引き出そうと思えば、あとはひとえに各人の才能と精神的強靱さにかかってくるのである。

私自身としては、まずあの深刻な経験に芸術的表現を与えておく必要性を感じ、堅い信念をもって、あの動乱の時代に創作面での執筆活動は一切しないと決めたときと同じぐらい堅い決意をもって仕事にとりかかった。とは言いながら、嗚呼、たとえそのような信念があったとしても、我が狼狽は隠しようもなく、我が疑いは消しようもない、自覚のある作家なら誰しもが自らの作品を前に感じるあの悲痛なる当惑の念から逃れることはできないのだ……。

一九四九年四月　ブエノスアイレスにて　　　　F．A．

# 仔羊の頭

実のところ人間のことがだんだん分からなくなってきた。たとえば従弟のセベリアーノ。こいつとは八年も会っていなかった――八年もだ――なのに俺があいつの家に着いて久しぶりに一緒に過ごそうという大切な夜、あの薄のろがいったいなにをしたと思う？　メモの話だぞ！　なんのことだかさっぱり分からん、聞いてるうちに寝ちまって鼾をかいてもよさそうなはずが結局眠れなくなっちまった。そもそもこの種の田舎者ってのは日々の暮らしの虚しさをなんとか埋めようと必死で、どんな些細なことも針小棒大に騒ぎ立てる。せっかく一緒に育った従兄がやってきたんだ、輝かしい人生について聞きたいことが山とあってよさそうなのに、奴にはどうでもいいらしいんだな、長いあいだ村中を、とりわけ自分をやきもきさせてきたあの信じがたいほどつまらん事件に比べたら、従兄の人生なんかどうでもいいってわけだ。それで分かったよ、もう俺たちに共通点などなくなった、このセベリアーノは村でくすんだまま、なにもかもあきらめて、すっかり丸い奴になっちまったんだって。二〇年か二五年前には思いもしなかったね、あの頃のセベリアーノはまだまともで、あんな薄汚いネズミのねぐらみたいな農機具店に収まってにっちもさっちも行かなくなるなんて夢にも思っていなかったろう、あんなところで二人の姉（銀髪姉妹だよ、年増にかけては銀、凡庸さにかけては金）といっしょに歳を喰いながら退屈な日々――黄金の中庸《アウレア・メディオクリタス》（ホラティウスの言葉で劇的なドラマのない日常的凡庸を表す）って奴！――を過ごすことになるとはな、それどころかあの頃のセベリアーノはいつか豪勢な旅を、いつかでっかい仕事をするのを夢見ていたのに……。そりゃ、その後たしかに仕事はしたがそれだって大仕事じゃない、ちっぽけなもんだ、それより旅のほうはどうなった……！　まったくしてないぜ。だって奴にしてみたらわざわざ旅に出る必要などない、仕事のほうが勝手にやってくるわけだからな、あのネズミのねぐら、農機具店にね、奴は指一本動かす必要ないってわけだ。それにひきかえ旅が稼業になっちまったのがこの俺。楽しいもんだぜ、セールスマンってのは！

「嘘みたいだなあ」と、あの晩セベリアーノは俺にそう言ったもんだ。「そうやって出張ばかりしてるのに、ほんの数日でもここへ来て僕たちと過ごそうと思わなかったなんて信じられないよ。おまけに今日着いたと思ったら明日には出ていくなんて」

そうやって出張ばかりしている、なるほど、うまいこと言うじゃないか！

「だからこそだ」と、俺は奴に答えた。「お前こそ、その重い腰を上げるべきだったんだよ……。マドリードかバルセロナまで会いに来ればよかったのに……。こんな退屈な村の埃をはたき落して都会に来てれば俺だって喜んでいろいろ教えてやったぜ、たとえば……」

「ちょっと待って」と、奴が俺の話を遮った。「僕だって一度や二度そういうことを考えなかったわけじゃない。こう考えたよ。《従兄のロケに手紙を書こう、いや、スグイク！　と電報を打とう、いや予告抜きで会いに行こうか》。考えたさ、一度じゃないよ、でもいったいどうすりゃいい？　考えてみてよ、ロケーテ」と、セベリアーノはいつも俺の名前ロケをわざわざ縮小辞付きのロケーテ、ロケちゃんにしてくださるんだが、これがかえって馬鹿臭いあだ名になっちまって、俺は子どものころからずいぶんイライラさせられた。「考えてみてよ、店を放って行くわけにはいかない」と、ここでもったいぶって間を開けて「姉たちもいるしね、言うまでもないが、あんただって知ってるだろう。アゲダが……」。またあの女かよって名前を聞いた瞬間に思ったね、ご立派なアゲダ姉さん、肌から白目の部分まで全身が黄緑色、あの電灯みたいにチカチカ光る眼、それとあの髪の毛……白髪だらけなのにどうしてあんなに油をつけるんだ？　つやつやの白髪なんてあり得ねえ！「アゲダ姉さんが」と、奴は続けた。「長年の持病に加えてあの癇癪持ちだろう、ときには本人ですら耐えがたい性格なんだから。それにファニータ姉さん」と、ここでまた気持ちの悪い縮小辞だ、あのファナをファニータ、ファナちゃんだと、もう勘弁してくれよ！「ファニータ姉さんはいつも小説と祈禱書を離せない、ほら、あんたももう見ただろう！　歳を喰ってからいよいよ聖女じみてきた」

　歳を喰った、歳を喰ったと言うが、実はファニータはそんなに歳でもない――と、俺は思った――《ファニータは俺よりたった一年と七カ月だけ年上のはずだ。もちろん女は時間の感覚が違う、男より早く歳を喰う……。が、それにしても……》。さてセベリアーノの奴は説明を続けて、従業員に店を任せるわけにもいかない、と言った。もちろん信頼できる連中だよ、日々の仕事についてはうまくやっている。でも、商売には予想もしない事態が起きるもの、特注とか請求書とか商品相談とかぶらりと訪れる出張販売人とか（ああそうだな、この俺様、従兄のロケみたいなセールスマンのことだろう、家まで商売を持ちこんでくる、憎たらしくて、しつこい奴らのことだ》。そして、奴はさらに仕事上の不都合や困難や障害を並べたてた。

「ひどい話さ」と、奴は文句を垂れた。「たまに風邪でも引いて寝こんでいれば、少しは仕事の面倒から解放されると思うだろう？　ところが問題は休む間もなく現れるし、僕も気の長いほうじゃないから、結局は起きることになってしまう……。でも、たまには気晴らしのひとつくらいしてみたいよ！」

「気晴らしのひとつ」と奴が言い、俺はこう思った。《別に気晴らしするのはいいけれど、その前にこいつ、髪の毛がほとんど真っ白じゃねえか、白髪だし皺も目立つ、俺よりひどいぜ、考えたら俺のほうが一歳半年上のはずなのに》。奴は続けてこう言っていた。「……気晴らしのひとつ、そう、要するに外の世界を知るってこと」

旅、外の世界を知る、奴の長年のテーマだ。お前が外の世界を知ることなんてまずないよ、お前はこの穴倉で死ぬんだ、不幸な男め！　この俺が今寝ているベッドの上で貴様は死ぬんだよ。ルペルト叔父さんもご親切なこったね、お前を鍬やスパッドを売る店の共同経営者にして、生きている間はこき使い、死ぬときには商売ごとそっくり手渡してくれるなんて。これじゃあ檻の中の家畜じゃねえか！　金だけは儲かるが……暮らしは黄金の中庸《アウレア・メディオクリタス》じゃねえか！　お気に入りの甥っ子に精一杯のエコひいきというわけか、可愛い甥のセベリアーノだけを守ってやるってか、そりゃなんとも御親切なことだったね、ルペルト叔父さん。もちろん、俺のこの慌ただしい人生は、セベリアーノがおそらく思い描いているほど輝かしいもんじゃないし、むしろそれからほど遠い。俺の人生はメッキ《ドゥブレ》だよ！　輝いている金属がすべて黄金だとは限らないし、黄金の魅力だって長いこと使っているうちにつまらないほど色褪せてしまう。旅だと！　外の世界を知るだと！　俺なんか列車に揺られ続けたせいで今じゃあ体の節々が痛い、ひどい話さ！　安食堂で食い続けたせいですっかり胃をやられちまった。何年も何年も休みすらない、いわゆる息抜きなんて時間とは無縁の暮らしさ、俺のことを羨ましがる奴はよくわかっちゃいないのさ……。せめてお前が分かってくれたらなあ、セベリアーノよ……。いやいや、自己憐憫はよそう、俺が自分を憐れんでるなんて思うなよ、そんなことを言やあ、お前はきっと俺がなにか頼み事をするとでも思うだろう、暗になにかをお願いしてるって。そうじゃない、お前の金なんか要らねえ！　それに、どうして俺が自分を憐れんだりしなきゃならねえ？　生き方なんて人それぞれさ。少なくとも俺は頭の固い田舎者なんかじゃない、俺は世界を知っている、俺は人生というものを知っているんだ。

「残念だったな」と、俺は答えた。「いっしょにいろいろと楽しめたのに、マドリードやバルセロナのキャバレーに連れて行ってやったのに。あるいはパリだって。やっぱりキャバレーはパリに限る」

「なんだって？」と、俺の最後の言葉を聞いて奴は飛び上がった。「じゃあ、あんたは外国へも行っているってこと？」

俺たちは二人とも床についていたから、この会話もベッドとベッドでやっていて（奴がベッドを俺に譲ってくれて、自分は折り畳み式の寝台を寝室の反対側に広げて寝ていたわけだが）、明かりも消して暗がりで話をしていたわけだが、正確に言えば、俺はその声から奴の顔に現れた驚きの表情、畏怖、尊敬の念が見えるようだった……。ずいぶん笑わせるじゃねえか？　俺には滑稽な反応に思えたね。だって俺は外国へ行ってるなんてそんなことは一言も言ってない、あくまで仮定の話さ、どうしてあのときパリの話なんか持ち出す気になったのかすら分からん。それがどうだ！　あいつは目を丸くしてるじゃないか、で、俺だって、分かるだろう、なにもあいつをだますつもりなんてなかったんだ。奴の反応が滑稽に思えて、それに結局どっちに転んだってかまわない話じゃないかい？　だからそのまま嘘八百を続けることにしたってわけ。

「ああ、当たり前だろ！」と、俺は言った。「光陰矢の如し、だな。最後に会ったとき、お前はまだ農機具どころか、小さな道具しか売っていなかったのに、今じゃ脱穀機をいっぱい揃えた店の主ときた。俺だって、その間、事業を拡大する必要があってな、そう、そのときのことさ、ああ、当然だよ！外国に出かけたさ」

「すごいな、ロケーテ！　どうして今までなにも言ってくれなかったんだい？　だって、従兄のロケが外国に行ってたなんて……」

まったく単純な奴だ、すっかり感心しちまって「すごいな、すごいな！」を何度も繰り返してた。あいつには理解しがたいスケールの話だったのさ。

「でも、ひとつ教えてくれよ、言葉の不自由はなかったのかい？」

「おいおい、そんな難しいことじゃない。外国に行く奴は大勢いるが、今までそんなことで困った奴はひとりもいないぞ」

「でも、あんたはたしか、外国語は分からなかったはずだ」

「最初は誰だって自分の国の言葉しか分からねえもんだよ、そもそも自国語だって学ぶ必要があるんだ」

「じゃあ外国語も学んだってことかい？」

「それがどうした？　必要に迫られればやるだけの話だ。いいか、たとえばだ、イタリア語なら、たとえ一語も覚えずともお前だって理解できる、なにしろありゃスペイン語とほとんど同じで、ただ語末がイーニになるだけなんだからな。言葉尻をイーニにすりゃ、立派なイタリア語話者のできあがりってわけだ。なにしろあんなものは外国語とも言えん、なよなよしたスペイン語みたいなものだからな。英語とドイツ語は少し違う、もっときちんとした言語だ。こいつらをやるなら、額に汗して勉強しないとな……」

もちろん俺は冗談で話していたんだが、大間抜けのセベリアーノはそれを真面目にとっちまって、そうなると俺も逃げ場がなくなってしまい、結果的に、奴に話を合わせざるを得なくなった。そんな次第で、例のあの馬鹿げたメモの物語のご登場とあいなったわけだな、おかげで一晩中楽しませてもらったぜ、俺は少しイライラしていたんで、そろそろ話題を変えたかったんだが、奴は蠅みたいにさっきの話をつついて蒸し返そうとするんだよ、「そうか、外国語を学んだってわけだな！」って言って。奴はなにか考え込んでいた。それからついにしばしの沈黙を破ってこんなことを言い出したのさ。

「じゃあ、明日あんたに一枚の紙切れを見せるとするよ、ここには外国語に詳しいのが誰もいないので、いったいなにが書いてあるのか、みんなで頭を悩ませていたんだ」

「紙切れだ?」と、やる気なくあくびの真似までしながら俺は尋ねた。

ところが、あいつはもう話を始めていた。

「いや、実はこういうわけさ。ある朝店で鎌の納品作業をしていたら(これはたぶん二年か三年前、ひょっとしてもう少し前、三年半前になるか)、アントニオ(誰かは知ってるよね、宿屋の主だ)がやってきて、しばらく行ったり来たりしてから、二つ折りの紙切れを僕に手渡して、君なら商品案内や取扱説明書を見慣れているだろうから、ここに書かれてあることも分かるかもしれない、と言うんだ。たしかに僕はわりあい頻繁に機械の商品案内を受け取っているけれど、ふつうその種の冊子は二カ国語のものを送ってくるんだ、機械の説明はいつだってスペイン語でね、関心あるのはその部分だけだからそこを読む、スペイン語以外に英語でも書いてあるけれど、キリスト教徒の言葉で読める部分があるのに、わざわざよそ者の言葉で書いてある部分を読もうとして頭をひねるほど僕もトンマじゃないからね。でもこんなことをアントニオに話したって仕方がないよね! もちろん、どうしても必要という場合は、たぶんちょっと努力すりゃ、僕にだって外国語が分かるかもしれないな、だって多くの言葉はスペイン語と同じ、というかよく似ているからね、前に一度、気晴らしにわけのわからない外国語を読んでみて、そのことが分かったのさ。本当にどの言葉もスペイン語にそっくりなんだよね、だから(ここだけの話だけど)僕には分かったんだ、スペイン語ほど豊かな言葉はない、ほかのすべての言葉は仕方なくスペイン語の語彙を利用している、見かけこそ少しだけ変えているけれど、ときにはそのまま借用してることすらあるんだぜ、なんとまあ! そんな勝手な泥棒みたいなことが許されていいのかな、そんなことしたいのなら、みんな普通にスペイン語を話せばいいじゃないか！　でも……。まあ、結局、こんな言い訳をアントニオにするわけにもいかないし、今だって関係のないことだよね。だから、要は、その紙切れを受け取って眼鏡をかけたってことだ、すると……。それがとても理解できるような代物じゃなかったんだよ。青インクの綺麗な手書きの文字が九行……。でも、信じられるかな？　どの言葉もさっぱり分からなったんだ。一行ずつ丁寧に読み、もう一度読み返した。アントニオはなにも言わずに待っていた。《なんなんだい、これは？》と尋ねた。《それはこっちが知りたい。君にはまず分からんだろうが》。あいつ、意地悪な顔で僕を見ていたよ、どんな奴かはあんたも知ってるだろう、あいつには尊敬の念や遠慮というものがない。同級生だったというだけでね……。《でも、いったいどこでこの紙を？》と、もう一度あいつに尋ねた。《結局、分からないわけだな》。それからあいつは、いつもの回りくどい話口で、数日前、自分が不在のときにひとりの外国人が宿屋に着いたのだ、と話し出した。旅人は揚げ卵二個と羊のシチューとマルメロのデザートを食べた後、部屋にこもって外へ出なくなった。受付をして食事を出したのはアントニオの奥さんだ。宿に帰ったアントニオは、いつもそうするように、新しい客にちょいと声でもかけることにした。部屋をノックして、なにか要るものはないですか、と声をかけたのさ。《なにも、ありがとう》と、不思議な声が返ってきた」。「不思議なとは？」と、ここで俺がセベリアーノの話を遮った。「なにがどう不思議なんだい？」。奴はどう答えていいか分からず、俺は腹のなかでせせら笑いを浮かべた。「知ってるだろう、ロケ、あいう手合いは変わっているのさ、宿屋の主、亭主っていうか、ああいう人種はね。客が来ると、金をむしり取るだけじゃ飽き足らずに、なかの荷物を勝手にかき回して出発地と目的地を調べたり、旅の目的を探ろうとしたり、客に手紙が来たら渡す前に中身を詮索したりする。だから想像がつくだろう、その部屋のドアに鍵がかかっていてアントニオがどれだけ機嫌を悪くしたか。アントニオはドアをノックしたと言ったけど、そのドアには中から閂がかかっていたとも言ってるんだよ、どうしてそんなことが分かったのかって思うよね。そうさ、いつものとおり、ドアを押し開けようとしたんだよ、開いた隙間に頭を突っ込んで《ちょっといいですかね？》とのたまって、ひとしきり部屋中を見渡してから、なにか御入り用じゃないでしょうか、と尋ねる。だいたい気のない返事が戻ってくるはずなんだな、アントニオに話の継穂を与えたりしたくはないからね、あいつったら、一旦ドアの隙間から話し始めると、客が気付いたときにはもうベッドの上に座っているんだぜ……。ああそうだ、不思議な声の話だったっけ！　でもそれよりさ、翌朝、アントニオがその姿を見る前に、肝心の声の持ち主が姿を消していたんだよ。アントニオは毎朝の習慣で六時三五分の汽車を駅に出迎えに行ったんだが、出かける前に例の部屋を見に行くと、物音ひとつ聞こえなかった、で、駅に行き、運良くひっかけることのできた客を二人従えて宿に戻ってみると、例の客はもういなかった。奥さんが彼に言った。あの客なら、あんたが出かけた直後に宿の者を呼び付けて、勘定を済ませて出ていったよ、きっとベリィド・ゴメスのバル前から出る七時五分前のバスに乗ったに違いないわ、って。アントニオは散らかったままの部屋に入り、そこで例の、やがて僕たちのもめ事の種となるあの紙切れと遭遇したってわけだ……。でも、ちょっと、聞いているの、寝ちゃったの？」と、セベリアーノはこっちが黙っているのを不審に思い、話を中断した。実際のところ俺はほとんど寝そうになっていた。疲労困憊した脳裏に広場が、それに面するベリィド・ゴメスのバルが、その反対側の教会が見えたが、どれもぼんやりとして、今にも消えそうになっていた。

「いやいや、ちゃんと聞いてるぜ」と、俺は答えた。

「で、今言いかけたように、そこであの噂のメモが現れたってわけだ。机の上には白い紙が何枚も散らばっていて、そのなかに埋もれるように例の紙があって、そこにはどれも似た筆致で数行の、正確に言うと、九行の文章が書いてあるのが見えた、インクはアントニオの奥さんが客に貸してやったのと同じ青緑色だった。ところで、今、聞いただろう」とセベリアーノが念を押した。「僕、文章が見えたって言ったよね、普通は読めたって言うところでしょ、ここ、誰だっておかしいって思うよね！　どういうことかと言うと、書かれてあったことのなにひとつとして理解できなかったんだ。文字ははっきりと正確だったよ、でもこの僕に分からないのにアントニオが分かるはずがない！　紙を財布にしまってから二日後、アントニオは（あとで聞いたところによると）、もうひとりの宿泊客で、たまたま村に滞在中だった税務署の査察官に相談することに決めたそうだ。《これですがね、ディエゴさん、さっぱり意味が分からない。どう思われます？》。そのディエゴって人は（ちなみに悪人じゃない）、どうやらやけにもったいぶって紙切れを受け取ると、テーブルカバーの上にそっと置いて、コーヒーカップのそばでそれを仔細に観察し始めたそうだ、それが……お手上げだったんだって！　少しあとでアントニオに紙切れを返して、これは外国語で書かれている、今は意味を調べる時間がない、って言ったらしいよ。《あっ、そうですか。そんなこったろうと思いましたよ》と、アントニオが紙切れをしまいながら言うと、査察官は彼をぎろりと睨みつけたんだって。でも、これはまだ序の口なんだ、このあとアントニオはいろいろな人に紙を見せることになる。まずは僕を頼って来た。すっかり気を許したような態度を装って来たけれど、あんたなら分かるよね、その前のよそ者が役に立たなかったんで、仕方なく幼馴染を頼ってきただけなんだって、僕もすぐに気付いたよ。そんなの、僕にはどうでもいいような人間の下劣さなんだけど、あいつの接し方を見ていても、そんなに僕に気を遣っているように見えなかったことはたしかさ。《なあ、君はよそから届く書類に詳しいだろうから、これの意味が分かるんじゃないかな》。で、結局僕は文章に目を通してこう言った。《貸してくれないか、ゆっくり調べてみたいんだ、どうやらこいつは少し手ごわそうだからね》ってね、ところがそれがほんとに手ごわいじゃないか！　ひとりになって、じっくり腰を据えて読み直したよ、それこそ一語一語、一文字一文字、上から下へ、下から上へとね。それが全然なんだ！　光明すら見えない、まさに真っ暗闇さ。そんなことがあり得るかな？　気になって気になって仕方がないから、自力で解決してやることに決めたんだ、徹底的に調べてやる、たとえ他人の手を借りてでも、って。店じまいが終わって、アントニオを探しに宿屋へ行き……」

「ちょっと待て」と、俺はここで従弟の話を遮った。「調べないとなにか困ることでもあるのか、お前？」

「そこなんだよ」と奴は答えた。「ちっとも困らない。でも、もうすっかり気になってしまってね、好奇心からなのか、我が身可愛さからなのかは分からないよ、とにかく調べることに決めた。まずはアントニオに、例の客について改めてあらゆる詳細を聞かせてくれないか、と頼んだ。アントニオはまず《いいかい》と、例の客が揚げ卵と羊を食って（面白いことだろう！　違うかい？　アントニオの奴、この飯の話だけは省略しないいんだ）翌朝急にいなくなったって話を繰り返してから、こう言ったんだ。《いいかい、その紙には、あの男が逃げだしたわけが書かれているに違いない》。《どういうことだ？　さては、金を払わずに出て行ったってこと？》。僕は奴の性分を知ってるので食い逃げされるなんてまさかと思って尋ねたら、案の定そのとおりで《いや違う》と言ったよ。《宿代を払わずに出て行ったわけじゃない、それならまだよかったのだろうがね。客にそれほどコケにされたためしはないんだよ、私は。でもあの男は、こっちが顔さえ見ないうちに、あんなものをこの私に残して消えちまったのだからねえ――（私に残してだとさ！　アントニオの奴こそ僕をコケにしてるんだ！）――あんなメモ書きをねえ……》《でも、教えてくれよ》と、僕は強く言った。《いったいぜんたいどんな野郎だったのさ？　セールスマンかそれとも宣教師か？》。《会ってもないのにどうして分かる？　あいつは土曜の晩に着いた、私がその週にすべき用事を片付けに出かけている最中のことだ、で、日曜の早朝には出て行った、私が駅に行っているあいだに、おそらくバスで。応対したのは妻だ。だがねえ》と、アントニオの奴は言ったもんさ。《女って奴はまったくどうしようもない、どうでもいいことばかりを気にして肝心なことを忘れちまう。セベリアーノ、君は独身で実によかったねえ、君には分からんだろうが……》というようなことを大声で言うんだよ、台所で話を聞いている奥さんを傷つけて楽しもうって腹さ（宿の奥の小さな中庭で話していたんだ、あの宿のことは覚えてるよね？）、しまいには奥さんが飛び出してきて、怒って真っ赤になった顔を窓から出して言いたい放題のことを喚いていたよ、罵倒の合間にこうも言っていたっけ、アンタ、ちっとは考えたことないのかい、あたしには客の覗き見以外にすることが山ほどあるんだよ、あんたは女の好奇心を馬鹿にするけど、男だってねえ……とかなんとか」

「その哀れな奥さんにも一理あるな」と、俺は自分のベッドから意見を言った。「とにかくいずれにせよ不思議なのは……」

「この件ではなにからなにまで不思議だよ、ロケ」従弟の声が暗闇のなか興奮に震えた。「どう思う、僕が夫婦喧嘩の仲裁をしなきゃいけなかったんだよ、どうにも話がこんがらがって収拾がつかなくなってきたからね、で、台所へ行って、彼女以外に誰も姿を見ていない謎の客の素性について尋ねてみたんだ。ところが血相を変えた奥さんはまさに怒り心頭で、手のつけようもないほど激昂爆発しちゃって、化け物みたいに目から火花を散らしてるじゃないか、もう取りつく島もなくて」

《実際妙な話だ》と、俺は口にチャックをしたまま考えていた。従弟のセベリアーノがそんなことを語っているあいだ、俺は一瞬邪推しちまったのさ、ひょっとして客と女将のあいだになにかあったんじゃないかってな、よくある話だよ、宿とか旅館では日常茶飯事になっている出来事のひとつだな（たしかだぜ、なにしろこの俺が言うんだ、何年ものあいだセールスマンとして地方の都市や町や寒村を経巡って来たこの俺だぜ！　そういうのは仕事と同じである種の習慣なのさ、おひねりって言うか、ちょい寝って言うか、まあその種のアレだ）。でも、たとえそうだとしたって、説明がつかない。逆に、仮にそんなことがもしあったなら、それが本当であれ彼女の妄想であれ――妄想であったっておかしくなかろう？――話してくれと頼めば彼女はそれこそ喜色満面で、いそいそと、事細かに語ったに違いない。《それにそもそも》と、俺は自分に言い聞かせた。《あのなんとかいう嫁さん（もう名前も覚えてない）はちょいとよろめくには歳を喰い過ぎているはずだ、たしか俺より少し年上のはずだが、だとすりゃ女としちゃちょいと老け過ぎで、そもそもだ……うん、やはり違うな》と、俺はこの考えを捨てた。《そんなこと、あるわけない》

「……で、もう彼女のことはそっとしておくしかなかった」と、そのあいだも従弟の奴は話を続けていた。「なにも話そうとしてくれないんだからね。それで僕は紙切れを持ち帰り、内容についていろいろと調べ続けたんだ。知ってるよね、ここじゃそういう相談ができる相手はほとんどいない。司祭と薬屋に話してみればどうかと思った。薬屋なら、職業柄、難しい説明書きを読み慣れているからね……。もちろん問題の紙切れの字はいわゆる難読文字ってわけじゃない、それどころか、大文字も小文字も句読点も、それこそ一字一句はっきりと読み取れる。ただ内容の理解となると別で、このいわゆる理解って段になるともうさっぱり前に進めない。で、薬屋も同じだったんだ、職業柄どころか、すっかりお手上げというわけ。ほんの少し遅れて薬局の仕事部屋に合流した司祭もやっぱり同じだったよ。《それだけラテン語にお詳しいのになんの役にも立ちませんか》と僕は司祭に言ったよ。（もちろんほんの冗談だけど、大なり小なり当たってると思わないかい？）。《司祭様、たった四行の外国語の文章も理解できないってことは、ラテン語の知識ってのも大した役には立たないものなんですねえ》。司祭は少し気を悪くして、こんなでたらめな言葉はラテン語となんの関係もない、聖書の言葉を愚弄するとはけしからん、と答えたっけ。でも、それからはもう、みんなで集まって話をすると、紙切れの話題でもちきりになったんだ、その日の午後も、そのあと夜にベリィドのバルに集まってコーヒーを飲むときも、翌日も、その翌日も、ずうっと。みんながあれこれと推理を始めて、想像がつくと思うけど、それこそとんでもない珍説まで飛び交い始めた。分からないことだらけだったよ、だって誰も(信じられる?)、村の誰ひとりとして、例のおめでたい旅人の姿を見た者はいなかったんだからね……。ただしそれは最初の話さ、やがてはいつもそうなるように、村の全員が男を見たってことになっていたんだ、急にみんなが思い出し始めたんだよ、ある者は男がバスに乗るのを見たし、またある者はホテルに入る寸前の男を見ていたし、駅で列車から降りるのを見たとか、郵便局で電報を打つのを見たとか、次々に目撃証言が出てきた。なんと最後にはアントニオの奴までもが男の姿を見たと言い出す始末さ！　まったく笑わせる話だよ、奴さん、こう打ち明けたのさ。例の男の部屋には鍵がかかっていたけど、ドアから離れる際、私が鍵穴からちらりと中を覗くと、あの男の姿が見えた、男はもちろん——と奴はこう断言までした——スペイン人じゃなかった。あのデカ靴と派手なウールの靴下は滅多に見ない、スペイン人ならあんな頓珍漢な恰好はまずしない、あんなのはイギリス人だけが……。(アントニオがあまりに饒舌に話すもんだから、逆に僕たちはすぐにピンと来たね、間違いないよ、その数ヵ月前にひとりのイギリス人が二日ほど村に立ち寄り、風車のことを尋ねたり村人の姓を調べたりノートにメモを取っていたけれど、アントニオはその彼の履いていた靴下のことを思い出しているんだって。）すると薬屋が、よく足だけから外国人だって見分けがつくもんだ、あんた偉いな、とか言ったもんだから、今度はアントニオが黙っていない、まったくよくあれだけ長広舌を揮えるもんだね！　くどくどと嫌味を言い始めたんだ、すぐさま自分の仕事の高貴さを褒めそやして、宿屋というのはそこらのそれとは比べ物にならないほど立派な仕事なのだ、なにしろ、金と引き替えではあるが、餓えた者に食事を提供しているのだからな、せっかく満腹になったところに下剤や浣腸を与えて栄養をむしり取ろうとする下司な仕事に比べたらよほどマシだ、とかなんとか。あいつの性格は知ってるよね！　それからすぐに殴り合いの大喧嘩さ。まったくあのアントニオってのは煮ても焼いても食えない奴だよ……。でも、こんなことばかり細々と話して退屈じゃないかな、もしそうなら言ってね、黙るから」

「紙切れの内容について調べがついたのか否かだけでいいから、さっさと教えてくれないか」と、俺は奴に答えた。まったくこの種の田舎者が話を始めるといつもこれだ！　途中で脱線したり、妙に遠まわしになったり、どうでもいい些事にこだわったり、いつまで経っても話が終わらん。

「調べがついたかだって？　まさか……！　いいや、なにも調べはついちゃいないさ」と、セベリアーノは答えた。「でも、ぜひ話の続きを聞いてくれよ。短く話すから。さっきも言いかけたように、最後には村のみんなが謎の人物を見たと主張していたんだが、どの目撃証言も互いに一致しない。ついには男が打ったという電報まで調べてみたけれど、そんな電報の跡はなかったんだ、その日に発信された四通の電報は、みな村でよく知られた人が打ったものだった。《じゃあ、手紙じゃないかな》と、男の電報を目撃した張本人が言ったよ、顔色ひとつ変えず。よくもああ平然と嘘八百を並べ立てられるもんだ……。想像豊かなのにもほどがあるよ。仮説だって？　よしてくれよ、馬鹿馬鹿しい！　ところで、その仮説という分野なら、薬屋の親父が記録《レコード》破りの成果をあげたわけ。あいつがどんなことを思いついたか分かる？　曰く、あのおめでたい紙切れは共産主義者のプロパガンダに違いない、きっとロシア語で書かれているんだ、だから誰にも理解できなくて当たり前なのだ、だってさ。でたらめを言うのもほどほどにしてほしいよね。プロパガンダだって！　じゃあ、頼むから教えてもらいたいよ（って僕は彼に言ったんだ）、誰にも理解できないのにプロパガンダもへったくれもないだろ……！　僕としては、唯一あり得る説明は次のようものだと確信してる。あの男は気ちがいで（ねえ、聴いてるの？）、あの紙には意味なんてこれっぽっちもない、まったくの無意味なんだ！　理由はこう。見知らぬ村へやって来て、ホテルの部屋に閉じこもり、なにか物を書いて、誰とも口を利かず、翌朝にはこそこそ逃げ出し、誰にも理解できない言葉を記した紙切れを一枚だけ残していくなんて、ぜったいに気ちがいの仕業じゃないか」

セベリアーノは、あたかも今の気の利いた解釈が俺にもたらした効果のほどを見守るかのように、一瞬黙り込んだ。効果のほどなら見せてやろう！

「あのな、考えてみろ、セベリアーノ」と、俺はできるだけ落ち着いた声で言った。「いいか、たしかお前は、男はまず宿の食堂で夕食をとったって言ったよな、女将が飯を出したんだな？　男がなにか書きものをする必要があって、その食堂で宿の人間のお喋りに邪魔されたくないと思ったとして、いったいどこがおかしい？　そんなのは誰だって思うことだろう？　それと、なにか書きものをしていたなら、例の紙切れはおそらくその下書きで、たまたま他のゴミといっしょに置き忘れたと考えていいんじゃないか？　それとそのあとだが、どうしてお前が、男がこそこそ逃げた、と思うのか俺には分からんな。お前、さっき、男は宿代をきちんと払ったって言ってなかったか？　そもそも、ただの客がいちいち泊まった宿の主の野次馬根性を満足させたり、敬意を表したりする義務など無いんだし。その男に関しちゃ、すべてが筋の通った、ごくありふれた話に思えるがね……」

俺は努めて冷静に話をした。でも、実は従弟が自信たっぷりに披露した説明に少しいらついていたんだ。だって、気ちがいだなんてあまりに安易な解答じゃないか！　理解できない文章だと？　だったらそこにはなんの意味もないんだよ、それで終わりだ！　まったくどうしようもない奴だ、いつまでもぐずぐずとだらしのない、臆病に肩をすくめてばかりいやがる！　三つ子の魂なんとやら……とはよく言ったものさ。そのとき俺の目の前で稚拙な説明を披露したセベリアーノは、まさに頭の先からつま先まで子供のころのセベリアーノと寸分違わなかったな、いつも俺の言いなりでなんの自主性もなく従うばかり、ちょっと殴ったり、ややこしいことを命令して挑発しても、いつもニヤニヤしてるだけの奴、そのあとだってルペルト叔父さんの命じることに俺のときと同じように唯々諾々と従ってばかりいたあいつ、あの村に留まって、外の世界を知りたいと念じつつも、他人にもらったでき合いの人生を受け入れてしまった男……。まったくすべてが安易だ！　むかついたぜ。だから俺は、奴の理論にたてつくことにしたんだ、木端微塵に打ち砕いてやるとね。で、あいつが俺の意見に反論するどころか、のらりくらりと——まったく昔と全然変わってねえ——こんなことを言い出したときには、俺はもっとむかついた。「でもね、気ちがいがこんな綺麗な整った字を書くはずないって言う人もいたんだけど、それってさ、なにも分かってないよね。拘束服を着て叫び声でもあげてないと狂人の姿を具体的に思い描けない、そんな人も世の中にはいるんだな。それにさ、ソ連のプロパガンダだなんていう法螺話、はっきり言って僕には幼稚に思えるよ」

「そうかな、俺にはそんなひどい法螺話にも思えん、いったいどう言えばいいのやら！」と、俺は答えた。「もちろん俺だってその文章がロシア語だったかもとか、そんなことは思わんし、まさかプロパガンダだなんて。でも……話を聞く限りだな……。まあ、俺の意見はとりあえず後にするから、先に話の続きをしろ、とっとと終わらせろ」

本当のことを言うと俺としてはかなり行けそうなアイデアを、敢えて言うなら、かなり素晴らしいアイデアを思いついていたのさ、ああいう間抜けには絶対にひらめかないようなアイデアさ、結果を見れば腰を抜かすだろうな。なぜって、俺のその考えどおりなら、そりゃもう大事件になるかもしれない、しばらくはスペイン中の新聞紙上を賑わすだろうからね。頭の中でいろいろと想像を巡らせるうちに、そのアイデアがどんどん完璧なものになってゆき、くっきりと形を帯びてくるので、俺の興奮も高まっていた。しかしだな、俺のこの叡智に対し、新聞で《あの慎ましい出張販売人様の並はずれて明晰な頭脳に》対する賞賛の嵐がまき起こっていたかもしれないが、実際には賞賛になど値しないかもしれないね、なぜってそのアイデアはふいに思いついたもんだし、考えてみりゃ、ちょっと頭をひねっただけで勝手に湧いて出てきたようなもんだ、たまに来る珍しい客でいちいち発注内容に目もくれてやる必要のないお手軽な相手の注文を品定めしてるときと同じさ、いちいち出てくる細かい事実を記憶の中に留めていって、自分なりの仮説を構築し、そこに事実にふさわしい調和を与えてやったまでのことなんだからな。

「でも、話の続きなんてもうないよ！」と、セベリアーノが答えていた。「みなの意見はまちまちで、どこまで行っても話がまとまらなかったんだ、本気で喧嘩をする奴らまで出る始末さ、最後は大勢が互いに反感や恨みを抱くようになり、結局は元の木阿弥、たしかなことはなにひとつ分からないんだよ、だって、みんなの発言は大なり小なり内容空疎な憶測に過ぎなかったんだから」

「そうかそうか、ところで、その紙切れは今どこだ？」

「あの紙なら僕が持ってる。正確に言うと姉のファニータが持ってる、少しでも光明をもたらしてくれるかもと期待して預けたんだ。今のところその機会はない、あと断わっておくと、僕はもうほとんど紙切れのことを忘れかけていたんだ。でも、あんたが外国語を学んでいたというのを聞いて、わーお！　って、すぐに思ったよ、こう思ったのさ、今も思うんだけど。《ひょっとしてこの人なら分かるんじゃないか……》。明日の朝、紙をみせるよ、そうすれば……、さてどうなるか……。今はまず寝ることだね。もう遅いし、あんたも疲労困憊してるだろう」

たしかに疲れてはいた、疲れていないわけがないだろう？　でも、あれだけ話をした以上、とっくに眠気は消し飛んでいて、例の紙切れとその言葉の意味しているかもしれないことについてあれこれ考えているうち、その考えがまるでゼンマイ仕掛けみたいに頭のなかで勝手に動き出すようになってしまって、ぐるぐる回り始めて、回るたびに気落ちしたり興奮したり……。要するに、完全に目が覚めてしまってた。で、ちょうどそんなタイミングでわが善良なる従弟君が眠くなり、この俺にもまるで子供に諭すような口ぶりで、もう寝たまえ、とおっしゃる。

「おいおい、待てよ、疲れてなんかいないぜ。それにだな、これだけ久しぶりにお前と会ったその日に、おいそれと寝ちまうなんて、そりゃないよ。だからさ……もう少し話そうぜ、そんな眠い顔をするなって、ほら、なにかもう少し詳しいことを話してくれよ。さっき言いかけたが、一連の出来事についちゃ、俺もかなり説得力のある解釈を思いついてるんだ。今、それをまとめている最中なんだよ、あとで聞かせてやる。とりあえず特に重要なのはその客の性格だな。紙切れについちゃ明日検討することとしよう、妙なのは、ひとつ確かめられないことがあるってことなんだが……だが、まあ、それは今のところはいい、それより教えてくれ、その男について具体的にどんなことが分かっているんだい？」

「具体的って言われたって、なんにもないよ！　さっきから言ってるように誰も見ていないんだからね、早い話が。それで、いざ全員がわれ先にと目撃証言を挙げはじめると、そのどれひとつとして一致しないんだ。電報のことは言ったよね？　大騒ぎだったよ、挙句の果てには醜い言い争いまでしてね。で、いざ蓋を開けてみたら、そんな電報なんてありゃしなかった。バスの運転手だってたしかなことはなにひとつ思いだせなかったよ、そんな男には気付きもしなかった、特に気を引く客などいなかった、客の風体などいちいち気にもしない、切符代をもらうことと乗車規定に従わせることだけが俺の仕事なんだって」

「そうだな。たしかにそのとおりだ。だが、アントニオの嫁さん、少なくとも彼女は客の顔を見たわけだ、夕食の世話をして、部屋を与えて、宿代を徴収したわけだから。まさかまだ怒ってるわけじゃなかろう……?」

「いいや、まさか。たしかに最初はなにも話そうとしなかったよ、完全につむじを曲げちゃってね、旦那のことでカンカンに腹を立ててたんだ。でもそのうち冷静になって口を開きはじめた、司祭がわざわざ間に入ってくれてね、哀れな奥さんは知っていることを洗いざらい打ち明けたよ。ところが、彼女の話をためつすがめつ吟味しても事態は前と同じ、つまりは枝葉末節の話ばかりだった」

「たとえば?」

「そう、たとえば、二階にいた彼女が階下で手をたたく音がするので降りてみると、そこには鞄とコートを腕からぶら下げた例の男が立っていて、一泊したいと言った、だから彼女は男を二階に上げて、角部屋に通したんだね、それからすぐ夕食にしますかと、尋ねると、男は、ああ頼む、と答えた、そのすぐあとに食堂へ降りてきて、テーブルにつくと、持ってきた数枚の紙切れを読み始めたんだそうだ、で、彼女は夕食を作って男にせっせと運んで行ったわけ、さっき言ったよね、スープと揚げ卵と羊が少々とたっぷりのマルメロのゼリーだ、男は紙に見入ったままそれをぜんぶ平らげた、で、食事が終わると、筆とインクと紙を数枚くれないか、と彼女に言って、また元の部屋に引き下がってしまった……。で、結局、翌朝また食堂に現れたそのときには、すでに鞄とコートを腕にぶら下げていて、いくらだ、と尋ねて、文句も言わず値引きの交渉もなにもせずに宿代を払い終えると、すぐに消えてしまった。それだけだって言うんだよ」

「だけどなあ、お前、勘弁してくれよ、聞いてててイライラしてくるぜ、くそ！　そんなのあり得ないだろ？　宿には他に誰もいなかったのか？　それと、女将はその客の無愛想さと言うか、見かけというか、なんと言うか……そういうのに違和感を覚えなかったのかい？　その種の女が客になにも尋ねなかったとは思えんがね……」

「それが、他に客は誰もいなかったんだ（偶然だよ、このことについちゃ他にも指摘した奴がいなかったわけじゃない、けれど偶然というのはあるんだよ）、誰もいなかった、その男が着いたときも出て行ったときも。で、男が夕食をとっているあいだ、その世話をして皿を下げたのは、女将なんだよ。他には誰もいない、偶然さ、あいにくね……」

「とにかく、たとえそうだとしてもだ……。よく分からんが、お前たち、この事態を必要以上に謎めかそうとしているんじゃないかねえ。その男はどんな奴なんだ？　若いのか年配なのか？　背は高いか低いか？　髪の色は金か黒か？」

「そうだね、それを言うなら、若くもなく年配でもなく、背は高くもなく低くもなく、太ってても痩せてもおらず、黒髪でも金髪でもない」

「そうかい、そうかい、分かったよ、身体的特徴についちゃゼロなんだな。これで調書は完成ってわけだ。服装はありきたりだな、きっと。あと、お前のお友だちが言ってた例の派手な靴下とデカ靴についちゃどうなんだ?」

「そこなんだけど、女将が旦那の嘘を暴いちまってね、夫のでまかせだって言うんだ。外国訛りというのもでたらめだ、あの忌々しい紙切れさえなければ、誰もそんな馬鹿なことを思いつきはしないって……。ただ、彼女はねえ、そうなんだよ! きっとアントニオと反対のことを言いたい一心であんな……。分かったもんじゃないよ!」

この最後の女将の意見を聞いて、俺は内心でほくそ笑んだ。俺の仮説を裏付けてくれていたからさ。我が意を得たり、とはあのことだな、あんまり嬉しかったんで、どうにもこらえきれずセベリアーノにこう言った。

「あのな、従弟よ、その女将は(お前にこんなことを言うのは申し訳ないんだが)今回の一件について唯一まともな常識があり物の考え方を心得た人間だぞ。なぜかって? だって彼女の意見は至極もっともじゃねえか。今さら言うまでもないが、その男は外国人なんかじゃないぞ! そんなのは空想、妄想、絵空事だ! 人の噂ってのはそうやってできあがる。意味の分からない紙切れがあった、すぐに、なんだこれは? 外国語のメモだ、てことになる。だったら、そいつを書いた人間も外国人に違いない、てことになる。こうなりゃ話は早いもんで、やれ外国語訛りがあっただの、尋常じゃない服装だったの、あれやこれやの勝手な作り話ばかりが膨らむというわけだ。だがな、お前、そんなの全部でたらめだぞ、なにしろすべては間違った前提のうえに組み立てられた話だからな。つまり、メモは外国語じゃなかったんだよ」

「そりゃ、そのとおりだよ、さっきも言ったろう、気ちがいの手で書かれた意味のない言葉だって」と、セベリアーノは答えた。まったく呆れて物も言えん！　なんてド阿呆だ！　はい、はい、そのとおりですよ、気ちがいにも気ちがいの文体ありですよね、御名答！　クソ馬鹿め！　なんてコチンコチンの石頭だ！

「くっ、くっ！　意味のない言葉ね！」と、俺は吹き出した。暗闇のなか、その笑い声が当の俺にすら嘘臭く響いた。顔がすでに引きつっていたんだね、ことの成り行きを考えればそれも仕方のないことだ、そうだろう？「意味のない言葉ね！」と、俺はもう一度言った。「分かんねえかな、本物の言葉と似ても似つかぬ言葉をそっくり作り出すことのできる気ちがいなんざ、いるわけないだろうが？　しっかりしてくれよ、セベリアーノ。たしかに気ちがいってのは言葉を歪めたり、混ぜ合わせたり、くっつけ合わせたりはするだろう、けれどもな、互いに隣り合わせになった言葉どうしが外見上まったくなんの意味もなさないような、そんな文章を作れると思うのか……。まさか……」

「じゃあいったい……」

従弟は動揺していたね、俺のきつい口調に動揺したのさ。暗がりのなか、びくびくと虫みたいに声も出さず、身じろぎひとつせず、硬直して、丸くなったままでいる奴の驚いた顔に、手で触れてやればよかったぜ。

「じゃあいったい……」と、奴はおろおろと繰り返した。

「実に簡単なことさ」と、俺は諭すように言った。「コロンブスの卵だよ……（ここまで言や分かるだろうが……）……察しがつかねえかな？　そいつは暗号さ」

とうとう言っちまった、そうさ、暗号だよ。だが、見たところ、あいつの理解力ではそう簡単なことでもなかったらしい。それもまた仕方のないことだろう、数字や暗号のような問題についてセベリアーノが理解できるはずもあるまい？　なんとなく知ってはいたろうけど、それがなにか気付くのには相当骨が折れそうな様子だった。そこで俺は奴に手ほどきをしてやることにした。俺にとっちゃ勝手知ったる話題だよ、なにしろこんな商売をしてるからね、ときには必要になる……。ところが、あいつの頭がもうコチコチになってたのか、俺の頭がコチコチになってたのか、疲れとイライラのせいでうまく核心を突く説明ができなくて、結局こう提案せざるを得なかった。「よし！　灯りをつけてくれ、俺はスイッチがどこか分からない、これからいくつか例を見せてやろう……」。あいつが灯りをつけ、俺はベッドから飛び起きた。すぐに上着のポケットに手を突っ込んで鉛筆を探し、メモ帳も取り出した。セベリアーノは無言で俺を見ていた。奴のベッド、というかガタガタの簡易寝台に近寄って、その縁の奴の隣に腰かけた。

「ほら、見ろよ」と、俺は言った。「こういうことだ、ここにアルファベットを書いてみようか……こう、A、B、C、D、E、F、とかな。さて、この文字ごとに特定の数字を割り振るとしようか（たとえばAは五、Bは八、Cは四、とかね）、すると、当然だが、数字を使って好きなことが書けるようになるだろう、で、文字ごとにどの数を割り振ったのか、その決まりを知らないことには、その意味は分からないことになるな。逆に解読表さえあればいい。たとえば俺の名前でやってみよう、ROQUE SÁNCHEZ だ、どうかな?」

それから俺は、自分の名前を辛抱強く数字に置き換えていったんだが、なんとあの抜け作は俺に近寄ってこう言うんだぜ、こんなことをな。「でも、そのことと例の外国語で書かれた文章となんの関係があるんだい?」。俺は奴の顔をまじまじと見たよ、せいぜい怒りを表に出さないようにな。たしかにこの哀れな従弟は脳足りんかもしれんが、それ自体は奴のせいじゃあるまい? いずれにせよ、あいつの馬鹿さ加減にあまりにも腹が立ったんで、俺自身が煮詰まっちまった、それ以上とても付きあう気になれなくて、暗号の説明をする気も失せてしまった。それに、説明したって、奴さんに理解できなかったらどうしたらいい! 仮に他に暗号の例を挙げたとしても、どうしたって前のより複雑なものになるだろうからな、で、結局あきらめてこう言った。

「そうだな、こいつは数分間で説明するにはあまりに専門的すぎる。俺が言ってるのは例の文章が暗号だったってことなんだ。つまりはそういうこと、暗号化された文章だ」

「あんたの言うとおりかもしれないよ」と、奴は答えた。「でも、だったら僕の分からないのは、あいつはいったいなんのために誰にも解読できないような代物を残していこうとしたのかってことだよ」

「ああ、そいつはまた別問題だ!」

俺は寝室のなかを、真ん中の小さなテーブルや服のかかった椅子をよけつつ行ったり来たりし始めた、その間、奴はベッドに座ったまま、俺の一挙手一投足を興味深そうに見守っていたよ。俺はさっきより簡単な説明で奴を説得しようとした、きっとさっきと同じく本当の話さ、つまり、問題の男はだな、いったいなんのためなのかは分からんぜ！　いずれにせよあの男は、なんらかの暗号化された言伝を送る必要があった、宿の机の上に置き忘れていたのはその下書きだったというわけだ。

「かもね。でも、僕には納得がいかないなあ」（「納得がいかない」だと！　なんと反論しやがった。なんて図々しい野郎だ！　落ち着き払ってじっくり考え込んだ挙句の台詞が《納得がいかない》ときた）。「どうして忘れるかなあ」と、奴は言い張った。「そんな大切なものをどうして忘れるかなあ、秘密の書き方にするくらい大切なものを」

「忘れたわけじゃない、他の紙くずに紛れてしまったんだ。よくあることだろ。慌て者の若造でも、海千山千の古兵でも、そういうことはよくある」

「古ツワモノだって？　それじゃあ、あんたは今回の件が危険な人間に関わるって考えてるんだね！」

さすがの間抜けもようやく気づいたようだ。

「その可能性はあるだろう。かなり危ないぞ！」

俺は話を止めた。心配げな顔で黙り込んだ。頭には無数のアイデアがひらめいていた、まだ少しぼんやりしていて重なり合っているんだが、でも……たくさんのアイデアだ！　それはいいんだが、まだぼんやりとしている。最初のときみたいに、放っておいてもアイデアが浮かんできて勝手に整理されてゆく、という感じではないんだな。針の穴の向こうにかすかに見えていて、捕まえようとすると逃げてしまう。あるアイデアが浮かんだと思って、この手で掴もうとしたら、またどこかへ見えなくなっちまう……。セベリアーノは俺の沈黙を邪魔せず見守っていた。かなり経ってから奴は思い切った様子でこう言った。

「それとさ、これって当然だよね！　あの文字の値段表が分からないことにはさ……」

「値段表ってなんだ？　解読表のことか？」

「そうそう、解読表が分からないことには……」

「なるほど、そのことなら、秘密の暗号を解読する専門家がいるんだ、お前の想像どおり簡単な仕事じゃないからな。大した奴らだぜ！　報酬だって馬鹿にならない連中だ。だが、お前に言っておきたいのは、そういう連中を雇うのはとうてい無理なので、とりあえず俺がこの目でその文章を見ておきたいってことなんだ……。断わっておくが、俺が暗号に詳しいなんて早とちりするなよ。商売上のやり取り、商いの世界じゃ、駆け引きや戦争なんてのは日常茶飯事だ、重要なやり取りでは手紙に暗号を使うことだってあるよ、でも、そのことと解読表もない状況で暗号文を読み解くのとはまったく別のことだからな。それよりもだなあ、我が従弟よ、俺は本当にその文章が見たくなっちまったんだ。お前のせいですっかり好奇心の虜になっちまった。そこでだ、物は相談だが、二人ともすっかり目が覚めて眠気も失せている、だから、例の紙切れを今から探してきてはくれないか？」

「今からかい？」

「ああ、そうさ、今すぐにだ！」。ああ、なんてグズな野郎だ！　のろまめ！　ぎょっとした顔までしてやがる、まるで聞いたこともない無茶な提案を持ちかけられたみたいだ、突拍子もない無理な提案を受けたみたいな顔しやがる。ちょっとベッドから立ち上がるだけじゃねえか！　引き出しまで行って紙切れを探し出して持ってくるだけのことだ。

「今からかい？」と、奴は繰り返した。「それはだめだ、今はだめだよ」

「でも、どうして？」

俺は奴のベッドの傍に立ち、半ば驚き、半ば楽しみつつ、そう尋ねた。そして、その同じ場所で腕組みして奴の答を待ち構えた。

「だって、だめなんだよ」。奴は目を閉じた。「知ってるかい？　紙切れは姉のファニータが持ってるんだよ」

俺は食い下がった。そんなのは理由にならないってね。忌々しい紙切れのことなんかどうだっていいとか、俺の我慢も限界だとか、なにもそんなことを言ったわけじゃないが、それにしたってすでにかなり頭に来ていたし、同時に奴を締め上げるというか、困らせる、揺さぶってさあ動けと脅迫するのが楽しかったんだな。

「なにも起こすことはないんだ、音を立てなきゃいい」と、説得のために言った。「それにだな、ひょっとすると、もう今頃は朝のお祈りを唱えてるかもしらんぞ。ひょっとするとだがね、分からんよ！　だが、いずれにしたって、お前が音を立てなきゃいいのさ。行って、彼女が紙切れをしまっている場所を探ってくればいい……。そうだな、たぶん祈禱書のなかにでも挟んで隠してるんだろうよ」

「それは」と奴は答えたね、それがやけに重々しい口調で、俺の意地悪というか、いま打ち明けると少し大袈裟な、からかい半分の口調とはまったく対照的なのさ（すぐに気付いたんだが、その対照的というのは、毛布をかぶって寝転がったまま動こうとしない奴の姿と、いっぽう、下着姿で部屋をうろつき回って、間違いなく滑稽で笑ってしまうような恰好をしているこの俺の落ち着きのなさ、その好対照とそっくり同じだったわけ）、「それは、ロケ、それは無理だ。あんたがすすめるように、謎の言伝を彼女の部屋からくすねてくるなんて、僕にはできないよ。ファニータにとっちゃ、なまじ見過ごせるような問題じゃないからね、自分の持ち物を弟が漁って、そのなかのものを勝手にくすねていったなんて姉が知ったら……絶対に気分を害するね。本当に困った紙切れだな、頭痛の種をどれだけばらまけば気が済むんだ！」

重々しい、というかむしろ悲しい、ほとんど痛ましい口調で放たれたこの台詞を潮目に話の流れが変わった。俺はまたベッドにもぐり込み（体が冷え切っていた）、毛布を半分だけかぶって、奴のさっきの叫びに続くと思われる打ち明け話を聞く心構えをした。予想どおり、セベリアーノはすぐ、暗号の言伝が家にもたらした議論、ほとんど揉め事に近い、その話を切り出した。初っ端は、紙切れが原因で増え始めた人の出入りと、あれやこれやの推測、言い争い、喧嘩騒動などに嫌気がさしたアゲダによる怒りの抗議だった。なにしろ町中の男たちが家にやってくる——だって現在の持ち主がセベリアーノなんだから仕方あるまい！　紙切れを見たがる奴、それについて議論したがる奴、そいつらの面倒をぜんぶ引き受けざるを得ない立場だったわけだな——、そこにもってきて、アゲダのあの気性と気の短さだ……。一度アゲダ自身も好奇心に駆られて、って本人は認めたくないだろうけどね、弟がひとりで例の文章を調べているそのそばを通りかかったとき、肩越しにちらりと覗いたことがあった。セベリアーノは姉のご機嫌を取ろうと、その滅多にない機会を利用して、こうもちかけたそうだ。「ねえ、アゲダ姉さん、姉さんならどう思う……」。でも彼女は巻き込まれたくなくて、一言こう言い残して立ち去る。「馬鹿言わないで、そんなでたらめにつきあうほど暇じゃないのよ」。その後、一度だけ紙切れを手にしたこともあったけど、そのときもすぐに机の上に放り出して、憎々しげに「ふん！」と言った切り。

「そのいっぽうで」と、セベリアーノは話を続けた。「もうひとりのファニータは、一見したところ議論には加わらず、完全に距離を置いて、まったく口を出さなかったんだけど、話の一言一句に聞き耳を立てていたんだ……とうとうあるとき、こんな信じがたい質問をして僕を驚かせることになる。《セベリアーノ、いつになったら例の言伝を私に渡してくれるつもりなの？》。最初は、本当だよ！　いったいなにが言いたいのか分からなかったんだ、驚いて彼女の顔を見て、真面目に取り合わないでおこうと心に決めたんだ、なにしろ姉は、終生独り身の聖女として暮らしてゆく決意をして以来、馬鹿げた妄想を逞しくしてばかりいて、やれ言伝《メンサヘ》だどか、使命《ミシオン》だとか、大虐殺《オロカウスト》だとか、そんな言葉ばかり使いたがるもんだから……。ところが、たまげたね！　彼女は例の紙切れのことを言っていたんだよ！《言伝ってなんだい？》。《例のあれよ！　いつ渡してくれるのよ？》。僕は紙をしまってあった財布を探り、彼女に渡してやった。すると彼女はそれを慌てて受取り、最近よくそうする不安気な表情で目を通して(教会で神父がよくやる芝居めいた仕草さ、分かるかい? そういうのって信者にうつるんだね、それにさ、ほら、歳が歳だしヒステリーがね、やっぱりね……)、それから落ち着きのない目で僕を見て、それから……消えてしまった、そうさ、紙を持ったまま自分の部屋にこもってしまったんだよ、僕は愕然としたね。まるで幽霊でも見たような気分だったよ、どう声をかけていいかも分からない。そんな態度を見せられて、かける言葉なんてある? 不条理ってのは対処する術がないんだ。ごく普通のありきたりのことなら、どう対処すべきかはよく分かってる、勝手知ったる土地で現実という地面をしっかり踏んでいるようなもんだ、なにを見ても見たとおりのまま、もちろんそれ以外の何物でもない、きちんと実体と質量と重みと形態と温度と色を備えてる、そいつらがおとなしく目の前に座っているわけだからね、だから、その気になれば、場所を動かしてやるくらい簡単なことさ。でもね、突然気付き始めるんだ、足が地面という支えを失っていることにね、なにかに触ろうとしても、その手ごたえがあるべき場所に手ごたえがない、冷たいと思っていたものが熱い、柔らかいはずのものに手ごたえがある、手をのばしてなにかを掴もうとしても、最後にはスルリと抜けおちてしまう。こうなったらもうどうしていいか分からない……。だからなにもしない! 体が麻痺しちまうんだ。それこそまさに僕の身に起きたことだよ、今も続いてる。はっきり言っておくけど、姉のことが理解できないなんてしょっちゅうさ、今もこう思うわけ。《でも本当にこれがあのファニータなのか?》って。要は、姉があの紙を持ち去ったまま今に至るってことさ! 次に姉が目の前に現れたとき、僕は用心しいしい訊いてみた。《ところで、あれはファニータ姉さんが持ってるんだよね?》。《あれってなによ？》。《なにって、例の紙切れに決まってるじゃないか》。すると姉はこう答えた。《あら、もちろんよ！》。いったいどう思う？　もちろんよ！　だってさ……。それからも二度三度その話を匂わせて、たとえばこう訊いてみたりしたんだ、姉さんはどう思うか、ってね、すると、馬鹿にしてるような怒ってるような目で睨むだけで、答えてくれないんだ。まあ、揉めることのほどじゃないから……」

「分かった、分かった」と、ここで俺は従弟に言った。「お前がどうして紙切れを取りに行きたくないのかよく分かったよ、お姉ちゃんが怖いんだ、それだけのことだ。けっこうなことだね！　よく言った！」

「怖いのとは違う、気遣いだよ」と、従弟は顔を赤くして答えたね、恥ずかしかったのか怒ったのかは分からない、ただ、なにしろ奴だって昔の自尊心のかけらぐらいは残していただろう、実際のところ、俺もほんの少し言い過ぎたようだ、俺にそんな資格はなかった……。それにだな、そもそも、そんなド田舎の与太話なんかどうだっていいんだよ。なんの関心もない！　でも、考えてみれば、人というのは一旦気がかりができると、どんな愚かなことであってもそれで頭がいっぱいになっちまうかもな。だからセベリアーノにも一理ある。不条理ってのは人の正気を失わせる、深い亀裂みたいに人の目を捉えて離さない。俺は自分自身びっくりするぐらいの焦りを感じていた。言伝を見たくて見たくてたまらず、この手に持たないことには気が休まることもないって確実に分かってた。怖かったのさ、そう怖かったんだ、言伝を見ないまま汽車にのる羽目になるんじゃないかって思うとね、それで、ついには紙切れを奪う計画まで思いつく始末さ、まあこれは最後の策だが、例の紙切れを盗んでいくというわけだ、セベリアーノがどうしても要るって言い張るなら、あとから書留で送り返せばいい。でも、仮に汽車の時間が来て、どたばたと忙しくしているあいだに、紙を見る時間がなくなってしまったらどうする？　俺はもう心を決めていた、必要とあらば、六時三五分の汽車は見送って一一時発のに乗ろうって、それで不都合や不具合が生じるのは百も承知のうえだ、下手をすれば損失を被るかもしれないんだ、本当の話だよ！　なにしろ、そういう数時間の遅れが本当に深刻な事態を招くことだってあり得るんだ、そういう細かい話はセベリアーノにはしなかったがね（どだい、あいつにはちっとも関係のない話さ！）、でも我がメレーロ社支配人からの命令で、インチキ納品に関する問題を解決すべく、ファブリル・マンチェーガ株式会社で落ち合う算段になっていたんだ、ちょいと脅してやろうって魂胆だよ、互いにしめし合わせたうえで、まったくの偶然を装ってね、支配人は車で着くことになってた、いっぽうの俺は営業マンとしていつもどおりの訪問をするわけだ、それを、そんな予定が決まっているところで俺が支配人にすっぽかしを食らわせたら、とんでもないことになるじゃないか……。というのも、俺の支配人は偉ぶらないし、嫌な奴でもないんだ、裏切りを働くには忍びない相手なんだからね！　もともと俺は、そんな支配人の都合を慮って、わざわざ余分な一夜を従弟の家で過ごすようお膳立てしていたくらいなんだ、まあ、俺は俺で、従弟に会いたかったってのもあるけれど……。ところが、その従弟の家に来ちまったばかりに、今度は俺が人生の窮地に立たされちまったってわけだ、だって、どうにも説明がつかねえんだが、あの忌々しい紙切れを見たいという気持ちが振り切れなくなっちまって、挙句の果てには、乗る汽車を一一時に遅らせようって決めちまったぐらいだからね、たとえなにがあろうとも。幸いにも、その必要はなかったけどよ。

「分かった、許せ、セベリアーノ。お前にゃ冗談が通じないみたいだ」と、俺はさっきの刺々しい皮肉がもたらした後味の悪さを取り繕うように言った。「いずれにしたって、ファナ姉さんは早起きだ、だろう？　だったら俺たちも起きておいた方がよさそうなもんじゃないかね、朝の早くからミサに行かれて、俺たちだけ取り残されたら、ことだ……」

「まあまあ、そう急くことはないよ、ロケ。だってまだ深夜じゃないか」と、奴さん、親切顔で平然と反対意見を述べやがったぜ。

「とんでもない、賭けてもいいが、姉さんはもう起きようとしてるぜ」と、俺は食い下がった。

「まさか、まだぐっすりだよ」

「だが、ほれ、もう馬車が走ってるのに……」

実際、外では馬車が通っていた。車軸の軋む音、驢馬の蹄が響く音、鞭のしなる音、御者のかけ声が聞こえていた。

「あの馬車は夜明け前から出てくるんだ」

その間に俺は立ち上がってバルコニーに近寄り、雨戸を開けた。真っ暗だった。だが、それにもかかわらず、町からは次第に物音が響いてきたんだ、鶏の鳴き声や犬の鳴き声がね……。セベリアーノの奴、ひょっとしてまだ寝るつもりだろうか？　あんな阿呆な話で一晩中俺の安眠を妨げたくせして。奴は身動きひとつせず横たわっていた。壁を向いて、身動きひとつしない。俺が灯りを消すのを待ってるってことなのか……。他の服といっしょに椅子の背に掛けてあった上着のポケットから時計を取り出して時刻を見た。なんともう四時半だった！「もう五時二五分前だぞ、セベリアーノ」と、俺は言った。「さあ、だらけてないで起きろよ、行くぞ！」

奴はあくびをしながら起きあがった。哀れな男だが、気のいい奴であることは否定できない。俺はこう言い足した。「まもなく姉さんが部屋から出てくる頃だと思うんだがな」。奴は優しく哀しげに微笑んだ。「そうだね」と頷いて「どれどれ、これで例の謎から解放されるかどうか」

それにしても光陰矢のごとしとはよく言ったもんだ、セベリアーノのわずかに残ったもじゃもじゃの白髪と目の下の隈ときたら！　見るからに年をとって、今や立派なジジイだよ。俺は自分の姿を洗面所へ見に行った。なにしろ徹夜明けだ、それにその前は一日中旅をしてたんだ、顔が荒んでいるかもしれん、それも見ておかないとな！　そういや、俺も出張ばかりの生活がもう何年にもなるなあ、ちくしょうめ！　でも、俺は俺さ、髭を剃って顔を洗って髪に櫛を入れれば、いつも新品ほやほやに生まれ変わる！　というわけで顔にシャボンを塗り始めたんだが、いっぽうのセベリアーノは腕組みしたままぼんやりしていた。すぐに俺がどれだけ正しいか分かったね、部屋を出てすぐ——セベリアーノはぐずぐずしていたが、俺の予想以上にだらしない格好をしていたっけ——フアニータと出くわした、彼女はもうお出かけの準備ができていて、食堂の入口で俺たちの姿を見たときは飛び上がって驚いた、俺たちはただなにか食べる物を探しに行っただけなんだがね。彼女は俺を見ても誰だか分からないみたいだった、というか誰だか思い出せないみたいで、で、俺も彼女を見てなにか妙な気がして、厳めしい黒ベールをかぶり手袋をはめて聖書とロサリオを握っているけれど、どこか滑稽な、間の抜けたと言ってもいい、そんな匂いがした。昔のファニータであることはたしかなんだが、それがそのまま歳を食って聖女面している……。セベリアーノが姉の行方を遮った。

「ああ、よかった、まだ出かけていなかったんだね（それにしても姉さん、なんて早起きなんだ！）。ねえ、まずは訊きたいことがあるんだけど」

「おはようの言葉でしょ」

「訊きたいことがあるんだけど」

「ええ、ええ、分かってるわよ」と、彼女は予想外の返事をした。「分かってるわ！」

彼女は部屋の入口を背にし、両腕をだらりと垂らして少し顔をこわばらせていて、そのあまりにも慌てた声が、ものすごく尖った声が、色の薄い唇で震えているように思えた。

俺はセベリアーノを見た。奴の顔色も悪かった。

「なにを分かってるの？」と、目をぱちくりしながら奴が言った。それと笑みを浮かべて（見苦しいぜ、無理に嬉しそうに笑いやがって！）。「朝ごはんの支度をしてくれとか言うと思ってるんじゃないかい」

「あの言伝が欲しいんでしょ」と、彼女はためらいもなく答えた。そして黙り込んでしまった。

セベリアーノはなかにゴミでも入ったみたいに目をパチクリさせ続けていた。俺は奴の口からそれ以上の言葉が出てこないことを知り、そのまま彼女が立ち去ってしまうのが怖くて、ついうっかり、

「どうしてそんなことが分かったんだい、姉さん？」と、訊いたんだ。ファニータは唇を醜く歪めて、

それからすぐに真顔に、老け顔になって、そのあとでふうっと息をついてから、次にごくりと唾をのみ込んだ……。姉が一言も発しないのを見てセベリアーノの奴は心底びびっていたと思うよ。

今度もまた俺が間に入るべきような気がしたんで、

「じゃあ、姉さん、そいつを俺たちに渡してくれるかな?」

と、そう言ったんだ、少しおどおどしながらな。セベリアーノの臆病な態度がうつっちまったんだね、俺まで少しびくびくしながら言葉を選んでた。まあ、ファナのほうだってどう見ても普通じゃなかった、それを考えれば驚くようなことでもないけれどもな。俺はなおも言い下がった。

「渡してくれるかい?」

ファナは祈るような仕草で天井を見つめて目玉をきょろきょろ動かしてから、俺じゃなく弟のほうに向かって、きつく苦々しい口調で咎め立てた。

「あなたがこんな真似をするなんて! こんな汚い真似を! ええ、そうよ、分かってたわよ! 隙あらばつけいってやる、って思ってたに違いないわ、絶対そうよ……。あなたと私だけ、他に誰もいない一対一の状況では、なにもできなかったくせに。でも、いつだってあなた、私に向かってなにかを匂わせてたわよね、なにか言いたそうにじっと見つめたりしてた、それに私は見ちゃったのよ(だって見ちゃったんだから、信じられないでしょうけど見ちゃったのよ、一度や二度じゃないわ)、あなた、私の部屋の書類を漁ってたでしょ、だから分かってたのよ、絶対そうだ、チャンスさえあれば、あなたがいつだってこういう汚い真似をするってことを。で、そのチャンス到来ってわけね、今回のロケの訪問というチャンスが……。私、思うんだけど、ひょっとしてあなたが助けを欲しくて彼を呼んだんじゃないの、だっておかしいじゃない、もう何年も私たちの名前すら思い出さなかったようなこの人が、今になっていきなり現れるなんて……。断わっておくけれど、なんの助けにもなりませんからね。なるものですか！　私はもう昔の私じゃないのよ！　一昨日《おととい》おいでってことよ！　そうは問屋がおろすものか……」

このわけの分からん演説をぶっているあいだ、彼女はすっかり反り返っちまって、げっそりした頬っぺたを嘘臭く紅潮させて、黒いビーズで縁取られた胸飾りを怒りと苦悩で膨らんだり萎んだりさせてた……。で、セベリアーノは、姉の激昂にすっかりひるんじまってるみたいだった。ひるんではいたが——俺の見たところ——さほど驚いてはいなかった。むしろたまげたのは俺のほう、あまりのことに口も利けなくなった（そう、告白するよ、口が利けなくなったんだ、この俺が言葉を失うなんてな……）。彼女の怒りは一向に鎮まらなかった。ひとりで興奮しまくってた、別に誰かが挑発していたわけでもない——哀れなセベリアーノの奴は息すら潜めてたよ、いっぽうの俺は、さっきも言ったが、馬鹿みたいに呆然としたまま口も利けないでいたんだからね——で、そうやって彼女は少しずつ妄想の高みに昇って行ってしまって、休む間もなく次から次へと愚にもつかないことを喚き続けて、ついには収拾がつかなくなってきたんだ。ようやく言いたいことをすべて言いきると、今度はむっつり黙りこんじまって、泣きだすんじゃないかと思ったくらいだよ。顎ががくがくふるえて目に涙を浮かべてたからね、で、見ていて切ないほど無理に居住まいを正してから、最後になにかぶつぶつと呟いたんだ。すすりあげながらこんなことを言うのが聞こえたよ、そんなに見たいなら好きなだけ私の部屋にある紙を調べたらいいわ、って。それからまた怒りがこみ上げてきたのか、こう締めくくった。

「ほら、取りなさいよ、引き出しの鍵よ、無理に開ける必要なんてないわ。せいぜいなかをかき回しなさい、ぶっ壊しなさい、めちゃくちゃにしなさいよ、気がねすることないわ、さあ、やりなさい」

彼女は鍵を食堂のテーブルの上に放り出し、一目散にミサへと出かけて行った。

「見たかい？」と、従弟は二人きりになると、驚き恥いった様子でそう言った。で、俺は、

「でも、ありゃ、どういうことなんだ？」

どうもこうもない。なにか俺の知らない理由があるとか、そういんじゃないってことはすぐに分かったよ、セベリアーノが嘘をついたり隠しごとをしてるんじゃないってことも明らかに見てとれたね、奴さん、見ていて可愛そうなぐらいだったぜ、徹夜明けの顔で、例の犬みたいにおどおどした悲しい目つきをしていやがった。姉がイカれてしまったって確信に奴が至っていたか、そこの判断は難しかったな、だけど、絶対に間違いなく言えることは、哀れなセベリアーノの奴が姉の気まぐれの犠牲者だってこと、すっかり骨抜きにされちまってたってことだ。

「あのなあ、言ってもいいかね？」と、先ほどの姉とのやりとりに関する意見、たとえば「まったく、なんてことだ！」とか「わが目を疑うってのはこのことだよ」とかそんなこと、それが一通り終わったところで俺はそう尋ねたんだ。「言ってもいいかね、セベリアーノ？　今すぐその引き出しとやらを覗いてみようじゃないか」

そうするのが俺の義務であるような気がしたんだ。第一に、あの女はすっかりイカれてるから、鍵のかかった引き出しのなかになにを隠しているか分かったもんじゃない、——ひょっとすると武器だってあるかも！——そうだとすりゃ——当然だけど——本当に危ないことになるよな。そのうえ、彼女自身が言っただろう、ついかっとなったはずみかもしれないが、見ていい、って彼女本人が俺たちに言ったんだからね。ところが、この俺がいなきゃあ、セベリアーノは開けてみようとはしないだろう。それに、なんと言ったって、そこにはあの御大層な紙切れ様が、きっとドラゴンかなにか恐ろしい生き物に護られてこの世の終わりまで《ベル・サエクーラ・サエクロールム》鎮座遊ばしてるわけだからな。従弟は驚いた顔で俺の提案を聞いていたが、俺が「さあ、行こう！」と一押しすると特に反対もしなかった。こういう奴を相手にするにはまず有無を言わせないことだ。ただ、奴は悩ましげな顔で俺に一言だけ「気をつけて、音をたてないようにね、アゲダ姉さんが目を覚ますといけないから」と頼みやがった。

俺は鍵を取り、セベリアーノが忍び足で俺をファニータの部屋まで案内した。部屋の窓は閉め切ってあり、まだ夜の匂いがしていた。俺は雨戸を開け——すでに夜が明けようとしていた——部屋のなかを一通り見回してから、塗装して金メッキを施した聖母マリア像の薄いレリーフ板がかけられた壁の前にある、小さな書きもの机のほうへ足を向けた。鍵穴に鍵を挿入し（秘密強奪の瞬間だ！）、引き出しを開け、すると、なにもなかったのさ！　趣味の悪い冗談、悪質ないたずらみたいだろう、なにしろ書きもの机のなかにはなにもなかったんだぜ、いくつかあった小箱のなかにも、仕切りの間にもまるでなにもない……ゼロってやつだ！　正直に言うべきだな、自分でも慌てているのに気づいたよ、胸が息苦しくなり、喉が詰まった。書きもの机の前で立ち尽くしたまま、どうしていいか分からなかった。振り向いてセベリアーノを見ると、その表情からはなにも読み取れなかった、いつもと変わらない悲しげで気のない表情をしていたよ。「こいつをどう思う?」と、俺は奴に尋ねた。「どうもこうも」という奴の声の調子には、ある種の諦め、皮肉っぽい投げやりな色が感じられたよ、俺のことをこっそり嘲笑っているように見えたね、でも今度ばかりは奴のそういう怠慢にも腹が立つことはなかった、それほど俺は困惑してたってわけだ。そのときの俺は――正直に言おう――不安で、びくびくして、おろおろしていたんだ、だって、それもそのはずだよな、徹夜明けで神経がすり減っていたこともあるし、久しぶりの故郷で一緒に育った親戚たちに囲まれて気が高ぶっていたこともある、そういうことが積もり積もって、いつもの出張のリズムが乱れてたんだよ、外回り営業マンの出張につきものの会話のリズムってやつが乱れてたわけだね……。俺はなおもセベリアーノに尋ねた。「どうしたらいい、お前はどうする?」。「どうするって、なにを?」。部屋中を探してみないか、なんてことはもう言わなかったよ、思いつかなかったたってわけじゃないぜ(そこいらにあるものを手当たり次第に蹴飛ばしてやりたい気分だったぜ、椅子や服や壁の絵やなにもかもを)、でも従弟に気を遣ったのと、それにもう飽きあきしていたってのもあるね。さっきの焦燥はもはや倦怠感に、ただもうその場を逃げ出したい気持ちに変わり果てていた。

俺は時計を見た。「六時三五分の汽車にまだじゅうぶん間に合うな」と言った。「ああ、そうだね、ぜんぜん間に合うね」(ということは、俺が出て行くべきという点で二人の意見は一致を見たわけだな)。

「汽車には間に合うし、ゆっくり朝食してゆく余裕だってある」と、セベリアーノが確約してくれたが、奴はついでにこうも言った。「でも朝食ならベリィト・ゴメスのバルへ一緒に行ったほうがいいな」

「だめよ、朝食なら私が今すぐ用意してあげるから」

俺たちは振り返った。ドアの付け根のところに、脂ぎった巻き毛を後ろにくくったアゲダが立っていた。

「ありがとう、ねえさん、ありがとうな、だが、もうここでお別れしたほうがよさそうだ。俺たちはバルで朝食をとるよ、そのあとは汽車に直行だ！　あれを逃すととんでもないことになっちまうんだよ、ここにいるあんたの弟には言ってあるんだがね、たしか」

結局そうなった。セベリアーノが俺についてきて、二人でバルに移動して一緒に朝食を食べ、そのあと奴が汽車まで見送ってくれた。「ねえロケーテ、近いうちにまた来なよ、八年も十年も経ってから思いだすなんて、次はお断りだよ！」。「心配するな！」

セベリアーノの奴、間抜けな顔で手を振りながら突っ立ってたな。それにしても、あの馬鹿げたメモの話、いったいぜんたい俺にとってなんの意味があったんだろうなあ。本当に紛れもない現実だったのか、今となっちゃあ、その確信すらないんだぜ。

（一九四八年）

# タホ川

## 1

「今頃どこへ行くんだ、こいつは？　外はかんかん照りだぞ」と、中隊長があくびをしながら気だるそうに言う声がうしろに聞こえた。

　サントラーリャ中尉は返事をせず振り向かなかった。扉のくぼみに立ち外の大地に視線を這わせ、正面に見える丘陵地、敵のいる静かな場所のほうを見上げてから、もう一度視線を落とし、葡萄畑の鮮やかな色が広がる一帯をぼうっと眺め、それからすぐに、少しずつのろのろとした足取りで司令部——部隊の将校たちが暇な時間にカード遊びをして過ごす日干し煉瓦の小屋、ほとんど掘っ建て小屋のような建物——から遠ざかり始めた。

　扉から離れて間もなく、隊長の太くて抑揚のない声が中から叫ぶのが聞こえた。

「手土産に葡萄をとってこい！」

　サントラーリャは返事をせず、それはいつもと同じだった。彼らはそこでだらだらとなにもしないでいる。アラゴン部隊は転戦をせず援軍も送られず指令も受けず、忘れられたような存在だった。戦争はよその地域で進行していて、ここでは皆無、この区域ではなんの波風も立っていなかった。毎朝機銃掃射を行うが――敵への挨拶のようなものだ――それがなければ、ひっそりした静寂の大地で、丘のあちら側に実は敵などひとりもいないと思いこんでもおかしくはなかった。ときたま半分冗談で、赤《アカ》の奴らとサッカーの試合でもするか、赤対青[30]だ、と話すこともあった。みんな誰かと話はしたい、もちろんだ、が、そんなに話題があるわけでもなく、カード遊びも結局は飽きてしまう……。昼の静寂のなか、そして夜なかに、こっそり戦線を離脱してゆく兵士もいないわけではなく、ときには敵側に寝返ったり行方不明になったり捕虜になったりする者もいたが、今は八月、ほかの束の間の楽しみにまじって葡萄園が兵士たちの誘惑の種になっている。彼らの目と鼻の先、双方の中間の低地帯に、見捨てられてはいたが美しい葡萄畑が広がっていて、司令部からもその輪郭が干からびた土地に映える緑の染みとなって見えていた。

　サントラーリャ中尉は険しい道を斜めに歩いて下り、どんどんと司令部から遠ざかり――勝手知ったる道だった、目隠ししてもわけなく歩けただろう――そのまま歩いて葡萄畑に着くと、鬱蒼と生い茂る木々のなかへゆっくり分け入った。ぼんやりと歌を口ずさんだり口笛を吹いたりしながら、下を向いて、乾いた土のうえに落ちている葉や蔓を踏みしめつつ進み、手当たり次第に熟れた葡萄を摘んでいると、いきなり「わっ!」――すぐそこの目の前になにかの塊がにゅっと突き出すのが見えた。それは――どうしてそれまでに気付かなかったのだろう――立ち上がろうとしていたひとりの市民兵で、幸い半分向こうを向いており、銃も肩に担いだままだった。サントラーリャは一瞬で身構え、余裕をもって拳銃を抜き、相手に向けることができた。市民兵が振り返ったとき、サントラーリャはすでに狙いを定め終えていた。男は不思議なほど柔和な顔を奇妙にしかめながら、やっと「やめろ、やめろ！」とだけ言い、次の瞬間には両手で腹を抱えてうずくまり、それからどっと倒れた……。低地から聞こえた二発の乾いた銃声に反応して、両側の丘の上から何発ものライフルの音が平原の熱気を切り裂いて鳴り響いた。サントラーリャは男の体のうえに屈みこんでそのポケットから財布を抜きだし、男の肩から転がり落ちたライフルを拾い、慌てることなく――すでに銃声はまばらになっていた――陣地まで引き返した。中隊長と別の中尉とほかの全員が司令部の前で待っていて、少し青ざめた顔のサントラーリャが片手に捕獲したライフルを、片手に財布を握って無事に戻って来たのを見ると、歓声をあげて出迎えた。

そのあと彼は簡易ベッドのうえに座り、たった今の顛末を、ゆっくりと、言葉を押し殺すように、みなに話した。財布はデスクの上に置き、ライフルは部屋の隅に立てかけた。兵士たちはすぐ捕獲した武器のチェックにとりかかり、隊長はしぶしぶ財布を手に取って調べ、もうひとりの中尉も肩越しにその市民兵の身分証明書を覗いていた。

「おやおや」と中隊長がすぐにサントラーリャを見て言った。「なんてこったい、お前さん、同郷のウサギさんを仕留めたみたいだな。トレド出身じゃなかったっけ？」。中隊長は正式な人物紹介と写真が入ったその身分証を彼に手渡した。

サントラーリャはしげしげと眺めた。ひさし帽の向こうに巻き毛をのぞかせているこのニヤけた気取った男が、あの茫然自失の表情をしていたのと同じ顔――「やめろ、やめろ！」――だと、つい今しがた死が訪れたあの男の顔だというのか？

それは、一九一九年一二月二三日トレド生まれ、全国労働者同盟・諸職業労働組合に加盟していたアナスタシオ・ロペス・ルビエロスの写真だった。諸職業組合？　じゃあこの葡萄好きの職業はいったいなんだったんだ？

それから数日、かなりの日数、その身分証は司令部のデスクの上に放置されていた。将校たちにパンを配りに来る兵士が必ず手にとっていたし、将校たちが会話の最中に弄ぶこともしばしばあったけれど、最後はまたデスクに放り出し、やがて次の暇人がそれを手に取る、という具合だった。しまいには誰も身分証のことを気にかけなくなった。そしてある日中隊長がそれをサントラーリャの手に預けた。

「同郷のよしみでとっておけ」と中隊長は言った。「記念にとっておくのもよし、捨てるのもよし、好きにしろ」

サントラーリャは枠のところを指でつまみ一瞬逡巡したが、最後は自分の財布の奥深くしまうことにした。それに、もうその頃には例の死体を葡萄畑から片付けさせていたこともあり、サントラーリャにとってはありがたいことに、これでこの一件のことはようやく綺麗さっぱり忘れ去れることができたのである。それまではずいぶん苦しめられたものだ――もともとあまりにおとなしい性格だったということもある――事件に関する口さがない噂が飛び交ったのが理由だが、特に突風が吹くたびに下から腐敗臭が漂うようになってからは、最初のころにみなが示した尊敬混じりの共感がいっせいに悪質ないやがらせへと変わり、みなの世間話のなかで、サントラーリャは、自分が間抜けで根暗の変人扱いされていることを、例の冒険も笑い話にされていることを知り、そのようにして、すべての原因である腐敗臭への拒否感から来るあらゆる当てこすりの類が彼に浴びせられていたわけだが、匂いが耐えがたいレベルに達し、風向きによっては両陣営にまで被害が及ぶと分かるに至って、敵との間で休戦協定が結ばれ、ようやく市民兵側の一小隊が同志の死体を無事に引き取って埋葬した。

こうして腐敗臭がやみ、サントラーリャが男の身分証を自分の財布にしまい、この一件についてそれ以上なにか噂する者はなくなった。

## 2

それが戦争におけるサントラーリャ唯一の冒険だった。起きたのは一九三八年の秋、サントラーリャがアラゴン戦線中隊――装備もずたずたで士気にも熱意にも欠けるたるんだ小隊ばかりで構成された平和な中隊――の一等中尉となって一年が経ったころだ。その頃にはもう戦闘は終息を迎えつつあって、直後には、敵に遭遇するとは限らないがとにかく前進せよ、という指令が中隊に下るのだが、どこまで進んでも敵などもういないわけで、このときには中隊長以下全員がうんざりしたものだ。こうしてサントラーリャにとっては苦痛も栄光もなく戦争は終結する。ただひとつ、ほかのみんなには些細に思えた、それどころか――不条理にも――冗談の種にさえなり、すぐに忘れ去られてしまった、あの事件だけを除けば。

彼は事件を忘れず、忘れたくても忘れられなかった。あれ以来、前線暮らしが――退屈しながら待つだけの、ときにはうんざりさせるようなあの空虚な暮らしが――彼にとって耐えがたいものになり始めた。もううんざり、いやそれどころか――本当のところ――少し恥ずかしくもあった。最初、入隊したての頃、彼は自分の運命を祝福と受け止めた。初めの数ヵ月はマドリードやトレドで散々恐ろしい目に遭い、そして急に田舎の静寂のなかへほうり込まれたとき、予想に反して、前線での規律というものが数年前に受けた訓練用兵舎での毎日に比べてずっと楽で、たいした危険もない、ということを発見し、兵隊仲間と親しくなって将校の仕事をこなすうち、ある種ののんびりした惰性というものにどっぷり浸っていくように感じていた。モリーナ中隊長――彼と同じ学生上がりの臨時将校――は悪い人間ではなかったし、それはもうひとりの中尉も同様で、ほかもみんな全員どこにでもいる普通の男たちで、まあ各自それぞれにずるい顔や鬱陶しい一面や悪癖などはあったにせよ、とにかくいい奴らではあった！おそらく彼らは、なんらかのコネや口添えという強い援軍に助けられてあんなにも楽な任務につくという幸運に与っていたのだろうが、そんな話題については――当然だが――誰も口にしなかった。淡々と仕事をこなし、カード遊びに興じ、戦争のニュースや噂を語りあい、夏には暑いと文句を言い、冬には寒いと文句を言う。いつも同じ口さがない冗談を言っては喜びや悪意を発散させるだけの日常……。

　サントラーリャは浮き過ぎないよう気をつけつつも、仲間たちの輪から距離を置く術を見つけ、変な奴と思われるのを避けることはできなかったが、逆にそう思われることで、孤独というものを少しだけ確保した。晴れの日も雪の日も、彼はほかの連中がトランプをいじっているあいだに外を歩くことを好み、他人の仕事まで引き受けて、前線を歩きまわって見張りをし、そうやって、煙草の脂で臭くなった司令部の小屋から離れた場所に行き、いい空気を吸うのだった。そして、そんなぬるま湯のような暮らしに浸っていると、数ヵ月前のマドリードでのあの慌ただしく苦難に満ちた日々——町中で英雄気取りの発言や誹謗中傷の言葉が飛び交うなか、母が、著名なファランへ党員である娘婿と彼と一緒に潜伏中の娘イサベルが敵に見つかるんじゃないかしら、とか、それとは別に、トレドに残ることにしたあの石頭の軽率な祖父になにか起きでもしたら……と嘆き悲しむのをなんとか慰めようと必死だった頃に目撃したはずのあの熱狂と狂乱の日々——それがなにか遠いはるか昔のことのように思えてくるのだった。そう、祖父は家を明け渡すことに同意せず、トレドにひとり留まった。そこで、家族で唯一の若者である孫のサントラーリャが——ほかに誰がいよう？——祖父を迎えに行くことになった。「いいこと、たとえ腕ずくでもいいからあの町から連れ出してくるのよ」と言いつけられた。が、言うは易しだ！　頭に血が上った頑固者の祖父はアルカサル[31]の見える場所から離れることを頑として拒み、できればあのなかに行きたい、いや——ときっぱり言った——行かねばならんのだ、と散々駄々をこね、孫のサントラーリャが、お祖父さん、分かってくださいよ、もういい歳なんですから、こんな滅茶苦茶になった町からはさっさと出て行きましょう、町のみんながお祖父さんの考え方も軍歴も永世将軍というご身分も分かっていますから心配要りません、それに、道路や家を挟んで細かな銃撃戦が続いていますから、いつ流れ弾が飛んでくるか分かったもんじゃない、どっちが味方でどっちが敵かすらはっきり分かんないんですよ、敵がどんなに興奮したところで、勇気があったところで、騒いだところで、人民の怒りだとか喚いたところで、アルカサルは鉄壁の守りですから、噛んでも引っ掻いてもびくともしないはずだ、などと説得を試みたが、徒労に終わった。そうやって祖父と孫とで言い争っているうちに当の戦闘は終結を迎えつつあった。モーロ兵[32]がトレドに入り、アルカサルに立てこもった連中が解放されると、祖父は子どもみたいに飛び上がって喜び、彼、孫のペドロ・サントラーリャは腹立たしい思いで、そしてやや見て見ぬふりをしながら、祖父の馬鹿みたいなはしゃぎぶりにもはや水を差す気にもなれず、モーロ兵による略奪と虐殺を呆然と眺めているしかなかったのだ……。その直後に入隊し、臨時将校としてアラゴン戦線に出征、そこで待っていたのどかな前線でいきなり幸せな気分を味わうことになる。

　家族――マドリードで敵に包囲され、爆撃が続くなか、腹を空かせている可愛そうな父と母、行方知れずの姉、ひとりトレドの家に残っている年老いた祖父――から遠く離れてはいるものの、その初めて見る風景のなかでどうでもいい仲間たちに混じっている自分が、子どものころの楽しい自由気ままな暮らし、あのころとそっくりの汚れのない雰囲気のなかに再びいるということ、なんの責任も負うことなく、あらかじめ定められた、さほど厳格ではないものの、とても確かな枠組みのなかで自由気ままに動き回っていられるということ、心行くまで息を吸い、一瞬一瞬を味わい、毎朝の新鮮さを楽しみ、なんの気兼ねもなく一日を過ごせるということに、あまり認めたくはなかったが、気付いてはいた……。この、いわば取り戻した休暇——おそらく少し憂鬱な休暇——無為な時間をぼんやりと草をちぎったり、それを指で折り曲げたり、柔らかいその茎のうえに小金虫をのっけて上までたどり着いた虫が今度は下へ降りてくるのを、あるいは羽根を広げて飛び立っていくのを眺めたり、二羽の鷲が遠くの山のはるか上空を飛ぶのを目で追ったり、そうやってぼうっとしている最中に仲間の兵隊から呼びかけられてドキッとしたりと、そんな戦争の真っ最中の奇妙な休暇期間が、彼の弛んだ精神に少年時代の思い出や逸話をもたらし、それらは新鮮な陽光を浴びた風の運んでくる香りや、真昼の抜けるような静けさによって、目の前の現実と密かな類似性を伴って現れたが、もちろんそうした子どものころの逸話というのは、トレドの高校を卒業してマドリード大学文学部に通うようになり、男としての欲望や焦燥や将来計画のことにかまけていた歳月には思い出しもしなかったものだ。トレドの家の、シガラール[33]のあのはるか昔の生き生きとした世界が、成長してからはあまり気に留めなかった光景が、いま少しずつ蘇りつつあった。自分自身の姿が——不思議なことにまるで写真から取り出した光景のように外側から自分の姿が見えたのだ——半ズボンに水兵シャツ姿で中庭の植木鉢の周りを輪を描いて走る姿が、日曜日に祖父とホットチョコレートを飲みに行く姿が、季節によってはソコドベール広場のカフェにアイスクリームを食べに行く姿が見え、カフェで腕にナプキンを巻いたウェイターがじっと口も利かずに祖父のオーダーを待ち、チップをもらうときに「大佐殿」と礼をするのが、あるいは祖父が髭を剃り、顔を洗い、タオルで耳と顔を拭くあいだ、退屈し切った顔をして新聞を読み聞かせる自分の姿が、どう発音していいか分からない名前や見たこともない言葉で埋め尽くされたちんぷんかんの記事を読む自分の姿が、愛犬のチスパに雄牛役をやらせて闘牛士の真似ごとをする自分の姿が見えた……。それは、ときには胸を刺すような強烈な感覚の、かすかな残滓のように現れた。閉じた瞼を照らす太陽光、よく母といっしょに庭へ見に行ったヒヤシンスや柔らかいリラの茎など花々の美しさ、母とたがいに優しく声をかけあったり歓声を上げたりしながら鑑賞した花々、彼がそれを見て「お母さん、ねえ見てよ、この蕾、確か昨日はまだ閉じていたよね?」と言えば、母が近づいてきて誉めてくれたものだった……。このようにだいたい現実に忠実な光景が次々と彼の記憶に蘇ってきた。たとえばそれは、祖父が新聞を畳んで皿のそばに置き、口髭の下の冷笑を浮かべた薄い唇をナプキンで拭いたあと「どうやらお前の好きなフランス野郎どもはぐうの音も出ないみたいだな(当時は第一次大戦中だった)」と言っている姿だった。それから祖父は、オレンジの皮をむくという難題に熱中している自分の息子、つまりサントラーリャの父を悪意のこもった目でじろじろと睨みつけ「奴らは昨日、また戦略的撤退の技に磨きをかけたみたいだな」とつけ加えるのだ……。サントラーリャ、つまり孫のペドロ君は、自分の席から、父が祖父の嫌味を聞きながら作品を完成させるのを、つまりこれみよがしの平静さを装って綺麗にオレンジの皮をむき、それから——眼鏡の奥で瞼をわずかに震わせつつ——果汁が溢れる房をひとつずつ切り離していく様子を眺めていた。父はなにも答えないか、投げやりな口調で「そうなんですか?」と問い返していた。すると、それをのんびり眺めていた祖父が「貴様は今日の新聞を読んだか?」と話を蒸し返した。祖父は父が立ち上がるまで攻撃の手を休めることなく、それから延々と聞く者をイライラさせる面倒な話、やれゲルマン民族の猛烈果敢さだとか、危機に瀕した文明だとか、人類だの文化がどうだのといった与太話を、ときどき拳をテーブルにゴンと打ちつけながら続けるのだった。「いつもこうなんだから」と母が困り切った表情を浮かべ、うんざりしているのを悟られないよう夫と義父を見ずに呟いた。こうやって二人の子どもたち、イサベルちゃんとペドロ君は、今日もまたびくびくしながら父と祖父のお決まりの喧嘩に立ち会う羽目になるのだった。激しやすいが真面目で感情を表に出さない父と、皮肉屋で自信家で自分の好きな話題しか出さない祖父。好きと言えば、実は孫のペドロも自分はどちらかと言えばドイツ好きであると考えていて、家の外や学校でこっそりドイツ国旗をデザインした飾りボタンを胸につけていたのだ(もちろん大量の本を抱えて家の玄関をくぐるときには外してポケットにしまうようにしていたが)。そう、当時のサントラーリャはほかの男子と同じく熱烈なドイツ信者で、家の食卓でも父と祖父の議論に熱心に耳を傾け、内心では祖父の人を馬鹿にしたような話し方に喝采を送り、いっぽうで父の頑固さを嘆かわしく思い、父が祖父に負けを認める姿を一度見てみたいとすら思っていた。二人の議論を聞くたびにサントラーリャのドイツ熱は高まっていったが、ただそんななかにあって母親だけが彼を迷わせることを言い、たとえばある日二人きりになったときに、彼の思想的偏向や《子どもっぽい愚かな行為》——をやんわ

例の国旗ボタンが見つかってしまったのだ、誰かにばらされたか偶然見つかったかして——をやんわ

り叱りつけ、この種の問について子どもが取るべき態度について、温かで思いやりのこもった説教をし、そしてそんなときには必ず少し脱線し、祖父の父に対する意地悪に触れて「あなたも分かってくれると思うんだけど、お父さんはお祖父さんを常に敬わなければならないの、たとえお祖父さんが歳のせいで難しい性格になっているとしてもね」などと言い、さらにはドイツ軍の犯した残虐な行為、人質処刑とか破壊行為とか、新聞には載っていないことについても必ず一言二言触れた。「そんなの、たとえなにがあったって許される行為じゃないでしょ！」。母は決して激することなく優しい口調でそういう話をしたので、結局サントラーリャには強い印象を残さなかった。「お姉ちゃんはどうなのさ」。しばらくあとでサントラーリャは軽蔑を込めた陰険な表情で姉にこう尋ねた。「フランス好きなの、ドイツ好きなの……？　きっとフランス好きだよね、女はフランスがお似合いさ」。イサベルは家のなかの言い争いに嫌気がさしていたから返事もしなかった。娘の気持ちを察した母が父に向かって——サントラーリャはそれを偶然耳にしたのだが——「お願いだから」例のあのような議論をやめてほしい「食事の真っ最中に子どもたちや女中の目の前であんな惨めな姿を見せないでほしい」と懇願することもあった。すると父は「でも、私にどうしろと言うんだい」といらついた声で答えたものだ。「私のせいじゃないぞ、まったく！　あっちが悪い、本当にいつもいつもいつも……。じいさんどもの会合で好き放題に言うだけでは足りんのかね？　なんだって私に絡んでくるんだ？　あいつら軍人どもはドイツとあの脳足りんのカイザーが大好きみたいだが、ちっとは自国軍隊の実態を知ったほうがいい。ドイツ軍の快進撃を否定はしないが、あの人たち自身はどうなんだ？　え？　キューバ、フィリピン、モロッコと敗北に次ぐ敗北じゃないか！」と言って父は一息つき、子どものサントラーリャは偶然それを後ろめたい思いで耳にして、困惑してしまった……。父はそのような性格――つまり、我慢して黙っているか、あるいは一線を越えて破れかぶれに激昂するかのいずれかだった。いっぽう母は如才のない性格で、ものごとの判断基準、慣習や世界といったことについて常識的感覚をもちあわせており、無邪気な息子のサントラーリャに対しては、このあまりに厳しい、ときには抗いようのない現実というものにどう対処すればよいのかを、特に意図したわけでも狙ったわけでもないのに、いつも必ず教え諭してくれたものだった。あれはサントラーリャが何歳のころだろうか（七歳か八歳か）、ある日彼が心底腹を立てて母のもとへ駆けつけ、洗い場の女中が酔って騒ぐ夫に棒で殴られたことを報告すると、母はまず、どうしてあなたがそんなことを知ったの、誰に言われたの、と問いかけ――彼の子どもっぽい興奮したもの言いと対照的な冷静な質問だった――髪のお手入れが終わったら調べてみると約束をした。そして、化粧台の鏡の前に立ち、慎重な手つきでピンを髪に刺すあいだ、鏡に映る息子の反応をちらちらと横目でうかがいながら、息子の訴えの内容について、そのようなことは嘆かわしくはあるが、あなたが思うほど驚くようなことでもない、実は異常ですらない、それどころか、不幸なことに、ああいう貧しい教養のない人たちのあいだではごく普通のことなのよ、などと諭した。夫が給料日のあとの土曜日にお酒を飲むでしょ、それに哀れな奥さんが腹を立てて、おそらく少し文句を言い過ぎたのだとしたら、ワインの酔いと無教養が邪魔をして、彼が妻を棒で殴りつけることがあったって不思議じゃないのよ。「でもお母さん、それじゃリタが可哀そう……」。サントラーリャは虐げられた女中のことを思っていた。女のことが可哀そうだったし、顔を知っているだけの夫の野蛮さが特に嫌だった。だって殴るなんて！　信じられない……。あとで彼女の様子を見に行ったの、いつものように洗い場で前かがみになっていた、とても声をかけられなかったの。「じゃあ、私が会いに行ってくるわね」と、ようやく母が言った。「まだそこにいる?」。「うん、下で洗濯してる。あの二人、別れさせるべきだよね、お母さん……」。その直後、母の背後で哀れな女中が夫に殴られたことについて不平を言い、同時に、ごめんなさい、もういいんです、などと諦めの言葉を口にするのを聞いたとき、女中に肩入れしていた復讐の念は彼女に対する軽蔑の念にコロリと変わってしまい、さらには母が、あなたの酔っぱらいの夫を呼び付けてとっちめてやる、とか、説教してやる、とか、脅してやる、とか言うのを聞いて、そこまでやるか、と首をひねったほどだ。

また別のときには……。いやいや、もういいだろう！　今となっては、そうしたすべてのことがはっきりくっきり実に鮮やかに思い出されるのだが、それはあくまで非現実の世界であり、第二共和政から内戦の動乱に至るまでスペインを巻き込んでいったあのつむじ風のなかで成長し、友だちを作り、試験勉強をし、読書をし、議論をし、いろいろなことを求めたこの青年の頭脳から絞り出された幻影に過ぎない。今、このスペインの片隅、アラゴン戦線の平和な一画でのんびりとしながら、ペドロ・サントラーリャ中尉は、考えるにつけため息で胸がいっぱいになり、体中が震えてくる、目の前の危険な未知の現在を思うよりは、そのようにして平和な過去の世界にいる自分の家族を思い出すほうを好んだ。とはいえ、自分がそうやって心静かに無為な空想に浸っているあいだにも、ひょっとして家族は……と思わないわけでもなかった。彼らと会えない時間は、およそ想像のつくありとあらゆる災厄をサントラーリャに考えさせ、誰だか分らない無数の群衆に混じって苦しむ家族の姿を想起させたが、サントラーリャはそんな想像に面と向かう勇気もなく、そのたびに毎回襲われる後味の悪さを拒むようになり、逆にどんどん思い出の世界に閉じこもるようになっていった。ときどき祖父の手紙が彼を揺さぶり目を覚まさせた。最初の頃、祖父の手紙は彼の気持ちを落ちつかせると同時に、新たな心配の種をもたらした。うちの一通で祖父は、詳細よりも喜びの表現が目立ったが、姉のイサベルが夫を連れて赤《アカ》どもの占領地帯から《ある大使館による金はかかったがいい仕事ぶりに助けられて》脱出し、今はもうトレドの自宅で一緒にいるという知らせを伝えてきて、その追伸で、お姉さんが追って消息を伝えるそうだ、よろしくと言っておるぞ、と書いていた。それを読んだサントラーリャは、これでようやく祖父にも面倒を見て付き添ってくれる相手ができた……と思って喜んだ。きっと祖父は今頃もう —— と、サントラーリャは考えた —— あのやる気のない義理の兄のためにお得な仕事を見つけてやろうとあれこれ動き始めたに違いない……。と考えているうちに、自信たっぷりの頑健な祖父に対する複雑な恨みの念がどっと押し寄せてきて、サントラーリャは怒ったのか恥ずかしくなったのか分からないが、顔が真っ赤になってしまった。小競り合いが続くトレドのど真ん中で頑固を決め込んでいた祖父の姿が、すきあらば外へ出てやろうと、せめてバルコニーから身を乗り出してやろうと必死になっていた祖父の姿がまたもや見え、仕方なく彼が止めようとしても、もう歳老いてヨレヨレになっていた忠実な女中リタの助けを借りてもほとんど効果がなく、そもそも六七歳の老人にいったいなにができる、邪魔になるだけだ、ところで孫のサントラーリャは二八歳、そうだ、孫よ、お前なら行ける、ということで直ちにこの平和なアラゴン戦線に即席部隊とともに派遣されたわけだ……。祖父の頑迷さこそが、一家が散り散りになり、その結果としてサントラーリャの両親が――彼ら二人だけが――今もマドリードで危険にさらされていることの遠因なのであり、もし祖父の馬鹿げた気まぐれさえなければ、サントラーリャの家族は今ごろ揃ってマドリードで同じ運命を甘受し、神の命じるままに互いを支え合って暮らしていたはずで、そうであれば彼もいくらか両親の疲れを癒してやれただろうし、たとえ避けがたい災難に直面したとしても、少なくとも分かち合っておれば、今このように離れ離れとなって不安のなかにいるよりは、その災難もずっとましなものに感じられたろう……。「あと数日の辛抱だ」。凶暴なアフリカ部隊がトレドに到着してアルカサルが解放され、その最後の戦闘が続くなか、祖父はなおもこう言った。「マドリードもあとほんの数日の辛抱だ、わしらはこのトレドで待つことにしよう」。しかし一日が経ち二日が経ち、そして数週間が過ぎても、なお援軍はマドリードへ届かず、その後も戦闘は数ヵ月にわたって続き、サントラーリャの両親はマドリードに取り残されたままとなり、母は罪のない悲嘆に暮れ、その母に負けず劣らず人のよい哀れな父は、頼るべき相手も、打つべき策も、応援してくれる部隊も、なんの助けもないまま孤立無援でいる……。

あの八月の真昼、葡萄畑を俯いて歩いている最中に市民兵に出くわし――戦争における彼の唯一の冒険――自分が殺される前に二発の弾丸を撃ち込んで相手を倒したとき、サントラーリャはそんなことを考えていたわけだ。

## 3

あれ以来、戦争――最初のうちは遠い昔の休暇の旨みを味あわせてくれ、その後はどんなに暗鬱な日々でも人生によくある障害のひとつ、たとえば風邪とか流行病のように、過ぎ去るのを待つしかないものとして考えることができていた戦争――が、彼にとってまことに耐えがたいものとなり始めた。自分が始終いらいらして気が短くなっているように感じ、事件から戻ってきた直後には市民兵を簡単に始末できたことによる高揚感で気持ちも支えられていたのが、その後、テーブルに置かれたままの身分証明書やそれに続く退屈な日々、さらには仲間たちの絶え間ない好奇心などが手伝って、やがてはどす黒い不快感がたまるようになり、最後は、死体の匂いがきっかけで始まったからかいの言葉に、気分を完全に害した。最初に匂いがかすかに漂ってきたとき、その源に関してはすべて推測の域を出なかった。あっ、来た、かすかに匂う、と思ったら消えていたのだが、そのうちに誰かが下の畑でサントラーリャ中尉の手にかかって死んだ市民兵のことを思い出すと、まるでそれがとても滑稽なことであるかのように、全員が大笑いしたのだった。

遠い昔に忘れていたのに、どうして少し前から愛犬チスパの痛ましい死の記憶が蘇りつつあったのか、ペドロ・サントラーリャがようやくそれを理解したのも、まさしくこの瞬間のことであった。そう、匂い、まさにあのいやな匂いのせいだった……。そして、気になり続けていたその記憶を完全に受けいれたとき、あの当時の子ども心をいっぱいにした淋しさがふたたび呵責なく彼の心を満たしていった。馬鹿な！　あれはずっと昔の話だし、その間には数々の不幸があったというのに、今になって哀れな愛犬の死という些細な出来事がこんなにも心に響いてくるなんて！　しかしながら、彼はチスパの死を、あのときと同じ痛みを感じつつ細大漏らさず思い出していた。やんちゃだったチスパはよく家から抜け出し、勝手にひとりで散歩をしたあと何時間も経ってから家に戻ってきたが、あのときだけは迷子になって戻らなかった。愛犬の失踪について家族のあいだでは、最初のうち、すぐ戻ってくるから懲らしめてやろう、鍵を閉めて鎖につないでおかねば、などと言っていたが、しまいにはみんなが落ち着かなくそわそわし始めた。サントラーリャはものも言わずにあらゆる場所を探しまわり、登校の最中に遠回りをしたり、もしかすると偶然目の前に現れるかもと家の入口に立ったりするようになり、そのうち毎日帰宅の際に、チスパは戻ったの、とまず訊くようになった……。「知ってるか、お前の犬を見たぜ」と、ある日の朝学校で同級生が彼に告げた。（サントラーリャは学校で無関心を装い、希望を胸に秘め、自分が悲しんでいる原因がばれないよう気を配っていた。）「お前の犬を見た」と同級生は言い、彼のことを意地悪な目でじろじろ見た。「本当かい？」。胸の焦りをなんとか鎮めようと努力しながら声高にそう言った。「いったいどこで？」。「昨日見た、えっと、サン・アンドレス通りだ」。サン・アンドレス通りは土塀で囲まれた細い路地で、突き当りには畑を囲う柵がある。「でも……」と、サントラーリャは意気地をなくしてためらった。「探しに行ってもいいけれど、でも……もういないんじゃないかな」。「どうして分かるの？　まだあるかもしれないだろ」。同級生は含みのある笑いを浮かべて妙なことを言った。「そうさ」と同級生はさらに言った。「まだ拾われてない可能性が高いぜ」。「なんだって?」。彼は声も顔も青くさせて飛び上がったが、いっぽうの同級生は少し間をおいて、静かに、穏やかに、目をキラキラさせながら、こう明かしたのである。「ああ、そうさ、もう死んでるよ」。それからこうも認めた。「でも、ひょっとしてお前の犬じゃないかも！　そう見えたけど、ひょっとして間違いかも」。間違いではなかった。サントラーリャが慌ててサン・アンドレス通りに駆けつけてみると、そこにはチスパがいて山のような蠅がたかっており、匂いがひどくてとても近寄れなかった。「やっぱりお前の犬だったか?」。翌日、例の同級生が彼にそう尋ねた。そしてこう付け加えた。「ところでさ、殺した奴を知ってる」。それから同級生はありもしない話を並べ立てた。年の割にデカい奴らが数人、犬を囲んで石をぶつけていたんだけど、その最中に可愛そうな犬の奴がひとりにガブッと噛みついた、するとあいつら、みんなで棒を使って散々殴りつけたんだ……。「でもさぞや泣き叫んだろうね、犬のことだから」。「あんな誰もいないところで泣き叫んだって、どうしようもないと思うけど」。「お前、どうしてそんなことを知ってるんだ?」。「あっと！　それは言えない」。「ひょっとして見てたのか?」。同級生は言い逃れやデタラメを並べたて、最後には自分は犬が倒れているのを見ただけで、すべては勝手な想像だ、とか言い始め、サントラーリャはそれ以上なにも聞き出せなかった。すっかり落ち込んで家に帰り、口も利けず、喉になにかが詰まったような、世界が急に冷たく荒れ果てた無人の野になったような気がした――そしてそのときとちょうど同じ精神状態に、通りの奥で桜の木の枝に覆われるように死んでいたチスパのことを再び思い出しながら、あのときとまったく同じ精神状態にあったというわけだ。この匂いだ！　そうだ、このひどい匂いだ。ただ今度の匂いは犬よりずっと大きな死体、人間の死体から漂っていて、そいつを殺した悪人が誰なのかは調べるまでもない。

「どうして奴を殺しちまったんですかい、中尉殿？」と、からかい好きのイリバルネがとぼけた顔で悲しそうに彼に尋ねたものだった。「中尉殿は我が紳士軍の誰かが屁でもここうものなら血相を変えて怒りなさるのに……」と言ってから鼻をつまんで「なのにいったいどうしてこんなことをなさったので……。ねえ、隊長、サントラーリャ中尉殿は奴を生きたまま俺の所へ捕虜として連行すべきだったんですよ、違いますかい？　俺なら将校たちの靴磨きでもさせてたでしょうね、そうすりゃ誰も文句は言わなかったはずだ」

「黙れ、この馬鹿！」とサントラーリャは命令した。だが、当の隊長が笑っていたものだから、そのお調子者はさらにいい加減なことを言い続けた。

その後に市民兵は埋葬され事件も忘れられたが、こうしたこともあって、サントラーリャは完全に気分を害してしまった。戦争は彼にとってすでにあまりに長すぎる冗談に思えだし、あくびをしたり――例の能天気なイリバルネが言ったように――屁をこいたり、下らないからかいの言葉をネチネチと繰り返すばかりの仲間たちは、彼にとって心底から耐えがたい、我慢できない存在となっていた。

すでに雨の季節になり、外も寒く、彼にその気はなかったが、たとえあったとしても、司令部から外へ出るのも苦しい。出て行ったところでなにをすることがあろう？　ほかの連中がカード遊びをやっているあいだ、空いた時間に彼はひとり自分の簡易ベッドに壁を向いて寝転がり、そして――自分の時間を邪魔されたくないというだけの理由から、もう百回ぐらい読んでいたシャーロック・ホームズの小説を開いて読むふりをしつつ――ひとり頭のなかで、このいつまでも終わることのない戦争というテーマについて、そしてそれを考えると最後には必ずそこへと至る、例の葡萄畑で死んだ市民兵の不幸な出来事について、何度も何度も思いを巡らせた。笑わせることに、今やそれがサントラーリャにとって唯一の軍功となっている。《俺は人を殺した――敵を倒したんだ。でも戦闘で殺したんじゃない、野原でウサギを殺すみたいに殺した。そう、率直に言ってそういうことだ、俺は仔ウサギを殺したんだ、あいつの言ったとおりだ》。するとモリーナの、モリーナ中隊長の甲高い声が、トレド出身のアナスタシオ・ロペス・ルビエロスの身分証明書を形式的に（郵便局員みたいに）調べた後で「……お前さん、どうやら同郷のウサギさんを仕留めたみたいだな」と言うのが聞こえる。そして再びあの葡萄畑での場面を一から思い出す。いきなりなにかの塊がむくっと起き上がり、仰天した彼はその市民兵を撃つ。可哀そうな男が「やめろ、やめろ」と言う。「やめろだと？　うるせえ、これでも喰らいな！」。腹に二発……。正当防衛だ、当然さ……。でも実際は正当もへったくれもない！　それは彼自身よくわかっている。不幸な青年はライフルに手を伸ばす間すらなく、硬直して微動だにせず、まだあの葡萄の房を、直後に地面に転がる葡萄の房を指でつまんだままだったというのに……。正当防衛なんかじゃない、本当のところ青年を殺す必要などまったくなかった。手を挙げろと言い、脇腹に拳銃をつきつけて司令部まで捕虜として連行すればよかっただけの話じゃないか？　明らかにそうだ！　そうすべきだったのだ、それをあんな風に殺したまま放置してくるなんて……。どうして連行しなかった？実質的な危険は一瞬たりともなかったのだ、あとで事件の顛末を語る際にどれだけ脚色しようとも実際にはなんの危険もなかった。ということは、青年がなんの危害も加えないのに殺したということになる、簡単な話、モーロ兵たちがトレドのアルカサル入城後に病院のベッドにいた負傷市民兵たちの首を切り落としたのと同じように青年を殺戮したことになる。昔は他人事だったから当惑し、呆気にとられ、怒りで体が震えたが、いざ自分が当事者となってみれば懸命に言い訳を探してばかりいて、たとえば「結局のところあいつは敵だったのさ……」と自分に言い聞かせたりした。可哀そうな奴だ——そう、それだけのことだ——おそらくたまたまあそこに居合わせた単なる一兵卒だろう。《葡萄摘みで息抜きをしていたんだろうな、俺と同じだ、あいつはあまりに無防備だった、俺に拳銃を突きつけられたとき、あいつはトレドの病院で短剣を振りかざすモーロ兵に「やめろ、やめろ」と叫んでいた負傷兵たちと同じだったんだ。で、俺は拳銃を二発撃ち、奴を倒し、死体をそこに残して、自分の英雄的行為に満足して司令部に戻った》。さもたいしたことがないと言わんばかりに——見栄と意地の類のありふれた感情だ——今しがた起きた出来事を平然と語るそのときの自分の姿が見え、そしてその自分自身の態度に改めてむかついた、だって……《確かなことは》と彼は考えた。《証人は死んだ張本人しかいないが、俺がおそらく自分の同類を殺したってことだ、俺より優れても劣ってもいない普通の男、俺と同じで、ちょっと葡萄でも食いたいと思っただけの男を殺したことだ、俺に趣味が似ているというたったそれだけの罪で奴に死の宣告を下したってことなんだ》。実際には恐怖に駆られて動いただけで、自分の英雄的行為とは文字通り臆病な行為だった……と考えることは、今や彼にとってほとんど心の慰めだった。そしてまた堂々巡りが始まるのだった。

外で雨がしとしと降るなか、そんな風に辛くて無為な時間を過ごしていると、彼の記憶に遠い昔の様々な逸話が競うように現れ、かつて幼心を傷つけた出来事が、もうすっかり忘れて消化したはずの今頃になって、まるで瓶の底から沈殿物が浮かび上がってくるみたいに現れた。《幼心を傷つける》とか《血をインクにして書かれた》とか《記憶の傷》といった決まり文句が嘘じゃない現実的な意味を帯びたが、それは、それらの言葉に、侮辱のもたらす火傷のような痛み、今となっては消すことのできない傷跡の醜い爛れが、その痕跡をくっきりと残しているからで、その傷痕は、それを実際に体験したときに感じた憤慨と怒りを、今の彼の心に燃えているアイロニーの炎によっていっそうメラメラと燃え上がる憤慨と怒りを、決して和らぐことのない強烈な怒りを、いつもいつも呼び覚ました。今の彼を苦しめるそうした《望ましくなかった》過去の出来事のなかで、戦争に入ってからの最後の数ヵ月でいちばんしつこかったものがひとつある――彼はそれに《ロドリゲス事件》という名前をつけている――それは子どもの頃の彼を密かに数ヵ月にわたって苦しめ続けた出来事だった。それ以来、そのロドリゲスという名字にいつも嫌悪を催し、おかしなことにロドリゲス姓を持つ相手なら誰構わず警戒するようになっていたが、それにはそれなりの理由があったのだ！　どのロドリゲスとも友だち、真の友だちにはなれなかっただろうが、それはすべて、例のあのクソガキ、近所のクソ坊主、貧しいボロ屋の戸口に立っていたあいつのせいなのだ……――小太りで、彼より背が低く、汚い脚をして、短く刈った頭にハンチング帽をかぶり、あの貧しい通りを登校する彼の様子をこっそりうかがい、いつも決まってなにか予想もつかない罵りの言葉を投げかけてきたあいつ――。替え歌や物まね――本を真似た煉瓦を二枚脇に抱えて彼の前を歩いた日みたいな――などでからかっている分には我慢を総動員して知らんふりを貫くことができたが、ある日とうとう糞を放り投げてきたときには……。ロドリゲスは彼が角を曲ってくる前に糞を二掴みほど用意していて、それを手で掬い狙いをつけていた、そして……サントラーリャにも待ち伏せのことは分かっていたから、相手を見つつ、そのずるがしこい顔を見つつ、その出方を見ながら、内心では《やるなよ、やるなよ!》と必死で願ったが、ロドリゲスは、やってしまった。黄金に輝く汚物をサントラーリャの帽子めがけて放り投げ、それは彼の顔に当たってべちゃっと潰れた。そしてなおもこう言ったのだ。「どうぞ召し上がれ、坊ちゃん……!」。サントラーリャ中尉は今なお恥辱で顔が真っ赤になる、帽子にべっちゃりとついたあの黄金色の汚物ときたら……。彼は振り向いて、顔を真っ赤にし、敵を睨みつけ、顔をぶん殴ってやろうと勢い込んで近寄って行ったが、ロドリゲスは平気な顔でニタニタと白い歯を見せながら彼が近づくのを見守り、そばまで来るといきなりガツン! とサントラーリャの股間に正確な鈍い音のするつま先蹴りを一発だけ見舞い、それで息が詰まったサントラーリャの脇から本がばらばらと地面に転がり落ちた。しばらくして息を吹き返したとき、悪党はもう自分の家に逃げ帰ってしまっていた……。でもここまではまだ序の口で、いちばん悔しかったのはそのあとだ。帰宅し、泣いてわけを話し、母には怯えられ、父にはすべてを細かく話すよう言いつけられ、その後数時間はひとりで仕返しの考えを膨らませてばかりいた。仕返しの《願い》や《気持ち》という言葉ではとうてい物足りない、むしろ、飢えや喉の渇きのような強烈な肉体的欲望と言うべきだったろう、奴を家に連れて来て、中庭の柱に縛りつけ、そこで祖父のずっしり重たい拳銃を借りてズドンと一発やらねばとても気が済まなかった。それこそが、そのときサントラーリャが心から求め痛いほどに願ったことであったが、その正義の処刑の計画を祖父に話すと、祖父は彼の頭をなでながら大笑いしたので、彼は世界中から見捨てられたような気分になった。

あれから何年もが経ち、彼は成長して高校へ通い、その後マドリードで文学部に通うようになったが、その間、頻繁というわけではないが、それでも一定の間隔で、同じく大人になった憎たらしい敵とすれ違うことがあった。そのときは互いに知らないふりをして、まるで見知らぬ他人どうしのように見つめ合ってそのまま離れたが、まさか二人とも分かっていなかったわけでもあるまい……。《ロドリゲスの奴は今回の戦争でどうしたのな?》とふと思うこともあり、そんなときは様々な恐ろしい考えが思い浮かんで――たとえばモーロ兵に紛れてトレドの病院で怪我人の首を切っているロドリゲスとか――あるいはまた《あの憎きロドリゲスを今この手に捕まえることができたら、また逃がしてやるんだ……》などと考えることもあった。そうやって、ロドリゲスを好きなようにできる立場にいながら無傷のまま逃してやるところを空想していると、彼は気分がよくなった。そして、この想像上の寛容は彼の心をほどよい喜びで満たしたが、いっぽうで、本当はその必要もないのに理由もなく死んでいったあの市民兵のことを思うと、幸せな気分は無残にも打ち砕かれてしまうのだった。《もちろん》と彼は何度も自分に言い聞かせた。《向こうが俺のことを殺していたかもしれない、あいつは敵だったんだ。俺は義務を果たしたんだ、義務をきっちり遂行したに過ぎない、ただそれだけのことだ》。自分の行動にケチをつけた奴はいなかった、ひとりもいなかった、みんながあれはごく当たり前のことで、むしろ褒められるべき行動だと考えた……。《だったらどうして?》と考えて、彼は気分が悪くなった。彼は部隊長のモリーナに好奇心から一度こう尋ねたことがある。「ところで後方へ送られた捕虜たちはその後どうなってるんだい?」。モリーナは一瞬彼のことを見つめてからこう答えた。「さあな、分からんよ！　どうして知りたい？　そんなの場合によりけりだろ」。場合によりけり！　抑揚のない静かな声でモリーナはそう答えた。まったくこういう連中ときたらまともな会話すらできないのだ、いつもいい加減な答しか言わない！　サントラーリャは捕虜に関する自分の疑問についてほかの仲間とも議論をしたいと思っていて、議論する、というのは、言うまでもないが、概括的かつ抽象的に、学問的テーマとして話をするということだった。だが、いったいどうやって？　そんなことはほかの連中にとっちゃどうでもいい話なのに！《俺は変わり者に違いない》。ここにいるみんなが自分を変わり者とみなしているからそんな個人的疑問を話題にすれば笑いものになるだろう。《こいつは》と、みんながきっと噂する。《下らないことをやけに深刻に考える奴だ》。というわけで、彼としてはむしろひとり想像のなかで、自分の身内が、家族のひとりひとりが今回の事の次第を知ったらどう評価するかを考えるほかなく、それぞれどういう反応をするかをちまちま考えては時間を潰していた。祖父はきっと鼻高々で、彼の行動が正しかったことを認めるだろう（敵兵を生きたまま捕虜にすることだってじゅうぶんにできたということを教えてやったら――と彼は自問した――祖父はいったいどう反応するだろう？）、詳細を聞かぬうちから、お前が正しい、と言ってくれるだろうが、きっと心の底では、こいつはまたずいぶんと意外なことだ、まさに柄にもない手柄だ、あのひ弱な孫のペドロがね、とか思うにちがいない。母はびっくりして、危険な目にあった息子が最後は五体満足で戻って来たことに満足するだろう。父は、例の見ていて少しいらいらする自制心と抑制を存分に発揮して、眼鏡の奥から悲しげに息子の顔を睨みつけ、心の底を見透かそうとするだろう。お次は義理の兄の大袈裟な歓迎が待っているはずだ、これ見よがしに、よくやった、と彼の背中をたたくにちがいない。そして姉のイサベルは、とうとうあなたも私たち夫婦と肩を並べたわね、と頷くことだろう。

いつもそうだが、サントラーリャは両親のことを考えると、この戦争の退屈さが言葉では表せないぐらい嫌なものに思えてきた。もうすでに何ヵ月にもになる、もう両親と別れて会えないまま、いったい彼らが無事なのかも分からないまま二年が経つが、それもこれもすべて――と彼は思った――マドリード陥落は間近だというあの祖父の馬鹿げた予測のせいだ。今も二人は孤立無援で死の瀬戸際にいるというのに！

でも、そのすぐあと、彼は頭に血が昇るのを感じながら自問した。《戦争がだらだら長すぎるとか文句を言う資格がいったいこの俺にあるのか？　よそでは大量の兵士たちが闘って死んでいるというのに、こんな馬鹿な奴ら、ここそこカード遊びばかりやっている仲間たちに混じってのうのうと生きているこの俺に》。今度もまたそう自問し、そして《心が変わらぬうちに》《案ずるより産むがやすし》とばかりに、すでに何度か考えてきたことを《ただちに》実行に移す決心をした。戦闘中の前線部隊への配属替えを願い出るのだ。(これを知ったら祖父がどんな顔をするか見ものだ!)。この決断のおかげで彼はずいぶん気分がよくなった。その日の残りは口笛を吹きながら嘆願書の下書きをこしらえて過ごし、そしてついにしかるべき筋を通して異動嘆願書を提出したのである。

モリーナ中隊長は彼のことをしげしげと、疑いの眼差しで、若干皮肉っぽく、そして迷惑そうに眺めた。

「なにを血迷ってるんだ、お前?」

「なにも。ただここにいるのに飽きたんです」

「だがなあ、お前、もうじき戦争も終わりだぞ、無茶はよせ」

「無茶をするつもりはありません。ただ、もううんざりなんです」と彼は打ち明け、にっこりと、申し訳なさそうな笑みを浮かべた。

みんなが彼のことを、なんだこいつは、という目で見た。イリバルネが言った。

「どうやらサントラーリャ中尉殿はトマトが流れるのを見たいらしい」

彼は返事をせず、軽蔑を込めてイリバルテを睨んだ。

「だがなあ、もう戦争は終わりかけてるんだぜ」と、隊長がなおも繰り返した。

嘆願書は受理され、サントラーリャは心穏やかになって、喜びすら感じつつ、異動の日を待ち構えた。ところが、そうこうしているうちに、戦争は決着へ向け急速に進みつつあった。いろいろと噂が流れてくるようになり、動揺が広まり、戦況も急に単純な掃討作戦に近いものへと変化してゆき、共和国軍がフランスに撤退すると、ようやくある日の夜明けに彼の中隊も遅ればせながら作戦に加わって、一発の銃弾も撃つことなく進撃した。

戦争は終わっていた。

## 4

起床して寝室の雨戸を開けると、サントラーリャは《よし、今日こそ必ず！》と心に誓った。気持ちの良い朝で、雲ひとつない青空、家の正面には巨大なアルカサルが天空に向かってくっきりと突き出ていた……。今日こそ絶対にやる――と彼は腕時計のネジを巻きながら心のなかで繰り返した――。高校へ出勤し、地理の授業を終え、昼食のために帰宅する前にあの用事を片付けるのだ、自分に誓ったことを今こそやり遂げるのだ。今しかない。すでに時間を無駄に使い過ぎている、ことを先延ばしにし過ぎた、自分の良心の前でせっかくやると誓った例の慈悲深い行為をどうしてこれ以上先延ばしにできよう？　彼は自分自身に対し、例の不幸な犠牲者の家族に会いに行くと、あの市民兵、一九三八年八月のある日の午後、アラゴン戦線で不吉な運命のいたずらから彼が出会うことになってしまったアナスタシオ・ロペス・ルビエロス、彼の家族に会いに行くという誓いを立てていた。戦争が終わればこのとてもきつい苦難を是非とも自分の力で乗り越えねばならないと考え、自らに課したある種の苦行ではあったが、実際もう四一年になった今も、彼はまだそれを実行に移していなかった。《探さなきゃ》と、彼は当時心のなかで誓ったのだった。《彼の家族を探さなきゃ、誰がどこにいるのかを探して少しでも安心させてあげなきゃ》。が、当然のことながら、なによりもまず自分自身の家族と、それに――嗚呼！――彼自身の心配をする必要があったというわけだ。

休暇を得ると真っ先に両親のもとへ飛んだ。前もっては知らせず、そしておかしなことに最後の瞬間になるとぐずぐずとやる気がなくなって、そしてマドリードに着き、家族が住んでいる姉のマンションの階段を上がり、呼び鈴を鳴らす手前でドアが開いているのが見え、暗闇のなかから父の眼鏡がこわごわ外を覗き、それがすぐに喜びに変わって抱きついてきて、そして「びっくりしたぞ、そんな軍服を着ているものだから！」と囁くのが聞こえた。なかなか離れようとしない、やけに長く続くその父の抱擁のなかで、サントラーリャは息が詰まる思いだった。父の洗練され成熟した細面に光る視線は――その目のきらめきは――葡萄畑で彼が偶然出会って殺したあのこわばった表情の市民兵と同じではなかったか？　そして彼は、父の腕のなかで、自分が見知らぬ他人になったような、その洗練され成熟した男の腕のなかで怖いほど見知らぬ他人になっているような気がした。サントラーリャはへとへとに疲れ果て玄関ホールのソファにどっかりと座り込んだ……。「びっくりしたぞ、おまえ……」と言う父の表情には、今やすっかり安堵の色さえ見えている！　前より痩せて、老けてはいる、とても老けてはいるが、息子を目の前にして、にこにこと満足げであった。サントラーリャも父の顔をなんとか見た。彼は「母さんは？」と尋ねた。母さんは出かけたよ、すぐに戻るさ、姉さんと二人で出かけた、目的は知らんがね。それから再び二人とも向かい合ったまま黙りこんだ。

二人きりになったときすべてを彼に教えてくれたのは、いつものように母だった。「まるで別人ね」と、母は彼の腕をつかんで貪るように見ながらそう言った。「すっかり変ってしまって」。彼はなにも答えなかった。母の白髪の増えた頭と曲がった背中――もう老人の背中だった――それと細い首を見ていると、彼は胸が痛んだ。以前の冷静沈着さやキリリと抑制の利いた態度は影をひそめ、どちらかといえば感情的に言葉をまくし立てるその姿にも、やはり彼は胸が痛んだ。だがそれは第一印象で、母がすぐに昔の利発さを取り戻したのが分かり――歳のせい、これぱかりはどうしようもない、歳のせいで確かに衰えてはいたけれど――それから母は彼に、家族がどんな暮らしを送ってきたのか、いちばんひどい時期を「あなたの義理のお兄さんの逃亡のせいで私たちが危機にさらされた時期を」――彼女いわく――「お父さんの知り合いの人たちのおかげで……」どう切り抜けたのかなどということを、事細かに説明してくれた。戦争のあいだ父はずっと食料など物資補給のお役所仕事をしていたのだ。「でもこれでもう、ああ！　本当によかったわ……これでようやく」と母は締めくくった。「これから先は静かに暮らせるわね、あなたは立派な士官だし、お祖父さんも健在だし……」。祖父は依然として頑固なままだった。「まったく懲りないのよね！　ちょっと元気がなくなって気落ちしてるみたいだけど、性格はあのままよ」

サントラーリャは母に市民兵との遭遇について語った、そうすることに決めた、そうしたくてたまらなかったのだ。あまり大仰にならないよう、むしろ偶然や冒険といった性格をわざと強調しながらこの話を進めたが、母の目のなかに浮かぶ驚愕の色を見て、彼女がすでに事件の辛い真実に感づいていることが分かり、もうそれ以上隠すのはやめることにして、遠まわしにおずおずとではあるが、話を先へ先へと進めて行った。母はなにも言わず、また彼も母になにか言って欲しかったわけではなく、ただ聞いてくれればよかった。が、彼がどうにも感極まって、ポケットからアナスタシオの身分証を取り出して鼻先につきつけたときには、彼女は真っ青になり泣きだした。ああ、神様！　と。以前の彼女の逞しさはどこへ行ってしまったのだろうか？　二人は抱き合い、そして母は、彼が市民兵の家族に会いに行ってなんらかの埋め合わせをするつもりだと打ち明けると、猛烈な勢いで首を縦に振った。「そうね、そうよ、ぜひそうしなさい！」

だが実行に移す前に自分自身の生計を立てねばならなかった。トレドの国立高等学校での教職を得、軍を退役し、紆余曲折を経た末に――神の思し召しで――なつかしいトレドの家に一家全員がふたたび集う日がやってきた。こうしてペドロ・サントラーリャは普通の生活に戻り、心穏やかになって、可愛そうな一家を特定して居場所を探し出すための段階的調査について骨の折れそうな実に完璧な計画を描いた。住民名簿、昔の有権者名簿、軍司令部、身分証明書等の管轄窓口、警察の文書保管庫……などなど段取りを考えた。が、そこまでやる必要はなく、幸運としか言いようのないほどに道はあっさり開け、最初に調べた住民名簿でアナスタシオ・ルビエロスの名がすぐに見つかり、身分証のデータと一致することが分かり、住所を書きとめることができた。というわけで、あとは計画したことを実行に移すだけでよくなっていた。

《今日こそは必ず！》と、その日の朝、朝日の差し込むバルコニーから外を眺めつつ彼は心に誓った。計画の実行をこれ以上延期する理由も言い訳も見つからなかった。彼の暮らしは再び狭い通俗の小道へと入り込んでいて、それは戦争前と同じではあったが、違いと言えば、たとえば、祖父が今では暇な時間に――大半の時間がそうだったが――細々とした――そしてしばしば本人には屈辱的な――オリーブ油やパンや砂糖を扱う仕事に従事していることと、父がある会計士のもとで、自慢の達筆を振るって書類を書き写す仕事に何時間も費やしていることと、母が一日中ため息をつきながら家事に汗水流していることぐらいで、そして当のサントラーリャ自身はと言えば、以前から無口ではあったが、それにも増して口数が少なくなり、地理の授業の準備や学校でのつまらない揉め事などにいつも機嫌を悪くしていた。よし、今日こそは！　それに、今のこの重荷を下ろすことができたらどんなにほっとすることだろう！　馬鹿げたことであるのは分かっていた（《まったく俺は変わり者だ》）。ここまで気にする人間もいないだろうけれど……もうそんなことはどうだっていい！　なんであれ、自分はそれを実行することで胸のつかえがおりるだろう。だから今日こそは必ずやる。

出かける前、彼は箪笥のいちばん上の引き出しを開け、新しいハンカチを取り出すときにいつも目に飛び込んでくる忌々しい身分証を今日こそポケットに入れ、すべての準備が整うと家を出た。午前中の地理の授業は惨憺たるもの！　気もそぞろに授業を終えると、前もって正確に調べた住所へゆっくりと向かった。そこはずいぶん貧相な家で、タホ川沿いの水面に近い傾斜地に立つ平屋だった。

入口は開いていて、縞模様のレースのカーテン越しに外の光が入り、ひとりの老人がソファにじっと腰かけて赤煉瓦の床のうえに足を投げ出し日光を浴びているのが見えた。サントラーリャは家のなかをこわごわ一瞥し、ポケットに入れたアナスタシオの身分証に手を触れ、最初はためらったが、すぐにやや唐突に部屋のなかへ足を踏み入れた。老人は椅子から動かず、驚いて、不安そうな青い眼で彼を見つめた。たいへんな年寄りみたいで、顔中が皺だらけ、大きな頭にベレー帽を被り、耳は半分透けていて、手には太い黄色のステッキを握っていた。

サントラーリャは「おはようございます！」と言い、自分の声がくぐもっているのに気づいた。老人は頷きながら「ああ、ああ！」と言い、あたりを見回して彼が座る椅子を探しているみたいだった。サントラーリャは無意識のうちに部屋のなかを見渡した。小さな背の低い椅子が一脚、へこんだ椅子がもう一脚。でも、なんだって座ったりせねばならない？　馬鹿な！　立ったままでいい。入るときに挨拶はしたので、今度は用件を切りだした。

「どなたかご家族の方とお話ししたいのですが」と彼は尋ねた。「アナスタシオ・ロペス・ルビエロス君のご家族はこちらにお住まいでしょうか？」

すでに気を取り直していたので、声も普通に聞こえた。

「ルビエロス、ああ、ああ、ルビエロス」と老人は繰り返した。

そこで彼はもう一歩踏み込んで尋ねることにした。

「ひょっとしてご家族の方ですか？」

「ああ、ああ、ご家族の」と老人は頷いた。

サントラーリャは話が、目の前にいるこの老人以外の人間であれば誰でもいいから、話がしたかった。

「彼のお祖父さんでしょうか？」となおも尋ねた。

「うちのアナスタシオは」と、今度は老人が妙に確かな口調で言った。「うちのアナスタシオはもうここには住んどらん」

「あの、実は私、アナスタシオ君に関する悪い知らせがありまして」と、ここでサントラーリャは重々しく打ち明けた。するとその瞬間、まだ詳しい事情も説明せぬうちから、もっと奥の暗がりのほうで誰かが見張っていることに気がついた。奥のほうをちらりと見ると暗闇のなかに半開きになったドアが見えたが、それ以上はなにも見えなかった。誰かがいる、間違いない、誰かが見張っているのだが、それが誰だか見えない。

「アナスタシオは」と、老人が語気を強めて（巨大な手でステッキを握り、目を電気仕掛けみたいにパチパチと光らせて）繰り返した。「アナスタシオはここには住んどらん。住んどらんよ」。それから声を小さくしてこう付け加えた。「二度と戻らんかった」

「これから先も戻りませんよ」とサントラーリャは告げた。すべて考えてきたとおり、計画したとおりの展開だった。彼は勇気を振りしぼって最後にこう言った。「アナスタシオ君に不幸がありました。戦死したのです、殺されたのです。ですから私はそれを伝えに……」

彼はこの台詞をゆっくりと、ハンカチでこめかみを拭いながら言った。

「ああ、ああ、死んだ」と老人が頷き、皺だらけの頑健な顔が、そうだそうだ、と何度も肯定の表情を浮かべた。「死んだ、そう、アナスタシオは死んだ。それにひきかえこのわしはどうだい、こんなに逞しいんだぞ、この歳でまだ死なんぞ」

老人は笑いはじめた。サントラーリャは呆気にとられて、はっきりこう言ってやった。

「彼は殺されたんですよ」

それにしても、奥から誰かに見られているという感覚さえなければ、これほど気まずい思いはしていなかったろう。横目で部屋の奥をちらりと覗きつつ、こう考えた。《このまま居続けるなんて愚の骨頂だぞ。その気になればすぐ出ていける、ほら、一歩踏み出せばもう外だ》。だが、だめだ、行かない、動くな！　頭のぼけた老人を相手に体が動かなくなり、暴力的な気分にすらなっていたが、とにかく一旦始めてしまったことだ、このまま続けるべきだ。というわけで当初の計画どおり続けることにした。自分はアナスタシオの戦友だった、アラゴン戦線で偶然出会って友情を深めた、彼が敵の弾に当たって死んだ瞬間にはすぐそばにいた、彼のポケットから遺品として身分証を抜き取ってきた……などということを老人に語った。そして身分証を取り出して老人の顔の前に差し出した。

ちょうどその瞬間、太った黒い髪の喪服を着た女が奥から部屋に入ってきて、老人に近寄ると、サントラーリャのほうを向いた。

「なんのご用でしょうか？　はじめまして！」と、彼女は尋ねた。

サントラーリャはすぐさま可能な限りの説明を、すなわち戦時中にロペス・ルビエロス君と知り合った、アラゴン戦線で仲間だった、同じ前線でずっと一緒だった、そこは本当を言うとかなり静かな戦場だった、ところが彼は運悪く誰かの放った流れ弾に当たってしまい……などと説明した。

「で、あなたはご無事だったというわけ？」と、女が彼のことを頭のてっぺんからつま先までじろじろ眺めつつ、少しつっけんどんな口調でそう言った。

「私ですか？　私は幸い無事でした。戦争中にはかすり傷ひとつなしです！」

「戦後、の話をしているのよ」と、その太った女がゆっくりと言った。

サントラーリャは頬を赤らめ、慌てて返事をした。

「戦後も特には……。運がよかったんですね。そう、運がよかったんです」

「お友だちに恵まれたのね」と、彼女はサントラーリャの身なり、スーツや両手をじろじろと見ながら値踏みするように言った。

彼は片手に持っていた身分証を女に渡してこう尋ねた。

「息子さんですか？」

女は今度は写真をじっくりと眺め始め、印刷された文字やあとで記入された文字を丹念に追い、それをしばらく見ていたが、なにも言わなかった。

しかし、彼女はすぐに身分証を彼に返し、どこかへ椅子を取りに行ってしまい、そのあいだ彼は老人と二人きりで見つめ合っていた。戻って来た彼女は、椅子を置きながら押し殺した声でこんな意見を述べた。

「流れ弾！　流れ弾ですか！　悪くない死に方ね。悪くないわ、きっと父やほかの兄弟もそんなふうに死にたかったでしょうね。銃を手に戦って死ぬ。悪くない死に方だわ、悪くない。拷問されたり、まるでウサギみたいに嬲り殺しにされていたら、それこそいやだったでしょう。銃殺とか絞首刑とか、それこそひどいじゃないですか……。私なんていまも心配してるんですよ、ひょっとしてあの子がまだ生きていて、まだどこかで……」

サントラーリャは体の力が抜け、うつむき、両ひざのあいだにアナスタシオの身分証をぶら下げて、なにも言わずに彼女の陰気な言葉に耳を傾けていた。

「少なくとも死んでくれてたほうが」と暗い声で彼女は続けた。「無駄な手間が省けるというものよ、それにあの子は仲間といっしょに銃を手にしている最中に死んだんでしょう……。どこでしたっけ？　アラゴンと言いました？　どういう風の吹き廻しであんな場所まで行ったのかしら？　私たちはきっとマドリードに飛ばされているんだろうと思ってましたのよ。アラゴンくんだりまで死にに行ったというわけ？」

女は乾いた床の煉瓦をじっと見つめながら、まるで独り言のように呟いていた。彼女が黙りこむと、今度は少し前からなにか言いたそうにしていた老人がようやく口を開いてこう尋ねた。

「向こうにはたくさんあったかい?」

「たくさんって、なにがですか?」と、サントラーリャはなんとか返事をした。

「たくさん食いもんがあったかい?」と、老人は両手の太い指を口に運びながら、明るく答えた。

「ああ、食べ物ですか、それなら事欠きませんでした! もうたっぷりですね。補給部隊が調達してくれました、あと」と、少々無理に感情を込めて話した。「それだけじゃないんです」と言ってから、例の葡萄畑を思い出した。「地元アラゴンの特産物がもうたくさんあって」

老人が割り込んできたおかげで一息つくことができたが、すぐに自分の今の返事の場違いな幼稚さを女が不審に思ったのではないかと心配になった。だが、彼女は赤く太った両手を見つめてなにか考え込んでいる様子だった。ギラギラと輝く凶暴な目つきさえなければ、彼女はただの疲れ切ったどこにでもいる女、その辺にいる哀れな女に過ぎなかった。どうもなにか考え込んでいる様子だった。

ここでサントラーリャは、この訪問でもっとも険しい山の登頂にとりかかり始めた。彼はこの人々になにかしてやりたかったが、彼らを怒らせるのを恐れていた。なにかしたかったが、そのいっぽうで、できそうなことはそんなにもなかった。なにかをしてやりたかったが、そのいっぽうで、他人の死の代償を自分に都合よくちゃっかり支払ってすべて一件落着、みたいな勝手な真似もしたくなかった。だが、そもそもどうしてそんなことをしたいのだろうか? そもそもなにができるというのか?

「あのう」と彼はおずおずと切り出し、その言葉はほとんど聞こえずに地を這った。「あのう、私のことは同志とお考えになってくださいね……アナスタシオ君の友人として」

が、ここで彼は話をやめ、すべてが馬鹿馬鹿しく思えてきた。《なんて皮肉なこった！》と考えた、今そこにいる見知らぬ人たちには皮肉っぽく聞こえなかったかもしれないが、少なくとも自分にとっては皮肉だ……いやいや、彼らが皮肉と感じるはずはない、彼らはなにも知らないのだ……いや、待て、案外違うかもしれないぞ、今風に着飾った高校教師っぽい話し方をするこの《同志》とやらに、胡散臭いと思わないはずがないだろう……？　でも、だったら、もう塩漬けにしてしまったはずのあの事件の真相をありのままに話すとでもいうのか、自分の戦後の暮らしの詳細までおまけにつけて、細大漏らさず？　私はどちらかと言えば裕福な身分です、あなた方に救いの手を差し伸べられる立場にあるわけですね、ですから願いはなんですか、彼の思い出のためにぜひなんでもおっしゃってください……などと言えとでも？　そんな展開はいかにも悲惨だし、寛容の施しからもほど遠いし、感傷的に過ぎる、それは分かっているが、実は、彼はそうした感動の場面をそれまでに何度も夢想し、その筋書きは変われども毎回あまりに感動的なのでどうにも涙がこらえきれなくなってしまい、よく自分でも驚くことがあった。まず彼が泣いて許しを請い、そして彼ら（あくまでサントラーリャの夢想のなかの《彼ら》である、今目の前にいる《この連中》じゃなく）の前に膝まづき、家族たちはもちろんサントラーリャを慌てて抱え起こして励まし、そして最後に彼はみんなの手にキスをする――美しくも感動的な場面……。ところが、ああ神よ！　今ここにいるのは、ぼけた老人と、恨みがましい目つきのやつれて不機嫌な女と、そしてつんとすました金持ちのぼんぼんに過ぎない。そのぼんぼんはひとりの青年を殺した代償として遺族にお恵みを施そうとしている。その手に死んだ青年の写真と身分証を、まるで二人の友情の証、同志愛のご褒美のように握りしめて。

とはいえ、なにか言う必要がある、このまま黙り続けているわけにもいかない。太った女はすでに顔を上げていたので彼は仕方なく視線をそらし、老人の破れた靴のなかにのぞく巨大な足や、太陽を見た。

いっぽう女のほうはなにかを期待するような目でサントラーリャをうかがっていた。この人はいったいなにをしようとしているのか？　どうしてこんな丁寧な言葉遣いを？　友人と思えだなんて、いったいどういう了見なのか？

「私が言いたいのは」とサントラーリャは言いなおした。「なにかみなさんの助けになれれば幸いなのです、それだけです」

彼は体を硬くして返事を待ったが、その返事は一向に戻ってこなかった。彼の言ったことを理解していないようにも見えた。気まずい沈黙ののち、情けない笑みを浮かべつつ、今度は単刀直入に思い切ってこう尋ねた。

「いちばんお困りのことはなんでしょうか？　教えてください、なにか助けになれることはありませんか？」

老人の皺くちゃの顔が嬉しさと欲望にぱっと輝き、ステッキを握る両手がパン種みたいにプルプルと震えた。だが、老人が興奮を言葉に表す前に、娘のきっぱりした声がサントラーリャの質問に答えた。

「なにも困ってません。おあいにくさま」

サントラーリャの頭上にこの言葉が悲しい雨の如く降り注ぎ、彼はさびしく見放された気持ちになった。そんな言葉を聞いたあとではもう去りたいと思うばかりで、そして、帰るからにはもう急ぐ必要すらなかった。ほとんど倒壊寸前の部屋をゆっくりと見渡すと、そこには、ソファに座ってこちらをもう関心なさそうに見つめている老人と、腕組みして自分と相対している女がいるばかりで、それから彼は、その女に息子の組合の身分証を差し出した。「どうぞお受け取りください」と彼は訴えた。「あなたこそこれを受け取る権利があります」

だが彼女は手を延ばさず、腕組みをしたままだった。感情を押し殺し、目だけをきらりと光らせ、まるで自制心を総動員するかのようにして、落ち着いて、少し皮肉交じりに、こう答えた。

「こんなものをもらって、あなた、私にどうしろとおっしゃるの？　受け取れですって？　いったいなんのために？　社会主義者の身分証を家に隠しておけっておっしゃるのよね？　けっこうです！　おあいにくさま！」

サントラーリャは耳まで赤くなった。もはや話すべきことはなにもない。彼はポケットに身分証をしまい、もごもご「ごきげんよう！」と呟いて外に出た。


（一九四九年）

# 帰還

## 1

帰る決心をした。すでに慎重に検討を重ね――慎重にというのは帰るに当たって人の注意を引かないことが肝要だったからだが、おかげですっかり手間どった！――真の危険はもうないと納得することができた。匿名の通報、単なる疑惑、なんでもない理由、ときには護送車を満杯にしたいというだけの理由で寝ている人間を連行し墓地の塀の前で射殺するような時代は、過去のものになっていた。むろん実際にはいろいろなことがまだ起き続けていて、現にあちらからやってくる連中は、みな、なにかしらおぞましい話をたっぷり土産に持ってくるし、日曜の午後ともなれば、そこらの雑貨屋とか誰か同郷の者の家に集まってはそういう連中を囲み、根掘り葉掘りいろいろな話を聞きだしては、最後にみなでごくりと唾をのみ込んだものだ。新参者がいないことは滅多になく、港に船が着くたびにスペインから大勢の人間がやってきて、そのなかには必ず誰かこちらの親戚に呼ばれてきた若者とか、旧友とか、誰かの子どもの頃の知り合いとか、誰かの言伝や忠告を運んできた者とか、いつも誰か故郷の最新の知らせを私たちの集いにもたらしてくれる奴が必ずいたものだ。大半は田舎者で、みな自分の村の話や（可哀そうにほかに話題がない）それぞれが見聞きしてきたことを口々に語り、内容はくどいほど似通った出来事ばかりで固有名詞のオンパレード（田舎者というのはそういう話し方しかできない、たとえば「例のあいつの息子のことだけど覚えているかい？」だの「おいおい、覚えているはずさ、お前も知り合いだったろうに」だのと）、それに恐怖と沈黙に直面し過ぎたせいだろう、誇張が多く、本人も気付かないまま内容の残虐性を競うように脚色されてはいたが……それでもだ！　そういう話の一割でも聞けばまず相当度胸の座った男でも鳥肌が立ったに違いない！　最初はことあるごとに、もうこれ以上は耐えられない、と思いつつ《もういい、やめてくれ》と叫びたいのをこらえて聞いているが、やがて血なまぐさいニュースの運び屋が最後に黙りこみ、そして同じ日か翌日にまたやってきて、着いたばかりのこの国についてなにか私たちに質問をしたり、彼らが初めて土を踏んだ、かの有名なブエノスアイレスに関する印象を語ろうとすると、決まって私たちの誰かがまたあの同じ話題を持ちだし、結果的にはまたみんなで同じ苦い草を食んでいるということが往々にしてあった。

ようやく二七になった頃から三六歳の現在に至るまで来る年も来る年もそういうことが繰り返され（仲間と集まれば祖国を思い出す以外にすることなどあるまい？）、結果、あちらでなにが起きているのか私が知らないことは一瞬たりともなかった。ところがおかしな話だ！　この約十年を通して帰国する意志こそなかった――意志、明確な意図はなかったという意味だ、願望だけなら掃いて捨てるほどあったから！――しかし、彼らの口から語られる、そうした日付と名前と場所を備えた膨大な数の恐怖が私の心に影響を及ぼし、そうした話の威力とは、語られる事実の正確さというよりむしろ、どう言えばいいのか！　その文学的効果、恐怖を盛り上げるその悪魔的な力にあったのだろう、いつしかその恐怖は日常の現実からかい離して、純粋な想像上の世界に入ってしまったのだ。マリアーナがそうした恐怖譚を信じられないという目つきであくびを噛み殺しながら聞いているのを見て私は腹を立てたが、もちろん女というのはどれもこれも同じ、彼女もそのひとりに過ぎない、それにしてもあの態度、あの後ベッドで二人きりになって私の話を聞かざるを得なくなったときの彼女の態度にはむかついた。だが、結局のところ、それも理解できないわけではない……。なにしろ、真実だという確信があるこの私ですら信じがたいと考えているのだ、その同じことについて、マリアーナのようなまったくの赤の他人が《誇張だ、でたらめだ》と考えているとしても仕方あるまい。本物の証人という立場から語られる場合ですら、普通の現実とはまったく異なる、特別な語り口を要求する次元の話に聞こえてしまい、事実と空想との通常の境い目が失われ、その境い目の真の意味が見失われてしまうような、ある種の超現実に聞こえてしまうというのに！　そのいい例が最近いろいろなところで聞くあの話、地名と人名をいろいろに変えて（実際には同じ出所をもつ話が手を変え品を変え再生されているだけだが！）語られるあの話だ。それはひとりの孤児の話で、そいつが大人になったある夜、忘れないもしないその日の夜に、かつて父親を殺した男の居場所を突き止め、そいつの不意を襲って拘束し、人里離れた場所へと引きずりだし、十年前に父を殺した報いとして男に死を与えた後、悲嘆にくれ、達成感を覚えつつ、ポルトガル国境を越えるか船に乗るかする、というもので、思えばこういった話は

――出来事それ自体は事実として確かなものかもしれないが――その文学的完成度において『ラーラの七人の王子』における復讐者ムダーラの物語と同じぐらい厳格な詩的完成度の要件を満たしているとは言えまいか？[34]　そういう話は常に喜々として語られるため、その喜びの前では細部の真実性など形なしだった。爪の垢に火をともす貧窮生活とか仕事とか個人的悩みといった灰色の日常生活にまつわる話に、突如としてそうした忌まわしい出来事が一瞬のきらめきを放ち、それを語る即興詩人の声は怒りに震え、威嚇の激昂にわななくのだが、そうした劇的な話がいったん終わって束の間の静寂が訪れたのちは、ふたたび何事もなかったかのように、日々の暮らしや結婚の予定や子どもの誕生や毎日の仕事や誰それの病気や埋葬や遺産相続や裁判といった微小な出来事ばかりが話題になり、最終的にはいつものあの込み入った話、すなわち、こちらにきてしばらく経てば多くの者が必ず踏み込むことになるあのテーマ、たとえばアルゼンチンでいい仕事が見つからないだとか、やはり故郷から遠く離れた地で過ごす気にはなれない、とかいった、ありきたりの話題になる。

かくいうこの私も――私の場合はこれまで述べてきたのと同じではないが――ある日突然ガリシアへ帰ることに決めた。あの雨はどれぐらい降り続いていたのだろうか、とにかく長い雨で、日中もずっと灯りをつけて仕事をしていたし、仕事が終わったあとも――服までずぶ濡れになって雨道をいやいや歩いて帰り――唯一の楽しみと言えば雑貨屋で知り合いと話をするか、家にじっとして窓の向こうの黒壁や鳩が雨宿りをしている軒先や鉄格子の向こうでしなだれているヤシの木を見ているぐらいしかなかった。それにあの日の午後、マリアーナの奴はものすごく機嫌が悪く私に返事すらせず……。

ことの次第はこういうこと。退屈しのぎにマテ茶でも淹れてくれ、と私が言うと、彼女はプイとすねたように立ち上がり茶を淹れにいった。お茶を運んで近寄ってきたとき私はなにげなく彼女の服の下に手を入れた。「なにすんのよ、馬鹿！」と彼女が叫び、煮えたぎるマテ茶が私の頭上に……。せいぜい苦しむといいわ、あんたのせいなのよ、ふざけるのもいい加減にしてよ。と、そう言いながらチラチラとこちらを窺うマリアーナが驚いたことに、また私自身も驚いたことに、本来なら真っ赤になって怒ってしかるべきところが、なんと全身に悲しみが押し寄せてきて、そしてまさにその瞬間、次の船でスペインへ帰ることに決めた。

ことの原因は馬鹿げたハプニングだったし、決心に至るのも性急過ぎたが、いったん決めたとなるとそんなことは二度と考えなくなり、もはや既成事実。次の船に乗る！　そうしてみると、スペインについてここ何年ものあいだずっと聞かされ続けてきたことがいっぺんに心のなかに溢れてきたが、その想像のスペインはもう以前とはまったく様子が違っていて、強いて言うなら前より険悪ではあるが、いっぽうでは、不思議なことに、来たる決定的な帰国という目的ができたせいか、以前に比べるとまだ耐えられるというか、許せるものになっていた。その日の午後以来いくつかの具体的な点について調査をし、いろいろな人間に質問をし、それらの意見を比較検討し、そしてあちらの現状をかなり正確に把握することができた。もう帰っても特に危険はない。軍の英雄たちも、以前のぞっとするような慌ただしさが一段落してからは、平穏無事な職にぬくぬくと収まって、厄介きわまるお役所仕事に明け暮れているようだし、唯一若干の血気盛んな連中だけがいまだにメーンディッシュをあきらめきれず、どうすれば血の食欲を満たせるか、少なくともどうすれば血の欲望を鎮められるか、あれやこれやと画策をしていた。だが、多少なりとも節度を守っておれば、あの半ば秘密で半ば日常的な怖い歯車に巻き込まれず暮らすことだってできる。仮にそうした歯車に巻き込まれることがあっても、それは本当に事故のようなものに過ぎなくなっている。

確かに私は逃亡の身だったし、もしあの当時逮捕されていたら今どうなっていたかは分からない。だが、いざ危険がせまってきた瞬間にはもうサンティアゴにいなかったし、私がどこへ雲隠れしたのか、どこでなにをしているのか知る者はひとりもおらず、それにいくら小さいと言ってもサンティアゴ・デ・コンポステーラは町中の全員が皆お互いに知り合いどうしというほどに狭い町ではないし、さらにアメリカ大陸での私の足取りは目立たず、その暮らしぶりも穏やかなものだったし、結局のところ、私など、こちらでは吹けば飛ぶような存在だ、たとえ死んでも誰にも気付かれないだろうし、ある日いなくなっても誰も気にも留めないだろう、というような次第で、もう多少の危険を冒しても大丈夫である、その危険も最小限である、帰郷してもいい、ということを理解したのである。おそらくかなりの危険を冒してでも帰っていたと思う。もう遠くでは我慢ができなかったのだ……。このガリシア人らしい望郷《モリーニャ》の念を笑いものにする人間もいる。私には分からない。だが、思うに、人なら誰しも自分の生まれた国に対しこのような喉を締め付けるなにかを、思い出すと涙が溢れてくるようななにかを感じるものではないだろうか。ガリシアほど優しい大地でなければ、ガリシアほど暗く謎めいた海に面していなければ、ガリシアほど穏やかな空に恵まれていなければ、ガリシアほど冷たく織細で芳《かぐわ》しい風が吹いていなければ、さぞや非情な魂が育まれるのだろう。だが私は違う。故郷を思い何年ものあいだ溜め息をつき続け、今いる場所を憎み続けたその結果、とうとう帰国を決意した。

それは、言ったように、マリアーナが私から離れようとして慌ててマテ茶をひっくり返し、私に火傷を負わせたまさにその瞬間のことだった。二人ともその場に凍りつき、私の神経は決壊寸前、すでにもう何日も雨続きで、雨にもうんざり、叔母からの手紙に繰り返し目を通すのにもうんざり、自らの不幸を嘆き、あなたがそばにいてくれたら……と遠まわしに言ってくるその手紙を読むのにも飽き飽きしていた。だって私ひとりでは――というのが叔母の主張、彼女の恨みがましい問いかけの言葉だった――どう暮らしていけばいいのでしょう、病気だらけのこんなよぼよぼの老人にどう商売をしろというのでしょうか？　もう脚だって言うことをきかないのに……！――着ているベストのポケットに、細かい文字が乱暴に書き連ねられたその叔母からの手紙がしまってある――我が家のことはよく知ってますね、例の取り立ての件で夫があなたをサンタンデールに送ったあの日、あの嫌な戦争のせいで私たちが離れ離れになったあの忌々しい日からほとんど手つかずのままですよ……。もうおよそ十二年になりますね、そうです、そんなに経ったのです、けれども今も昔とほとんど変わりません、ただ時間が経てば面倒も増えます、商売をするにはどうしても男手が必要。哀れな夫がもう亡くなった以上、あなた以外に誰がいると言うのでしょう――夫のそばで仕事を学び、いつもあの人の息子のように可愛がられ、いつかは財産を相続すると思われていたあなた以外に……。私だってもう長くはありません、私のゼンマイもそう長くはもちそうもありません……。この手紙をもらって二週間のあいだ叔母が言っていることを反芻してきたが、実は最後に私の背中をひと押ししたのはこの手紙ではなく、一瞬のかんしゃくだった。世の中そんなものだ。とても真面目な動機はたいして人をやる気にさせないが、逆に蜂の一刺しは人を一瞬にして飛び上がらせる。熱いマテ茶をぶっかけられたとき、私は飛び上がりもせず、椅子の上でじっとしていた。だが内心では……。そう、もう思いは決まっていた。次の船に乗る！　そこに座ってヤシの木に雨が降り落ちるのを見ながら、私にはもう大西洋のあちら側にいる自分の姿が見えていたのだが、いっぽうのマリアーナは可哀そうに！　私が驚くほどおとなしくしている理由が彼女にはこれっぽっちも分からなかったようで、むろんあの日の午後、なにかおかしな様子があるとは間違いなく気付いていたのだろう、それに続く数日のあいだも悪い予感を覚えたのか、私が怒りをためこんでいることに気付いたのか、彼女は手練手管をつかって私を挑発し、爆発させようと試みたけれど、すべて無駄に終わった。そんな彼女を私はますます愛おしげに眺め、内心で同情してやるのが楽しいくらいだった。不幸なマリアーナは、私がすでに彼女と別れようとしていること、一週間後には煙のように消え失せていること、彼女とマテ茶を後に残し、ブエノスアイレスと摩天楼を後に残し（アディオス、ごきげんよう！）もう心はすでに大西洋を渡りかけているということをまだ知らなかったのだ。

## 2

というわけで、一〇月初旬の朝、私はビゴの港で下船した。それまでビゴに来たことはなく、初めて見る不潔で荒廃した町は私の好みに合わず、内戦後にブエノスアイレスに着いたとき以上とは言わないが、あのときと同じくらい寂しく不安な気持ちになった。いくら祖国愛に燃えやすいとはいえ、ビゴではなおも異国にいるという感情を拭いきれず、そうした不安、孤独感はなくなるどころか、サンティアゴ・デ・コンポステーラに着くまで募るいっぽうだった。ようやく着き、列車が私を駅に下ろし、スーツケースを握り、湿って滑りやすくなっている大きな石畳の道を我が家に向かって歩きはじめたとき、私は自分の町に戻ってきたのではなく、前に二度か三度か通ったことがある夢の町を歩いているような、かなり前にブエノスアイレスで私を苦しませた悪夢をふたたび見ているような気がした。サンティアゴへ戻ればいずれ誰かが私の顔を見て名前を思い出す、というか、誰かに顔がばれて、そいつが私を指さすか通報すると思い、実際の状況は不明であったが、こそこそと隠れるようにして、足もとにつきまとう犬どもとあちこちの路地裏をくぐり抜けていったが、人の注意を引きたくなかったので、慌てて走りだすような真似はしなかった。私が歩くと、そこらじゅうの扉や窓が不審そうに睨んだが、精一杯の落ちつきと勇気と無関心を装って前進し続け、その間、胸のなかでは心臓がずきずきと脈を打った……。

子どもの手を引いているあの女、こちらを見て消えたあの犬、右手でいきなり聞こえてきた扉の音と叱責の声、曲がり角のところで目の前を渡っていった二人の司祭、これらはみな夢なのか現実なのか？　突然下の通りから現れ、私のほうへ向かって近づいてくるにしたがい散髪屋のベニート・カストロだと分かったこの人物は、いったい夢なのか現実なのか？　不在のあいだ名前すら綺麗さっぱり忘れていた男が、今目の前に近づいてくる！　まだ私が誰だか気付いてはおらず、駅から荷物を引きずってきた旅行者だろうと思って見ているようだ。挨拶すべきだろうか？　もちろんだ、挨拶したほうがいいに決まっている。そう言っているあいだにこっちのことが分かったようで、目と鼻の先に来た彼は脇に体を寄せて私を通して「さようなら」と言い、そのまま歩いていった。どういうことだ！これだけ長いあいだ――十二年ものあいだ（三〇年、四〇年、いや百年だって彼の姿を思い出さないまま生きていられただろうけど）――会っていなかったのに、しばらくぶりに目の前に現れて、それなのに……なんのためらいもなく、まるでつい昨日髭を剃ったばかりの客を相手にするみたいに「さようなら」だなんて、まるでこの十二年間が抜け落ちていたかのように、まるで戦争など起きていなかったかのように、単に「さようなら」としか言わないなんて、そんな……。内戦の動乱のあいだこの間抜け野郎はいったいなにをしていたんだ？　横眼で後ろを見ると――思ったとおりだ！――向こうも振り向いてこちらを見つめているではないか。思わず走りだしたくなるのをようやくこらえ、落ち着いて歩き続けたが、もはやこれは夢などではなかった。夢じゃない。逃げたい衝動を抑え、角を曲ったところでようやく少しだけ歩を速めた。

おかげさまでようやく家に着いたときに私がなにをしたかったか分かるだろうか。ベッドにもぐりこんで眠ることだ。小さなガラスの扉を押した——店の入り口、子どもの聖体拝領用のろうそくや、祈祷書や、小さな聖像でいっぱいのショーウィンドーが、なんとみすぼらしいことか！　馬上でモーロ人を殺すあの聖ヤコブ像がまだ置いてあるじゃないか！——するとベルが鳴り、私はスーツケースを手になかへ入った。

「あなた！」と叔母は私を見て叫んだ。彼女は顔を上げていた。髪型は同じだが白いものが増えており、カウンターケースのなかをかきまわしていた手を少しこわばったまま宙に浮かべ、驚いて私のことを見ながら「あなた！」と叫んだのだ。そして、叔母がカウンターを回って足を引きずりながらドアに鍵をかけるのを見て、私は彼女がびっこを引いていることを知った。彼女がドアに鍵をかけて閂を下ろし、私たちは奥の部屋へ入った。

そして今、私は古い長椅子になかばふんぞり返り、叔母は私の正面で専用の肘掛椅子に座り、私はおかしな倦怠感におそわれて、口も利かずに、皺だらけの叔母の顔、銀縁の眼鏡の奥にきらりと光る叔母の両目を見つめ、肘掛椅子の黒い輪郭や、壁の絵画、無数の花に埋もれた聖人像——どの聖人なのか思い出せなかったが——を収めたガラスケースなどを見つめ、雨戸とそれを作った会社の銘柄や、そこにある無数の傷跡などを見つめていたが、そのあいだ叔母は両手を膝に載せたまま、ずっと私の視線の行き先をうかがっていた。

「そのカーテンは前のと違うね」と私は言い、記憶にあるカーテンの色を思い浮かべようとした。

「ええ、あなたの叔父さんが亡くなる少し前にしかたなく取り替えたのよ……。でも、ほら、なにか食べるものでも出すわ。待ってて！　なににしましょう？　コーヒーはないのよ。なににしましょうか？　ひょっとしてお酒でもどう？」

というわけで、きつい蒸留酒を一杯もってきてくれ、私はそれを一息に飲み干し、おいしかったので笑って礼を言うと、彼女が「とにかくまた会えてうれしいわ、神様に感謝すべきね。疲れたでしょう？」と言った。

いや、疲れてはいない、疲れているか否かと言えば疲れてはいなかった。ただ、ある種の弛緩というか、悲しい脱力感というか、ほとんど倦怠感のようなものを感じていた。

「すっかり変わっちゃって」と叔母が気付いた。「あなた、老けたし太ったわね、でも元気そう」

「ああ、あちらではその気がなくても太ってしまう。あの国ではみんな太る」

また沈黙ができた。

「脚はどうしたの、叔母さん？」と、今度はこちらが尋ねる番だと考えてそう言った。先ほどから何度もこの質問をしようとしていたのだが、ここで初めて切りだしたのだ。「その脚はいったいどうしたの？　手紙ではなにも書いてなかったけれど」

「手紙にそんなことを書くわけないでしょ」。叔母はスカートの裾をちらりと見た。「あなたがいなくなった直後だったわ、連中があなたを探しにきたとき」

「探す？　どういうこと？　なんのために探しにきたんだ？　連中って誰？」。今度はこっちが体を起し、長椅子の上で身を強張らせて、表情ひとつ変えない叔母の顔色をうかがった。少ししてから「僕を探しにきた連中って誰？」ともう一度尋ねたが、その声はさっきより少し冷静で弱々しかった。

「知るわけないでしょ！　私が知るものですか。大勢の人よ、徒党を組んで」と彼女は答えた。「それより、それを率いていたのが誰だか分かる？　その男だけが唯一の顔見知りだったのよ。ほら、あなたの悪友、例の鼻もちならない男、前からいやな男だと思っていたら……」

「アベレードか」

「そいつよ。知ってたの？　どこかで聞いたの？」

「想像しただけさ、なにも聞いてない」

実際、私の《悪友》のなかで考えられる唯一の人物がアベレードだったが、その理由は説明できない、とにかく追手が来たという話を叔母から聞いてすぐに思い浮かべたのはアベレード以外の何者でもなかった。だってアベレードは……。

「で、あいつは今どこ？　仕事は？」

「知るものですか！　あいつら大勢でやってきてね、私が、あなたはいない、ラ・コルーニャへ出かけた、と言ったらね（ラ・コルーニャへ出かけたと言ったのよ、サンタンデールに行ったことを内緒にしておきたくて）、なかに入って家じゅうを探しまわって、手当たり次第にものを壊したあげく、帰り際に、ああ悔しい！　階段から私を突き落としたの。結果、私は二週間の入院で、叔父さんは大忙しだし、店は放ったらかしで……。ああ、あの辛かった日々にあなたがサンタンデールに取りにいったお金さえあったら！　と言っても、実際あの日にあなたがお金の取り立てに成功したのか否かは知らないわよ、それに可哀そうに、きっとあなたもこの辛い時期を乗り越えるためにそのお金を使う必要があったのよね」

そこで私は叔母にその間の暮らしぶりについて真面目に話をすることにした。サンタンデールに着いた翌日、しつこく言い争ったあと、多少の割引はしてやったが、貸していた金をすべて取り戻すことができたこと、その直後、サンティアゴへ戻る汽車に乗る前に色々な噂や知らせが広まり、町に警戒の色と混沌の兆しが現れ始め、自分の持ち前の勤勉さに反することではあったが、どうしてもサンタンデールに一泊せざるを得なくなったこと、などを話した。あの日、私が覚えた興奮と、戦争開始当初からあらゆる活動に鼻息も荒く加わっていたことは内緒にしておいた。共和国政府の庁舎から社会党支部へ、社会党支部から市議会へ、市議会から『エル・モンタニェス』紙の編集部へ、そこからまた社会党支部へ……と駆け回っていたことは。適齢だったこともあって、そのまま向こうで共和国軍に入隊し、前線に行かざるを得なかったのだ、とは話したが、その入隊を私が自ら望み、明るい希望に燃えて行ったことや、戦争に身も心も捧げたことは内緒にしておいた。私の市民兵としての献身ぶりや、隊長としての責任感と自負、信頼、信念、苦悩といったことを叔母が理解できるはずもないし、なにしろ歳月が経ってしまった今となっては、私自身でさえ、かつて自分の胸をいっぱいにしたあの激烈で純粋な感情を理解できないのだ。あれはある種の錯乱に近く、今考えると不思議に思うし、まるで赤の他人が苦しんでいるのを見るような、動機と反応と行動が全部ちぐはぐな人間を見ているかのような、そんな妙な気分になる。サンタンデール沿岸の風通しの良い明るく澄みきった空、あの心地の良い七色の輝きと、陽光と、どこまでも透明な空気のなかにいる自分の姿を、今一度思い起こさねばならない。すると、そこにいる自分の姿が見える——人を小馬鹿にした悲しげな表情と、かすかな嫌悪感をたたえた自分の姿が——寛大な精神で、魂も命も投げだす覚悟でいる、真摯な自分の姿が……。私は、状況に迫られて仕方なく戦争に参加したこと、北部で戦っていた部隊がほぼ壊滅したときには隊長にまで昇格していたこと、隊長としてスタコラ逃げるわけにもいかないので、逆にそのまま捕まってしまうのではないかと一瞬恐れたこと、それでも最後はフランスへの避難民に紛れることができたこと……そして、そこからアメリカ大陸に渡り、あちらでラ・アンダルーサ製油株式会社の事務職という貴重な仕事を得て重役扱いされていたこと、こちらへ戻る船の出る前日には、会社から、渡航を断念して会社のために貢献し続けてほしい、と大金を積まれたこと……などを語っていった。

そして、それを語っているあいだ、ずっと私のなかではアベレードという名前が絶え間なく、どす黒く響き続け、叔母に語る話を文章にしているうちに、次第にそれらがまとまった意味を帯びてきた。アベレード・ゴンサレス……マヌエル・アベレード・ゴンサレス……いったいなぜ……？　どうしてアベレードが私を追いかけてきたのか分からない。サンタンデールでの、ときには希望に満ち、ときには暗かった日々の話をし、隊長だった自分の姿が思い浮かび、そして……アベレード、ブエノスアイレスと製油会社とラ・アンダルーサ印のヒマワリ油と豆油の話題をして、そして……アベレード、どんなときにもこのアベレードが水鳥みたいにしつこく追いかけてくる。私には理解できない、アベレードがそんなふうに私を傷つけようとしていたなんて考えられない話だ！　あの日、もしあいつが私に出会っていたら、いったいどんな顔をしていたことだろう？　なにを言っただろう？　そんなことを想像して無駄な時間が過ぎていく。分からない、私にはそういう状況に置かれたアベレードがどんな行動をとるか、どんな気持ちでいるか、かいもく見当がつかず、彼の声すらうまく想像できなかった。だが、追われていたと知らされたときに真っ先に思い浮かんできたのは、なんの躊躇もなく思い浮かべたのは彼、アベレードという名前であり、その瞬間、ある種の盲目的な確信が私の心を鷲掴みにしたのである。なぜ？　これはきちんと考える必要がありそうだ、その理由を考えに考えて、その挙句、「明日にしよう」。そう、明日にしよう。今はとにかく疲れ果てている、病人のようにひとりでぐっすりと、そこのドアのそばにあるスーツケースと同じように静かに休みたい。ケースを開けるのもやめだ、明日にすればいい、愚かな叔母はいまだに仕事の話を続けているようだが、今日はこれ以上聞いていられない、買ったり売ったり、友だちだのコネだの、つい昨日の物々交換だの、遅くとも明日の闇市がどうのこうの……といった話はもう聞いてられない。いきなり叔母の話に割って入った。「で、アベレードは今なにをしているのかな？」。叔母は、そんなのはたいしたことではないとでも言いたげに——私は驚いた（と記憶している）が不快にはならなかった——それは分からない、と答えてからこう言った、入院したときには次から次へとやるべきことがあってほかのことなど目もくれなかったわ、私が知るはずがないでしょ！「分かるでしょ、あなた、なにもかも見放されて……とてもとても辛い時期だったのよ、そうなのよ。でも」と、叔母はここでいきなり慨嘆調を改めて「でも今日はひとりにしておいてあげるわ、眠くて今にも倒れそうな様子だから、ほらもういいのよ、行きなさい、寝なさい……」

## 3

翌朝目を開けるとすぐ、自分がもうこちらにいる、サンティアゴに戻ってきているということを思い出し、今日から先ずっとこちらで暮らしていかなくてはならない、寝ていたベッドから飛び起きて、部屋と家を出て外を歩かねばならないということに思い至り、そして、外に出たとたん、いついかなるときにもアベレードと出くわすかもしれないと思うと背筋が寒くなり、恐怖にとらわれた。私は臆病者ではない、戦争中はなんのためらいもなくいつだって我が身を差しだした。開戦当初、まだ前衛らしきものすらなく、はっきり言って前衛とか後衛とかいう用語すら出なかった時期には、市民兵の部隊の先陣を切って、はしゃいだ気分で、思い切り張り切って。その後、機関銃部隊（といってもたった一丁ガタのきたボロボロの機関銃があっただけ！　その一丁だけで《マシンガン部隊》を名乗っていたのだが）の指揮をとり軍隊の規律に馴染んできたころ、要するに率いる小隊の先頭に立って命がけで体制を維持し、要所を死守するようになってからは、ごく穏やかに。さらにその後、たとえば爆撃があって、地面に伏せて両手を後頭部にあてがい、意図的に冗談や軽口を叩いて若い兵士たちを励まさねばならないようなことが重なるたびに、務めて冷静に、禁欲的かつ無関心に。そう、私は臆病者ではない。本当を言うと、アベレードに出くわすかもしれないという漠然とした予想を前に感じていたのは、恐怖でもなかった。第一、仮にそんなことがあったとしても、たいしてひどいことにはならないはずだった。そういう時代はとうに過ぎ去っているのだから！　それに……まさか、今さらまったく知らない奴というわけでもない。あいつならきっと、私を見たらすぐに両腕を広げて抱きついてくるだろう、わざとらしく大喜びして声をかけてくるにちがいない、それで——まさかキスした後で誰かに私のことを引き渡そうとか妙なことを目論んでいるはずはない、せいぜい私に不快感と嫌悪感を催させる程度だろう、でも私を殺すなんてことは……あいつがそんな大それたことをするはずがない！——だらだら芝居がかった親愛の情を示し続けて、しまいには大げさに卑屈なことを言い始めて、なにかを差しだしたり、お世辞を言い始めたりするにちがいない……あいつのことは知ってるんだ！《三つ子の魂は……》って言うじゃないか。まだ私たちがほんの一五か一六のときだ、神学校で詩を二人でこっそり書いているのを舎監に見つかり、それが下品で卑猥だと叱られたとき、あいつがいったいなにをした？　友だちなら趣味を分かち合うのと同じく危険や苦痛も分かち合うべきなのに、あいつときたら！　あいつがなにをしたか？　まず、前の日に、二人で寄宿舎の窓の外に村の女がひとり腰を振り振り歩いているのを見て、それであいつは女の詩を書いたと言って私に見せたのだ。女の腰の振り振りにあいつはすっかりのぼせたみたいで、暇な時間に筆を振り振りしてついにソネットをひとつでっち上げたという。ソネットだと、ふん！　あんなものをソネットと呼べるならの話だが。「でたらめを言うな、どれ、ちょっと見せてみろ、俺が直してやる」と私は彼に言った。作業開始！　手直し、修正、整形、こっちの脚韻を改善し、あっちの詩脚を正し、できあがりをすぐさまあいつに書き写させた。そんなことをやっている最中に舎監がひょっこり現れた！　私は逃げる間もなく、両手を机の上に置いたまま、ペンを握り、口をぽかんと開けた状態のところを見つかり、舎監のゴツゴツした手が延びて罪の証拠を乱暴に奪い取るのを見ていたが、アベレードの奴は既にまんまと逃げおおせていて、いっぽう、証拠の紙には私が直してやったとはいえ、あいつ自身の筆で書かれた下らない詩があったわけだから、当然ながらそれを言えば私は罰を避けられただろう、でもそれ以上火に油を注ぐまいと思って、私はひとりでありもしない罪を背負ったのだ……！　それからあとのアベレードの阿諛追従、喜色満面でのおべっか、ずるい自己正当化と言いわけの言葉の数々は事態をただ悪化させただけ、私は彼を責めなかったし、なにも言わなかったが、私も彼もこの件のことを忘れなかったし、むしろ私より彼の記憶に残ったのだろう。それ以来、私たちは決して友だちの縁を切らず、互いに分かち難い連れあいとなった。だが、奴との友情のその後を改めて振り返ってみると、私が彼を恨むようになった原因であるあの状況とあいつの態度は、その後もさまざまな形で、さまざまに姿を変えて、何度も何度も繰り返され、神学校の法衣を脱いでそれぞれの進路を進むようになってからも、それは大して変わらなかったということに気付くのだが、まあ、奴の性格を考えれば想定内の話だ、私だって奴のことを知らないわけじゃない。今あいつと会えば——近いうちに会うにきまっている——わが友アベレード君は、それこそ大仰な身振りですっ飛んできて、私のことを大いに抱きしめることだろう、それから、いったいどうしてこんなに長いあいだ連絡もよこさなかったんだ、と優しく責めるにちがいない、でもすぐに、私がまだ一言も発しないうちから、その原因を勝手に推測して理解を示し、君にもそれなりの理由があったのだね、などと丁寧な言葉遣いになって、そしてその理由とやらについて、実はなにも分かってないくせして、いかにも友情溢れる言葉で勝手にごたくを並べるだろう……。が、じゃあ私は？　私はどうすればいい？　どうすべきだ？　そう、私はきっと、奴の言葉にいちいち相槌を打つことだろう、ああ、とか、もちろんだよ！　とか、そのとおりさ！　とかなんとか。私の性格を考えればこれもまた想定内のこと、もちろん私だって自分のことを知らないわけじゃないし……。いずれにせよ、とにもかくにも、こちらへ来てからまだなにも起きてはいないわけだから！

だから怖がる必要はないのだ、と、そうやってベッドのなかであれこれ考えているうちにすっかり心が落ち着いてきた。しかしながら、窓ガラスの向こうを雨粒が優しく滑り落ちるのを見つつ、これからすぐあとで起床して朝食を取り、新たな人生を送るべくサンティアゴの町へようやくその一歩を踏みださねばならないということを考え、そして、ひとたび町へ出れば、遅かれ早かれアベレードと会わざるを得ないと思うと、それがあまりに辛く耐えがたいものに思われ、間近に迫った事態を予測して先ほどまであれこれ考えていたことが、まるで私とはまったくの別世界の出来事であるかのように、私の体に触れもせずバラバラと崩れ落ちてゆき、まるでこの部屋から出てはいけないような、そうやってベッドに横になったまま、シーツにじっとくるまって、ガラス窓に流れ落ちる雨を無表情で見つめ、そしてその雨の向こう側にあるはずの町、日々の仕事や生活の難問や苦悩や喜びといった私にはまったく無縁の、実体のない亡霊のような、まるで映画館でよくやるセピア色のニュースに出てくる――シドニーやケープタウンといった――遠い街の出来事として想像していなければならないような、そんな気がするのだった。

ところが現実は叔母の拳がドアをノックするという形で唐突に訪れた。

4

「ねえ、叔母さん、ひとつ訊きたいことがあるんだけど。僕がいないあいだ、ロサリーアの奴はどうしていたのかな？　たぶん結婚してるだろうね……」

これはやや恐る恐るの質問だったが、それは私がロサリーアにきちんと接してきたとは言えなかったからだ。ロサリーア――今となってはまったく縁のない女に思える、なんの温かい気持ちもわいてこない！――彼女と私は許婚《いいなずけ》の関係にあったが、戦争勃発と同時に彼女はサンティアゴ、私はサンタンデール、二人のあいだには戦争の最前線が横たわり、こうして互いに離れ離れになってしまった。最初は気にもしていなかった。すぐにまた会えるだろうと思っていたし、誰もがあの戦争は数日かせいぜい数週間も持つとは思っていなかったからだが、実際には数年続いた。そしてその間、ひっきりなしの雑用や日々の仕事のおかげでほかに考えごとをする余裕がなく、彼女との別離がもたらす定期的な不安の発作も、忙しさにかまけているうちに、いつの間にかすっかり消し飛んでしまった。そしてすべてが終わってアメリカ大陸へ行き、少しは自分自身のことを考えられるようになったとき、この成行きから仕方なく、あの婚約、今となってはなんの意味もなかったことが分かるあの婚約が解消状態になっていることを知っても、自分が内心ではさほどがっかりしていないということに気がついた。《手紙を書かねば、彼女ともう一度連絡を取らなければ》と考えたが、そう考えると彼女よりも私の叔父、すなわち彼女の養父であり、私と彼女の婚約を進めた張本人の顔が思い浮かんでくるのだった。また、仮に連絡――ブエノスアイレスにきて三年半も経ってようやく一通の手紙で――を再びとっていたとしても、婚約関係を結び直すことにはならないだろうし、とりあえず書くというだけ、つまり言いわけばかりを並べたて、暗黙のうちにせめて長きに渡った沈黙の理由ぐらいを遠まわしに説明し、少なくとも自分が畜生ではありませんと証明するのが関の山だったろう。実際には畜生よろしく一度も手紙を書かなかった。さらにはそれが原因で、叔父に対して無事に暮らしている知らせを送るのも、必要以上に、普通以上に遅くなり、その手紙を出したときも内容は曖昧かつ不十分で――私自身がよく分かっているのだが――ずるい手紙になってしまった。そんな叔父との間のごく稀なやる気のない文通においても、ロサリーアについては一言も触れなかったと思う。その哀れな叔父が亡くなった今、それに代わって今度はこの叔母、つまり、昨夜はよく眠れたの、と尋ねたあとで、カフェオレをどうぞと言って妙な汚水を差しだしてきた、今テーブルの向こう側に座っているこの女性、彼女に対して、私は恥を忍んでロサリーアの消息を尋ねるしかなかったというわけだ。

「結婚したわ」というのが叔母の答だった。そしてこう付け加えた。「あなたにふさわしい人じゃなかったのね、言いたくはなかったけれど、あの子はあなたの叔父さん（神よ、天国であの人をお守りたまえ）の養子ですから、でも誤解しちゃいやよ、あの子にけっこうな財産があってそれが無駄になったからっていうんじゃないの、要はあなた向きじゃなかったってことなのね。彼女は結婚して、わんさか子どもを産んだわ、今じゃすっかり豚みたい……」

一瞬、ロサリーアが《豚みたい》になっている様を、あのつんとすましたロサリーアが中年になった姿を思い浮かべ、誰と結婚したのか訊く気にもなれず、それはきっとロサリーアも同じで、彼女も私に関する知らせになどなんの興味も持たなかったに違いない。いかにも関心がなさそうなそぶりで、用意していた二つ目の質問を叔母にした。コーヒーカップを顔の前までもっていって、こう尋ねた。

「で、例のアベレードだけど、なにも知らないの？　仕事はなに？　今の職業は？」。叔母が、さあ、という様子で下唇を噛んで頭を振っているのを見て、こうふっかけた。「叔母さん、確か昨夜こう言ったよね、あいつがほかの連中と僕を探しにきたって……。あいつはなんて言ったのかな？　僕のことを訊いてきたんだよね？」

「もちろん、あなたのことを訊かれたわ」

まったく取りつく島がなく、叔母はそれ以上のことを言おうとしなかった。コーヒーを飲みほし、カップを皿の上に置いた。

「床屋へ行ってくる」と、椅子から立ち上がり独り言のように呟いた。「髪を切ってもらわなきゃ、行ってくるよ」

## 5

そうだ、ベニート・カストロの店へ行こう。多少なりとも外の世界に首を突っ込んでおかねばならない、そういう意味では悪くはない場所だ。床屋は誰でも行くのだから。唯一気がかりなのは、カストロと《俺、お前》で呼び合っていたか、それとも《私、君》で呼び合っていたか正確に思い出せないことだったが、確か彼とは《俺、お前》で呼び合うような信頼関係は一度もなかったという確信に近いものがある、まあ、昨今のスペインの若者のあいだでは《俺、お前》になるのにさしたる理由も要らないらしいが……。いずれにせよあいつとは床屋とその客という関係しかなかった……。もちろんよく通いはしたから、ひょっとして通ううちにはきっと……。でも、だからってなんだ！　馬鹿な気がかりだ！　気にすることない、そう、気にすることはなにもない。すぐに分かるさ……。そんなことを思いめぐらせているうち、ふと気づくと角の看板、カストロの床屋の入口の横に昔からかかっている錆ついた金盥で、メンブリーノの兜[35]にちなんだ標識が出ている場所まで着いていた。そのまま通り過ぎたが、曲がりくねったひびに紙テープを十字に貼り付けた薄汚いガラス窓の向こうには、なにも見えなかった。で、引き返し――おいおい、通り過ぎてどうする？――ドアを開けて、そしていざなかへ！「こんにちは」。「いらっしゃい」。沈黙。店内にはベニートだけがいて、彼は私が帽子掛けまでゆっくり歩いてベレー帽をかけるのを鏡越しに目で追い、そして私が振り向くと、入口そばの椅子を指さして、カットですか、と尋ねた。「ああ、頼む」と椅子に座りながら答え、彼が背中を向けて鏡のあいだにぴたりと挟まれた壁の引き出しを探っているのを見ながら、このままいくと、ひょっとしてこれからの会話はすべて、髪型がどうとか、室温がどうとかいった、ありきたりの内容に終始してしまうかもしれない、と思った。それでは困るから、慌てて声をあげた。「ずいぶん久しぶりだね」。「そうですね」と、彼は頷いた。「そのとおりで。あっという間ですね、しばらく見ないと思っていたら、また来られたというわけで」。いったいなにが言いたいんだろう？ いや、考えない方がいい。

「で、こちらで最近変わったことは？」と、ここで尋ねることにした。

「別に。変わったことですか？ ないですね！」

「いやね、実を言うと」と、私は食い下がった。「着いたばかりなんだよ、床屋へ行ってカストロ君に話でも聞こうって思ったわけなんだが」

「昨日お着きになったんですよね？」と、頓珍漢な答えが返ってきた。彼はこの返事を皮切りに、いざ仕事にとりかかろうと、かなり短めのほうがいいですか、などと髪型に関する質問をし始めた。

「で、お客さんはどうなんだい？」と、少し間を開けてから、私はしつこく質問を繰り返した。「いつものお客さんたちはまだ来てるの？」

「いつものお客さんですか、まあだいたい。ご存じのとおり、行く人もあれば戻ってくる人もいます……。だから、まあだいたい同じ顔ぶれです」

「でもねえ」と、ふたたび突っ込んでみた。「僕はここ数年外にいたからね、で、こうやって帰国して……。カストロ君も僕がいったいどこにいるのか考えたことはあるだろう」

「ブエノスアイレスにおられたんでは？」

「そう、ブエノスアイレスだ」

なぜ知っている！ いや、ひょっとして想像しただけ、私の話し方とか、うっかり出てしまった訛りや方言などの手がかりから推測しただけなのか……？ 確かに、そんなに驚くようなことでもない。それに、いずれにしたって質問を続けねばならない。カストロがそれ以上の興味を示さなかったので、とりあえず私は、いかにもなにげないふりを装って、ブエノスアイレスで仕事がうまくいったという話から始めることにし――まったく笑える話だが――こう言ったのだ、商売は順調だったよ、自分ひとりで起こしたわけじゃないがほとんどそれに近かったしね、あの国は第二の故郷みたいになったよ……お次はアルゼンチン賛歌……それにしてもあの国の繁栄はすごいね、自分もいつかは戻るべきだろうな、けれども今はそれどころじゃない、なにしろ家族の事情があってスペインに帰国したんだ、今はこのスペインにもう一度適応しなければいけないしね、あと当座いちばんやりたいことは、昔の知り合い、つまり旧友と会って握手することだ……。うまくいけば、どさくさに紛れてアベレードの名前が出てくるかもしれない、敢えて自分から名前を特定しなくて済むのでは、と考えて、思い切ってアベレード以外の数人の名前を挙げて、その消息を尋ねてみると――たとえば誰それはマドリードでおいしい仕事をやっています、誰それは失踪しました、誰それは父親の靴屋を継いだそうです、その男については話さないほうがいいですね――と、ここでピンと来た――例の愉快な男の名前がぱっとひらめいたのだ――私は彼に鳥屋のベルナルディーノについて尋ねた。

「鳥屋のベルナルディーノですって？　つい昨日この辺に来てましたよ。いつもの調子で……。奴の仕事ですかい？　同じですよ、同じ、カナリアの飼育」

「脳足りんの可愛そうな男だったね、でもいい奴だった。まだカフェ・コスモポリターノでウェイターをしてるのかな？」

「ええ、まだいますよ、それと、あのカフェはコスモポリターノって名をやめて、今はカフェ国民《ナシオナル》っていうんです。ビロードのソファもまだありますし、例のへこんだコーヒーポットも健在ですけど」

「常連たちも健在か？　私の仲間たちも」と私は尋ね、心臓が早鐘のように脈打った。私たちがいつも陣取っていた角の窓際の席が見え、墓石のように長細い大理石のテーブルの周りに集まった友人たち、その友人たちの知り合い、単なるよそ者など、合わせて八人から一〇人ぐらいの仲間たち――そこにアベレードは必ず混じっていた――が議論をし、冗談を飛ばし、喧嘩をしているのが見えた。そして、初めて軍曹の階級章をつけて現れた日の自分の姿が、前は赤い階級章のあった肘から下の袖の部分に縫い付けたばかりの金ぴかの太い紐章《モール》を見せびらかし、店の連中が拍手で出迎えるのを、なかば恥ずかしい気持ち、なかば誇らしい気持ちで眺めている自分の姿が見えた。アベレードが言い放った冗談まで思い出した。「これからはコーヒーを飲む前にお前の前で気をつけをしないとな。軍曹殿、なんなりとお申し付けを！」とアベレードは言い、おどけて型通りの敬礼をした——私には馬鹿な恥ずかしい行為に思えたものだ、場所は公共空間だし、現実にはただの一軍曹に過ぎないわけで、アベレードだってただの平服の一平卒に過ぎない。アベレードも兵役に就いていて、我々二人は同じ連隊に所属していたが、所属する中隊はそれぞれ別、でもアベレードには軍曹に昇進すると都合が悪い事情もあって、それは彼が『ラ・オラ・コンポステラーナ』紙の記者としての仕事も続けており、そこでのささやかな給料があったこと、彼が潜り込んでいた救急センターや人民委員会でのニュースがなかったとしても、その新聞の温厚な編集長兼社長が余白を埋めてくれていたこと、いっぽう、軍隊内では記者という肩書から、羨ましがられたり、蹴飛ばされたりする反面、少なからず特別扱いを受けていたというようなことだった。で、いっぽうの私は軍曹への昇進試験を受けて無事に受かり、店の常連たちが示し合わせて密かに用意してくれた野次の集中砲火を浴びるべく、そこに突っ立っていたというわけだ。

「常連たちですか？　どうでしょうねえ……お分かりでしょう、行く人もあれば帰ってくる人もありで……」というのがカストロ、床屋の返事だった。

ここで、そのサロンというか店のなかにひとりの少年が、本を抱えた九つぐらいの小柄な男の子が、奥を遮るカーテンを開けて入り「行ってきます」と言って、通りに面する出口のほうへ向かった。「急げよ」と、ベニート・カストロが鋏で天井を指して注意した。「帰るときはさっき言いつけたものをとってくるんだぞ、いいな」。いいなもなにもない！　子どもはもう外に出てしまっていた。ベニートは少年が強く閉めたせいでまだ震えているドアのガラス越しに外を眺めて、やれやれと首を横に振った。子どもの出現により、私は彼が戦争の直前に結婚していたことを思い出し、当時その床屋では、彼の結婚をめぐっていつも悪い冗談が飛び交っていたことを思い出した。

「息子さんがあんな立派になっていたとは！」と、控え目な声で褒めてやった。彼は満足げに笑った。

「結婚はされてないのですか？」

ベニートが襟首を刈るバリカンを動かしているあいだ、私は顔を下に向けて目だけ鏡を見ながら、数本のまっすぐな白髪が針金みたいに光るボサボサの頭、分厚く平たい大鼻のうえに刻まれている二本の皺、前より長い野性的な若芽を四方八方へ勝手に生えさせ始めた眉毛、そしてその下の顎鬚と猪首に挟まれた二重顎を見た。床屋の鏡を見るたびに、昔はいやだった僧服を着ている自分の姿を思い浮かべてしまう。《神学校にあのままいれば》と考える。《今頃は司祭になっていただろう、この顔なら司祭の肩書をもつ山賊か、あるいは（見方次第、見る時間帯と場所にもよるが）うまい葉巻をくわえて闘牛見物に出かける生臭司祭といったところだな》。結婚は、結婚はしていない。ロサリーア、今は大勢の子宝に恵まれ豚みたいに太っているらしいあの女とは結婚しなかった、あの束縛から解放されるのに私は内戦を必要としたというわけだ、マリアーナとも結婚はしていない（哀れなマリアーナ、今頃なにをしていることやら！）、ちょうど六年間いっしょに暮らしたがあまりに退屈な女なので私から別れてやった、結婚しなくて正解だったとよく思う。そろそろ年貢の納めどきだと何回思ったことだろう……。と考えて、ふと苦笑いに口が歪んだ。アベレードの奴も、例のあの馬鹿な妹と私をなんとか結婚させようと裏であれこれ計略を巡らせていたのだった……。確かマリア・ヘスースとかいう十人並みの女で、この瞬間にいたるまでその存在すら頭になかった。

「結婚はしていない」

床屋はすでに仕事を終え、私に手鏡を渡して後ろをチェックしろと言い、これでいいと私が言うと、首と耳のところをブラシで掃ってくれた。

知りたかったことのなにひとつとして聞きだせなかった。

## 6

頭がさっぱりし、香水のいいにおいに包まれて床屋を出ると、なんとなくカフェにでも寄ろうと考えた。午前中なら知り合いに出会う危険もほとんどない。それに鳥屋のベルナルディーノなら、私が頼めばいくらでも詳しい話をしてくれることだろう。アベレードと私が仲良しだったのも知っているから、きっと少しは彼の話題も出てくるだろう……。でも直接カフェに向かうのではなく、少し気まに、サンティアゴ・デ・コンポステーラ大聖堂の栄光の門でも見てからにしようと思い、そちらへ歩きだした。栄光の門は、ガリシア人にとって信仰の最後の砦であり、その石の輝きは、聖ヤコブ信仰が過去の遺物となり、文学のテーマに変わってしまった今もなお、私たちの崇拝の的となっている。束の間の短い巡礼をして、門の前まで着くと、石段を上がらないうちから早くも私の魂はひれ伏したが――正直に言うべきだろう――それはどこか冷たい儀式的なものだったし、実は頭のなかでは半分ほかのことを、そう、私はすっかりアベレードの心配ばかりしていたので、その種の宗教的な畏敬の念を感じている余裕はなかった。いくらほかのことに注意を向けようとしても、アベレードに関する気がかりが頭から離れず、追い払っても追い払っても蠅のように戻ってくる。

実は、アベレードの叔母への行動は、考えれば考えるほど私にとって理解できない謎になり、彼の忌まわしい振る舞いは私を不安にさせ、そのほかに類を見ない残忍な行為は、私には幸運なことにたまたま失敗に終わったことで、かえって彼の姿を今の私の目の前にまざまざと見せつけていたのだった。だって、いったいぜんたいどうしてなんだ？　幼いころから一緒に育った友だち同士、ある時期は竹馬の仲だったし、その後も互いに誠実であり続けたのに、本当に気まずくなったことは一度だってなかったのに、戦争直前に交わされた最後の政治談議の最中、場の空気がかなり険悪になっていたときですら、二人のあいだでは温厚な言葉しか交わさなかったというのに、信頼の情にほだされて互いになにかと便宜を図ったり助けあったりしたというのに、実際には彼から私というより、私から彼に便宜を図ってやることがほとんどだったというのに、それにそう、あのこともある！　あいつは妹と結婚させることで私との友情を家族関係にまで発展させようとしていたんじゃなかったか……？　この最後のことが何度も頭に思い浮かび――思わず――笑顔が浮かんでしまった。私がマリア・ヘスースという一瞬たりとも思いを寄せたことのない女に永遠の愛を誓う……アベレードがそんな光景を心の奥底で、少しのあいだとはいえ、具体的に思い浮かべていたなんて、まさに愚の骨頂だ。馬鹿女、マリア・ヘスースは哀れな間抜けで、根っからの善人ではあったらしく、彼女らしい間抜けで馬鹿で阿呆なやり方で私に攻勢をかけていた。彼女は私が話しかけると視線を下に落とし、口数も少なく、アベレードが私と出かけるときに主人風を吹かせてなにかと命令をすると、その言葉におとなしく従うばかりの女だった。実際問題、アベレードはあの一家の大黒柱で、さらに言うなら家族は彼ら兄妹二人きりだったのだ。やもめだった父親――独善的な変人で、息子を司祭に、娘を息子の世話係にすると勝手に決めていた男――が死ぬとすぐ、アベレードは、これ以上司祭をやっているわけにはいかない、妹をひとりで放っておくなんて道義的にできない、とか言い訳をして聖職をやめ（と言っても神学校がどれほど嫌いだったかは私にも理解できる、あの嫌悪は私たち共通の感情だったから）、それからはアベレードがあちこちで小金を稼ぎ、いっぽうのマリア・ヘスースは家事をこなしていたっけ、いつも悲しげに、いつも寡黙に、真面目に行儀よく……。彼女は別に醜かったわけじゃない、決して醜いわけではなかった、どちらかと言えば美人――女の好みにもよるが――かなりの器量よしといっていいだろう、そのうえ性格は文句のつけようがなく、まさに磨かれた玉のような子だったのだ！　本当を言うと、私は残念でならない、あの哀れな女が自己犠牲と労働と家のなかの暮らしだけのあんなつまらない人生を送っていたことが……。でも、だからといってあんなことを想像するなんて……。いやはや！　彼女がそんなふうにおとなしく、性格もよい子であることは明らかだったし、決して醜いわけでもなく、それに手を延ばせば届くところにいるというので、私がその気になったことがあったとしても——だって仕方ないだろう！　スカートが目の前にあるとなにかせねばとズボンは思いこんでしまうものだ——私がその気になったことがあったとしても、いったいどう言えばいいのか、そう、そういうことがあるたびに、マリア・ヘスースと私という忠義者のあいだには今後もなにもありはしないのだ、ということを確認するだけに終わったのである。なぜかって？　なぜって、それは、可愛い女ではあったが、私には気に入らなかったから、つまり女の好みの問題だ！　というか、正確に言うと、彼女には彼女自身でも気付いていない美徳がいっぱいあると私も分かっていたのだが、同時に、どこかぞっとするものも持っていたからだ。少し話しかけたり、あれやこれやと質問する程度ならまだいいのだが、多少無理をして、要するに《いやらしい目で》彼女を見ようとすると、いつも胸がむかつき、全身に虫唾が走る。

むかつく理由はよく分かっていた、もうはっきりと。それは——馬鹿な話だが本当だ！——彼女が兄にそっくりだから、彼女がアベレードと同じ浅黒い肌、彼と同じ黒々と光るこめかみまで伸びた眉毛を持ち、また愚かにも、当時の流行に倣ってその眉毛を抜くということすらせず、要するに身なりを構わず、化粧もなにもせず、単に《綺麗なお水で顔を洗う》だけの暮らしを送っていたからだ……。

そのほか彼女の生まれつきの容貌は兄のアベレードにそっくりだった。はっきり相手を見ない暗い目つき、細い鼻筋、腕が少し垂れ気味の撫で肩……。一言で言うなら体の全パーツがアベレードを思い起こさせるわけで、仮に彼女に触れるなら、いやでもアベレード・ゴンサレスの顔を思い出さねばならない。勘弁してください、と言いたい、まったく！　あいつと同衾していると感じなければならないなんて……。というわけでマリア・ヘスースとはまともにつきあわず、いつも丁重に接することにしていた。あの頃はまさか想像もしていなかった……。もっとあとのことだ、私とロサリーアとの婚約が決まり、アベレードがそれを聞きつけて、その婚約が真面目に進んでいることを納得した頃になってようやく、私は彼の態度から、彼が妹をつかって私になにをしようとしていたのか、いつもすきあらば私を家に招いたり、会う約束を取りつけようとしたり、なんとか妹のことを気に入らせようとして、彼女と私を二人きりにする気配りまでしていたことに気がついたのだ、だってあいつは私と別の女の婚約にすっかり腹を立て、こんちくしょう！　とばかりに、それ以来、私に対しドライで不機嫌な顔をし、無愛想で図々しい態度を取るようになったのだから。その予想もしない豹変に私はずいぶんと驚き、そんなことになるとはまったく思いもしなかったし、考えてもみなかったから、とにかく呆然としてしまったわけで、まあ、ここで驚いたくらいだから、むろん最初のうちは想像すらしていなかったわけだ……。

カフェ・コスモポリターノに向かう道すがら、自分がどの道を歩いているのかも気付かぬまま、そういうことに思いを巡らせていると、急に石かハンマーで殴られたかのように、あるひとつのことに思い至り、そのせいで体が硬直して道の真んなかで立ち往生してしまった。そうだ！　私の想像のなかでもう答は明らかだった。そうだ、妹のことが原因でアベレードは私を殺しにきたのだ！　ひどい野郎だ！　怒りが熱い波のようにこみ上げてきて顔が紅潮するのが分かった。「ひどい野郎だ！　とんでもない男だ！」という言葉が泡のように口をついて出ていた。私はまるで酔っぱらいみたいにふらふらと立って独り言を言っていた。なんてひどい男だ！　内戦を、自らの些細な恨みを晴らしたり、他人には打ち明けられない不遇から抜けだすのに利用した大勢の人間たちの汚辱が、今やひとりの人間の顔となって、我が友アベレードの顔となって、私の目の前に現れた。だが、なんてひどい奴だ、ひど過ぎる！　あんな奴の前では私自身の罪の意識などこれっぽっちも感じないくらいだ、うそじゃない！　あいつが幻想を抱いていたとしても、マリア・ヘスース自身が私に惚れていたとしても、惚れていなかったとしても(男といっさいつきあわずに家にひきこもってたわけだから、私に惚れていなきゃ、それもまた奇跡だが！)、そんなのあいつらの勝手だろ！　こっちはそんな幻想など露とも抱いたことはないし、あいつらの願望になんてこれっぽっちの関心もなかったんだから。まあ、だからこそ、気付くのに時間がかかったわけだが……。それにしてもうかつだった、そう、大馬鹿者だ、ある種のことについて私はとんだ愚か者になる。何事にも察しが悪くなり、木から落ちて初めて危険に気付く始末だ。まったく、あれだけたくさんの事実を目の前にしておきながら、アベレードのもくろみに気付かないなんて、あいつの意図がはっきり分かる証拠の数々に今頃気付いたって仕方がないじゃないか、あいつが好んで私に打ち明けた将来計画とやらのなかで、私自身が主役を務めていたということに気付かなかったなんて、叔父の相続人という私の約束された地位の魅力とか、そのほかいろいろなことを考慮に入れなかったとは……。まったく我ながらぼんやりしていたものだが、幸いなことに馬脚を現すような真似だけはしていない、そうだ、二人の前では常に用心深く振舞ってきたし、咎めを受けるような悪い冗談もご法度にしてきた。ひょっとすると、逆に大喧嘩のひとつでもしてけりをつけておいたほうが、はっきりと絶交をしておいたほうがよかったのかもしれない。それにしてもひどい野郎だ！　あり得ないだろう！　こうなったらひとつ面と向かってやろう、二人だけの、男の一対一の勝負だ、あの惨めな男に私の話を聞かせてやろうじゃないか。今度はこっちが会いたいくらいだ、それほど私は怒っているぞ、私のほうがあいつを探しだしてやる、そして……。

## 7

と、そんなことを考えているうちにカフェ・コスモポリターノの前に着いていた。なかへ入り、以前よく集まっていた角のテーブルにまっすぐ向かい、そこの窓際の席をひとりで陣取った。前と変わってないですよ、と床屋のカストロは言っていた。見たところウェイターに知った顔はおらず、少なくとも見える範囲ではひとりの顔も分からなかった。記憶が正しければ確かクリーム色だった壁紙は今は青くなっていて、前にあったはずの格子模様はなくなっており、さらにはホール全体が縮んで小さくなってしまったような気がしたが、よく見るとそれもそのはず、おそらく壁の鏡が取り払われていたのだ……。

注文を取りにきたウェイターに鳥屋のベルナルディーノについて尋ねると、今日は休んでいる、具合が悪いそうだ、と言う。まあいいだろう。コーヒーに砂糖を混ぜて一口すすったが――まずい！　ブエノスアイレスで飲んでいたコーヒーと大違いだ！　前のコスモポリターノではこんなまずいコーヒーを出していなかったはずだが、正直言ってブエノスアイレスの店のコーヒーは素晴らしくうまいと思うのだ、あとマリアーナが家で淹れてくれるコーヒーもうまかったし、ブエノスアイレスではその辺の雑貨屋で飲むコーヒーですらうまかったのに――もう一口するが、やはり、まずい……アベレードの裏切りのせいで舌が麻痺して吐き気を覚えるのだろうか？　アベレードの糞野郎！　私の前であいつがどんな顔をするか、私が「この恥知らずめ！　お前はこの俺を殺そうとしたな、どうなんだ……？」と言ったときにどんな表情をするか見ものだ。きっと、そんなつもりはなかった、と主張するだろう、むしろ逮捕させることでお前の命を守ろうとしたんだ、そうすれば同時に俺の義務も果たせる（悪党に限って義務がどうとか言い訳をする）、だって――ああ、本当に目に浮かぶようだ、下を向き青ざめたアベレードの姿が！――だって――しどろもどろで言葉を選んでやがる！――だってあんな時期だろう、みんなに危険が迫っていたよな、お前のことはよく知っているし、なにを考えてるのかも分かっていただろ、で、俺と同じでほかの連中もみんなお前が赤《アカ》だって分かってた、だから友人として俺は知恵を絞って、最善の策はこうだってことをみんなに言い聞かせてやったってわけだ……とかなんとか言い訳するにちがいない。アベレードのわけの分からない言い訳が今にも聞こえてきそう、いや、実際にそういう話があいつの口から出るのを聞いたことがあるような気がする、私の記憶がそのときのあいつの言葉を声までそっくりに再現しているみたいだ！　まるで昔よくやった政治談議や議論の続きを聞いているような、いやいや、議論などという高尚なものじゃないぞ、あいつのは愚痴、悪意、ほのめかしの類だ！　腹を割って議論をしたり、正直に自分の意見を述べたりできる奴ではない。でも、確かなのは、少しずつではあるが、おそらく新聞社の空気に影響されてだろう（あいつは『ラ・オラ・コンポステラーナ』紙に記者として勤めていた、まったく政治とは関係のない単なる偶然から、ほかのどこでもなくあの新聞社に勤めていた）――馬鹿な奴だ！――確かなのは、あいつがだんだんと反動的な性格になってゆき、死ぬほどの危険な目に遭ったこともないくせに、まったくなんの根拠もなく次第に金持ちの味方になっていって、それを見ていて私がイライラしたということだ。言ってみれば、あいつは私と反対の道を行きたい一心で、そんなことをやっていたのだ。だとすれば、あいつは実に正しい道を選択したことになる、だって私の信念は固く燃えるようなものになっていたからだ、仮にもしあのときサンティアゴで反乱軍に捕まっていれば、言うまでもなく私は全力を尽くして味方のためになることをしていただろう、敵の進軍を止めることはできないにせよ、少しは邪魔するべく……いや、ひょっとして、それ以上に得になることはないと判断して敵側に寝返っていたかもしれない、ただ私には不条理に思えたものだ、あのアベレードの奴が、単なる偶然から教会に好意的な新聞社で働いていたせいで、かつては私と同じように腐った教会を知り尽くし、神父を大いに憎んでいたくせに、なんとそんなあいつが十字軍の騎士になってしまうなんて……。愚かな！　なんと脳みその足りない男だ！　奴ときたら、明らかに自信たっぷりで、自分の信念に疑いすら抱いていないように見えた。さらには常識の欠如と度を越した熱狂から、まるで善人グスマン気取りで[36]、愛する幼馴染である私を犠牲にすることを自らの責務、愛国者としての義務であると思い込んでしまったのだ……。あの戦争中にはいろいろなことがあった……。自分の義理の弟を探して逮捕し、ほかの敵対勢力と共にその義弟を処刑場に送り届け、残された妹や甥っ子たちを涙と怒号と悲嘆の嵐に叩き込む、そんなことをしにわざわざ帰郷するようなおめでたい奴まで現れた。多くの者がそれこそ自らの責務であると考え、頑迷な犠牲者たちにはある種の崇高な憐れみの念をもって接すべき、すなわち懺悔や救済を無理強いしたりせず、心を広くして手早く天国に送ってやる、といった、より高い次元の公益に貢献すべく、自らの個人的人間感情や親愛の情を綺麗さっぱりと切り捨て、その自己犠牲の場面を思い浮かべて涙を流すほどだった……。

　つかのま、戦争の思い出にふけった。今となってはまったく見知らぬ場所に見えるその古びたカフェ・コスモポリターノの暗闇に腰かけ、窓の外をたまに通る通行人をぼんやりと見つめてはいたが、私の心はあの遠いサンタンデール、陽の光がまばゆい、叫び声と刺激と議論と希望と熱狂と市民兵と最新ニュースが飛び交う、物情騒然たるサンタンデールの空気のなかに浸っていた。あの頃はごく当然に思えたことがある。敵の殲滅を願うということ、そしてそれが徹頭徹尾正しい防衛行為であり、それどころか聖なる義務であるということ、また個人的知り合いという理由で公共の敵をかくまうような奴は疑わしく生ぬるい奴であるということ。今となっては、そうした昔の信念は、嫌悪感とまではいかないにせよ、まったくの驚きを私にもたらす。とはいえ、確かに昔はそうであった。血縁共同体《コムニダ》ですら、もうひとつの常軌を逸した集合体《コムニオン》の前では言い訳にもならなかった。《運がよかったんだ》と私は思い、その言葉がほとんど呟きになって口から出そうになった。《戦いに負け、敗軍となり、頼る当てもなく、互いに分断され、無罪放免となり、悔い改め、その他ありとあらゆる不幸を引き受けたが、逆にそのほうが私たちにとっては大きな幸運だったのだ！》。私は考えた。《仮に敵側みたいに、戦闘の興奮がいったん冷めたあとも、あれだけの恐怖に耐え忍ばねばならなかったとしたら……》。そして、すぐにぎょっとしながらこう考えた。《だが私ならどうだろう……。もしアベレードがサンタンデールにいて状況が逆になっていたとしたら、ひょっとして私だって……？》。ぎょっとして背筋が寒くなり、私は自らに問いかけた。《私ならどうしていただろうか？　もし私が彼と同じ立場にいたら？たとえば親友のアベレードについて確たる証拠を得ていたとしたら……》。《そんなことはない！》というのが、内心を探ったすえの私の答だった。「そんなことは絶対にしないぞ！」。声が震えていた。「私なら密告などしない！」。そして、自分ならそういうことを当然しない……ということが分かって、私は嬉しいというより得意な気分になった。いったん心が落ちつくと、決疑論[37]を信奉する私は自分の良心という名の法廷に再び立った。だがいったいどうだろう、だが……たとえばだ、アベレードが国民軍側のスパイ組織《第五列》の一員であると私がはっきり分かっていたとしたら？　あるいは奴の考えていることを知り過ぎるほど知り過ぎているこの私が──たとえばの話だが──奴が諜報活動を行ない指揮できる立場にいて、危険な活動にも手を染めているのを見てしまったとしたら？　厄介な話になるぞ……。いずれにしたところで、私ごときが蝋細工店の奥から奴らが言うところの国民改革を危険にさらすような真似をするなどとアベレードが思うはずがないのであって──私なんぞ哀れな存在だ、せいぜい身をすくめて隠れているのが関の山だったろう──それに、あいつがそんなに熱心に仕事をしていたのなら、その気になればいつだって私のもとへやってきて密かに説教するとか、脅すとか……まあいろいろとほかにも策はあっただろう。私なら最後にはそうしていたと思う。だがあいつは……。まったく外国にいてよかった、あいつだって私を見つけられなくて運がよかったのだ、なぜってもし私を見つけていたら……考えてもみろ！　いくら内心で《こいつは赤《アカ》だ、冗談では済まされないぞ、祖国の命運がかかっているんだ、神の摂理が》とか思いつつも、その目の前の赤《アカ》が誰だか知りつくしているわけだ。昔馴染みの友だち、自分の大事な妹に結婚を申し込むのを辞退し、自分の家族計画を軽んずるという許し難い非礼を働き、おかげで妹が婚期を逸する原因を作った男、喉に刺さった骨のように、そのままにしておけば炎症を起こすし、抜いてしまえば膿が破裂する危険のあるという、そんな厄介な男だ、もし出会っていれば、あいつの良心は買いたての靴のようにあいつのことを締め付けたにちがいないのだ、良心というのも使ううちにすり減ってきて、いつかは穴が開くとは言うが……。いずれにせよ、奴は無謀なたくらみのおかげで危うく無様な姿を私の前にさらすところだったわけで、ということは、私があいつの手の届く場所にいなくて正解だったというわけだ。これから会うことになって、あいつが私を侮辱するつもりか、あるいは私に寛容な態度を取るつもりかはわからないが、勝手にすればいい！　好きにすればいいさ……！　奴がこう言うのが目に浮かぶようだ。「おいおい、君かあ！」。そしてこう皮肉るだろう。「久しぶりだなあ、いったいどこから這いだしてきたんだい？」。そして私がおそらく厭味ったらしく「墓から出てきたとでも思ったのか？」と答えると、奴は声を荒げて言い返してくるだろう。「そのまま地面の下にいりゃよかったのにな！」。そう言ってから心のなかで思うことだろう。《またぞろ妙なネズミが現れやがったぞ。恐怖というものを忘れてなきゃいいんだが！》とか、そんなことを。

ひょっとすると、いやおそらくアベレードと会うと思うと、ふいに目の前の現実に、すなわち、かつて足繁く通ったこのカフェ・コスモポリターノの、当時と同じ大理石のテーブルの同じこの位置、今にもアベレードが現れそうな場所に、私は一気に引き戻された。そうだ、今すぐ現れてもおかしくはない。次に扉を開けてカフェに入ってくるのがアベレードであっても、あそこの入口に奴が例の黒い髪と恨みがましい目と撫で肩を見せてもおかしくはないのだ……。その可能性を考えて私は動悸が激しくなり、顔がひきつり、両手の指がテーブルに食い込み、開きかかった扉を食い入るように眺めて前につんのめりそうになった。だが入ってきたのは彼ではなく別の田舎者、ひとりの村人で、しばらくためらってから柱の向こう側の席に腰かけた……。《同じことだ》と、緊張を緩めながら思った。《要は可能性があるということだ。今回は違ったが、次に入ってくる奴かもしれないし、その次かもしれないし、今日ここで会わずとも、明日別の場所で会うかもしれない》。いずれどこかで会うことになるのだ、こちらから探すまでもない……。それから私は三〇半ばになったアベレードの今の様子がどんなか、たとえば私みたいに太っているか、なんの仕事をしているのかを考えた。ひとかどの人物になり、ちやほやされ、忙しく動き回り、私に偶然会えるような次元にはいない彼の姿が見えた。

## *8*

彼との出会いはなかった。その日が過ぎ、翌日、その翌日、そのまた翌日、そして一週間、まる二週間が過ぎたが、私は彼と会えず、彼の知らせを届けてくれる者もおらず、まるでアベレードは大地に呑み込まれてしまったように消息を絶った！　確かに私は調査をきわめて慎重に行なっていたし、私が彼を探しまわっていることに誰も気付いていなかったこともある。率直に言って探しまわるというほどのこともしていなかったのだが、この厄介な出会いが果たされないうちは——これは確実に言えるのだが——落ち着いてほかのなにかをする気にはとうていなれず、私はだんだん大胆になって、人の多い公共空間ならどんな場所にも顔を出し、偶然に賭けてみたのだが、当の偶然のほうがさっぱり乗り気ではないので、最後には、用心にも用心を重ねたうえで、敢えてこちらから虎口に飛び込んでみることに決めた。

ある日、いつでもこちらから通話を切れるようカフェの電話を使って『ラ・オラ・コンポステラーナ』紙に電話をかけ、アベレードのことを尋ねてみた。答えは《知らない》だった。不思議と心が落ち着いたので、直接編集部に出かけて守衛に尋ねてみた。「アベレードですよ、そう、マヌエル・アベレード・ゴンサレスさん」。守衛――馬鹿そうな老人――の答は要領を得なかった。「記者だとおっしゃいましたね？　お待ちください。その人ならもう長いあいだこちらには見えてないですね。ええ、ええ、存じてますよ、アベレードさんですね、とてもいい感じの青年だった、記者ですよね？　金髪で太った……」。「金髪で太っているだって？　違う違う、まるで違うよ。黒い髪の奴だ、髪も眉も……」。「じゃあ、違う人だな……ああ、ああ、そうだ、そうだ、間違った、さっきのは別人だ、アベレード・マルティネスさんです、金髪の太った人」。「やっぱり！」。「その方は……なんて名でしたっけ？　ゴンサレスなんとかいう名前は一度も聞いたことがないですねえ」と言って守衛は肩をすくめた。そこで私はアントニオ・クエト氏に会わせてくれと頼んだ――クエトは編集長で、兵役について不在がちだった若いころのアベレードを甘やかしていた、確か私も二度ほどアベレードを通して情報を送ったことのある相手だ。私のことを覚えていてくれてなくたって別に構わない――「アントニオ・クエトさんですって？　あなた、アントニオ・クエトさんが知事になっているのをご存じないので？　そうなんですよ、アリカンテだったかな、忘れた、アルメリーアかどこか」

あのクエトが知事だと？　なんとまあ……！　それならひょっとして『ラ・オラ』紙編集部のスタッ

フを秘書として連れていったかもしれない、で、それがお気に入りだったアベレードという可能性もある、すぐにそう思った。そして想像し始めた、ひょっとしてアベレード自身も要職についているのではないか、あれだけ頑張って体制に協力をしたのだから、その褒賞として、重要人物とまではいかずとも、強い影響力があり、高給をもらえるような地位に、いやいや、ひょっとすると直接指令を下せるような地位についているのかも……。

私は震え上がった。新聞社からの帰途、緊張が緩むにつれて、真の焦りが私の心に忍び寄ってきた。こうなったらもうためらっている場合ではない、天地をひっくり返してでも彼の行方を突き止めねば、そうしなければほかのなにをすることもできないし、心が落ち着かないし、もうこのままでは生きていけない……。その瞬間までのすべての失敗が――たとえば映画館で休憩時間に八方を見渡したがひとりも知り合いがいなかったとき、たとえばガリシア文芸協会の建物に入って隅から隅まで探しまわったときなど――彼がいそうな場所へ出かけては見つからなかったこと(そのような探索の試みをだいたい日に一度だけ行ない、それが済むと翌日まで我慢することにしていた)、そうした試みのひとつひとつが無駄に終わるたびに私は息をつき、その瞬間を偽りの休戦期間としていたが、そうしたところで、いずれ避けられない出会いを先延ばしにしているという安堵すら感じていなかったし、そもそも、確かに恐れてはいたが、いっぽうでは目指す闘牛に一刻も早く出会うことを内心ではとても強く心待ちにもしていた。

だからこそ、新聞社でアベレードを知る人間が誰もいなかったことに私は唖然とし、すっかり動転してしまった。それは、前にはとても考えられなかったある説が正しいことを示す最初の兆候となった、というか私にはそう思われた。つまり、戦争の動乱により、私の愛するサンティアゴ・デ・コンポステーラがこんな見たこともないようなよそ者でいっぱいの見知らぬ町に変貌してしまったのだから、アベレードだって、その騒ぎに紛れてアリカンテかアルメリーアか知らないがスペインの反対側まで行っているかもしれないということだ。もしそれが確たる事実で、幸いにもことの真相であったとするならば、サンティアゴのような、こんなブエノスアイレスみたいに静かで、誰も他人に関心がなく、話を聞かせるべき相手などひとりもいないような、要するに、アベレード・ゴンサレスなる男などこの世に存在していなかったかのように知らん顔で無関心を決め込んでいる町に、私がこれ以上留まっている必要などこれっぽっちもないというわけだ。

そんなわけで、その日、それまで消えかかっていた希望の火が私のなかで再び燃え上がり、新聞社に電話をかけるだけでは飽き足らず、まずは守衛室にまで押しかけ、そしてそのあと、はやる気持ちをなんとか抑えて、最後の一大決心をして、ついに私は彼の家へと向かったのである。これ以前にも、出かけることがあるたびにちょっと寄り道をして、さりげないふりを装い、その家の前を通ってはいたが、閉じられた門や窓のなかをこっそりうかがっても、人のいる気配はなかった。今度はこっそりのぞくだけではなく、呼び鈴を鳴らして人が出てくるのを待つのだ。さあ、どうなるか。鬼が出るか蛇が出るか。マリア・ヘスースが扉を開けて目をむくだろうか？　仮にアベレード本人が出てきたとしても、彼が驚いているすきをついて、私にいちばん有利となる質問をぶつけてやればいい、おそらく思い切って近寄って、こう言えばいいのだ。「お友だちを数人連れて俺のことを家まで探しにきたと聞いたが、今日はその件で来た。お前、いったい俺になんの用があったんだ?」。(思わず口元に笑みがこぼれた。あいつに十年前のお返しをしてやるのだ!)こんな風に考えているうちに家のある通りの曲がり角まで来ていたので、偶然という奴にチャンスを与えるのをできるだけ先延ばしにすべく、二度ほど家の前の歩道をぐずぐずと行ったり来たりした。だがそれも無駄、というか、いざ家の前に立って攻撃を開始しようとすると急に体が動かなくなり、屋敷の微動だにしない静寂を前に身がすくみ、かつては煙草屋があったはずのアーケードの一角にある靴屋の店主が私のことを頭の先からつま先まで矯めつ眇めつ眺めまわしていて、そうなると私の意気は消沈し、なにか急にぐったりと疲れたような、すべてがどうでもいいような悲しい気分になったが、そのとき「どうしました?」と言いながら、ひとりの女が角を曲ってこちらへやってきて、立ち止まって門に鍵を差し込み、門を開けようとした。「あの、すみません!」。私は飛び上がって彼女に近寄った(直前の脱力感がうそのようだった。私は再びとても冷静に、おそらく少々青ざめていたとは思うが、きっぱりと冷静になっていた)。「すみません、こちらにマヌエル・アベレードさんはおられますか?」

彼女は振り返り、私をじっくりと眺め、私も彼女を見た。まだ容姿の衰えていない四〇前後の女だった。「いいえ、ここにはいませんよ」と女は平然と答え、素知らぬふりでまた門の鍵をガチャガチャ言わせ始めた。

私がその答を期待していたかと言えば嘘になるだろう、そんな理由もなければ、そんな筋もないわけだし。だが、私はその答をいかにも自然に受け止め、逆に、仮に彼女が「はい、いますよ」などと答えていたら慌てていたと思う。というわけで安心したので、私は嬉しくなってなおもこう言った。

「でも、もらった住所はここなんですけど。この番地とこのお宅ですよね、間違いないはずだ」と、ここで間を置いた。「ひょっとして、なにかお聞きではないですか……あの、なにかご存じかと……」

もうすでに門は開いていて、私はかつてアベレードとともに何度も出入りした玄関ホールをむさぼるように見つめた。

「アベレードっておっしゃいました？　マヌエル・アベレードさんですって？　ならその住所は間違ってるわ。もちろんここにはお住みでないですよ、この近所でも聞いたことはないわね……」

「ですが……。実はですね、奥さん、帰国のためブエノスアイレスで乗船するときに……」友だちがアベレードという男を探すよう私に言ったのだ、と言いかけたとき、私がブエノスアイレスから来たと知った彼女は、顔を上げてもう一度私のほうを見、興味を持った様子でこんなことを訊いてきた。

「ブエノスアイレスからいらっしゃったの？　あら大変、さあなかへどうぞ、お入りになって、どうぞ、少しお休みになっていかれたら」

その提案に逆らわず、私は玄関ホールへ入った。

「そのアベレードという人物を探すお手伝いをしていただけるとありがたいのです。お手間を取らせて申し訳ありません」

一階の居間へ入り、飾り房のついたレースのカバーが趣味の悪いスタンドを挟んでそれぞれ肘掛椅子に腰かけた。こっそりと部屋のなかを眺めているうち、以前はおそらくもう少し質素だったが、これほど俗悪でもなかったはずだ、とか思っていたら、ふと、趣味の悪い家具に混じって、アベレードの家にずっとあった例の整理箪笥――アベレードが自分の持ち物をやたらともったいぶってしまっていた樽型の整理箪笥――が、以前とは違う場所ではあるが、その部屋にあるのを発見して、私は心臓がどきっとし、まるでアベレード本人の声が間仕切りの向こうから急に聞こえてきたような、というか――声が聞こえるというのは言い過ぎだから――あの働き蟻――これは私がマリア・ヘスースにつけたあだ名――あの働き蟻がせかせかと働きまわっている音が聞こえたような気がした。今の住人が前の居住者についてなにも知らないというのが本当なら、どうしてあんな昔の家具が今も残っているのだろう？　答が欲しくて二、三の馬鹿げた仮説がつい頭をよぎったが、はやる心を抑えて、私は夫人が尋ねてくることに頑張って答えようとした。夫人の語ってくれたところによると、すでに夫とのあいだに二人の大きな子どもがいて、夫の甥っ子がひとりブエノスアイレスに住んでいたことから、彼女の一家もある時期あちらへの移住を考えた……ということである。戦争さえなければ、と彼女は言った、私たちもきっとあちらに住んでいたわね。彼女はにっこり微笑み、私も帽子を手にしたまま彼女の笑みに応えた。気持ちのよい笑顔だった。

「もしかして」と彼女は言いだした。「あなた、甥っ子一家とお知り合いじゃないかしらね。アントニオ・アルバレスという名ですのよ」

「アルバレス？」。私は迷った。「ひょっとすると会ってはいるかも……。ただ、そのお名前は記憶にありませんね。ご存じでしょうけど、ブエノスアイレスのような大都市ではなかなか……。どちらにお住まいですか?」

「サンティアゴ・デ・エステーロ通りよ」と、夫人は大切な秘密を打ち明けるかのようにゆっくりとその名を発音し、私の反応をじっと見守った。その名を聞いた私の想像のなかで、豊かな木々と、心和ませる朝陽に映えるコンスティトゥシオン広場と、そして広場の近くのこじんまりとしたサンティアゴ・デ・エステーロ通りの光景が、明るく賑やかに蘇ってきた。あの通りで、広場のそばの角のバーで、私はマリアーナとめぐり合い、同居する前、つきあって最初のうちは、あそこで待ち合わせて近くのホテルへ行ったものだ……。

「いや、甥ごさんのことは知らないと思いますね、少なくとも記憶にはありません」

「それで……あちらへお戻りになるつもり?」と夫人は興味を示した。私は彼女に、まだ分かりません、戻るかもしれないし戻らないかも、でもまあ、おそらくは戻るでしょう、なにしろ何年も暮らした場所ですし、友だちも残っていますから……と言った。

「私どもも戦争がなければあちらに暮らしていたでしょうね。でも戦争になって夫が仕事を手放せなくなりましたから」(夫の仕事とはなんだったのだろう? 私は考えた。居間の暖炉のうえの壁に、若くおめかしをして美しかった頃の彼女の写真を収めたペンダントを首にかけて、とても細い髭を生やした、生真面目そうの男の写真が飾ってあった。)「そのあとも」と彼女は続けた。「あちらへ行きたい気持ちが消えたわけじゃないのよ、ですけどね……」

夫人の話し方は真剣でその表情は穏やかだったが、目にはどこか人をひきつける朗らかさがあった。話すときの彼女の口の動き、使い古して両端に深い皺が刻まれているが、いまだに艶やかさを留めている唇を私はじっと観察し、少し太い彼女の首が声で震えるのを観察し、また視線を上げて彼女の目を見つめ、そしてそのあいだ彼女の話に丁寧に耳を傾けていた。彼女はブエノスアイレスのことを私に尋ね、あちらの暮らしは幸せなのか知りたがった。

「もちろんですよ！　あちらでも暮らしぶりは人それぞれです、もちろんね、でも……とにかく素晴らしい国です！」と私は締めくくり「素晴らしい！」と再度強調した。いきなりの私の高揚は彼女の満足げな表情にも映しだされたが、そのあと彼女は少し眉をひそめて、けれども甥は手紙のなかで毎回文句ばかり書いている、と言った。そこで私は先ほどの意見に修正を加えた。「なにも別にブエノスアイレスが天国の地球支店だとか言っているわけじゃないんです、特に甥ごさんの場合は望郷の念もあるでしょうから。実は私も同じですよ、だってその気持ちがなければ、どうしてサンティアゴに戻ってきたりします？」。二人とも一瞬黙り込み、私は即座に自分の用件を切りだした。「奥さん、こう考えているのですが。そのアベレードという男の住所は確かにここだと思うのです、ただ、いかんせん昔のことですし、本人は引っ越してしまいましたから、それで……。こちらには長いあいだお住まいですか？」

「ええ、もう！　何年にもなりますわ、戦争が終わって主人がラ・コルーニャからサンティアゴに転勤になって以来ですのよ……」

「前の住人のことはご存じない」

「ええ、だって住宅事務局から割り振られた家ですから。そりゃ、確かに夫の立派な勲功に見合う家とは言えないかもしれないわ、でもそんな贅沢は言えませんしね、そもそもうちの主人はうるさく文句を言ったり裏であれこれ手をまわすような卑怯者ではありませんから、だから……」

「なるほど」と私は彼女の話を遮った。「では、前の住人についてはまったくなにもご存じないということですな……いったいどうなったんでしょうね……？　友人の話によると兄妹だったそうで、アベレードという兄と、もっと若い妹がひとり……。今思ったんですけど、あなた方がサンティアゴに転勤してこられたということは、その兄妹も別の町に移っていったのかもしれないですね」

「正直なところ、まったく存じませんわ。ただし夫なら……」

「いえいえ、これ以上ご迷惑をおかけしたくはありません」。私は彼女に礼を言い、なにかお役にたてることがもしあればいつでも、と申し出たが、名前は敢えて明かさず、来た道を引き返した。

9

女性との出会いで私はすっかり安堵し、杞憂も晴れ、口笛を吹きながら屋敷を出ると、靴屋の前を足音高く通り過ぎ、通りを下って中心街へと向かい、バルに入ってビールを一杯注文して、タンゴを一曲かけ、つまりジュークボックスにコインを投入し、映画の上映予定表をチェックし、そしてもちろん――わが魂があれだけの重荷からすっきり解放されたことを祝福すべく！――今晩くらいささやかな気晴らしをしてもいいだろう、と心に決めた。

　田舎町で、しかも出身地にいながら今となっては外国人同様のこの身分では、さしたる男の楽しみもない。それに、自分の体がなにを求めているかについては迷うまでもなかった。幸か不幸か、私はある種の自然の快楽を何週間も何カ月も我慢できるタイプではない。バルのテーブルに肘をつき、手持ちの残額を頭のなかで数え、アベレードを見つけるという愚かな執念に浪費された日々のことや、その馬鹿げた空虚な日々のあいまに何度か疼痛のように感じたマリアーナの思い出、マリアーナへの欲望について思いをはせた。スペインへの船旅のあいだ（生まれた村へ帰郷する女と束の間の逢瀬を楽しみ、彼女とめくるめく快楽を味わったが）、マリアーナは想像のなかでバシリスク（ひと睨みで人間を殺す伝説上の怪獣）に姿を変えて現れ、その顔といかにも性欲が強そうな唇が私に向かってありとあらゆる罵詈雑言を吐いているのが見えたが、もうその修羅場からは逃げおおせたのだと思うと、笑みがこぼれたものだ。ところが、下船して何日も経った今頃になって、そんなふうにマリアーナの鉤爪を逃れて彼女を笑いものにしてきたことが最悪の考えだったように思えはじめ、彼女の怒った顔はもう笑いを誘わなくなった。空想のなかのマリアーナは、今もなおいらいらと刺々しい表情を浮かべてはいるが、今やその棘はとても美しく、男心をそそるものであって、まるでその眉間の皺と煌めく目と半開きの唇が今にも……。

結局のところ、今となってはもうどうしようもない相手をそんな風に熱く懐かしがっても、あまり意味はあるまい。過ぎたことは仕方がないのだから、今はとにかく……。

というわけで、ちょっとした気晴らしをすることに決め、いわゆる《金で買う愛》は本当のところあまり好きではないし、これまでも嫌々やってきたのだが――この際は仕方あるまい――私はローマ兵士のような断固たる足取りで売春宿へと向かったのである、交わる前《アンテ・コイトゥム》にしてすでに古くから変わらぬあの男の性という悲しみ《トリスティニア》を覚えつつ。

ああ、なんという驚愕が私をそこで待ちうけていたことか！　それまでの中身のない無駄な日々を思えば、なんという驚きの一日となったことか！　やけっぱちの青春を送っていたころから勝手知ったるその不純の館《ノン・サンクタ》に私が足を踏み入れると大勢の娼婦がいっせいに近寄ってきたが、いったいそのなかに誰がいたと思う？　マリア・ヘスースだ。そう、まさしくあのマリア・ヘスース、マリア・ヘスース・デ・アベレード・イ・ゴンサレス嬢、あの世にも稀な清純無垢の聖処女《ビルゴ・プルデンティッシマ》がなんとあんな女たちのなかに……。思わず目をこすっていたが、夢でも幻でもなかった。マリア・ヘスース、生身の彼女が大勢の売春婦たちの向こう側にいる。例の悩ましげなまなざしや、人より目立つのを嫌がっている様子や、「勝手にして！」と言いたげな態度などから、はっきり彼女と分かる。

私はもちろん彼女を選んで格子戸の向こうから連れだし、二人きりになると互いに顔を見つめ合ったが、きっと私の顔は彼女よりも青ざめ、うろたえ、表情が歪んでいたにちがいない。最初に口を開いたのは彼女で、重苦しい声でこう言った。

「まさかあんたがほかの女を選ばないとはね。ちっとはあたしに敬意を払ってくれてもよかったんじゃないの、昔のよしみでさ……」

その声は震えており、それは怒りというより屈辱のせいだったと思う。あるいは怒りのせいだったかもしれないが、怒る習慣のない女の口からそんな荒っぽい言葉が出ると逆に痛々しく聞こえた。マニキュアを塗った爪を憎らしげに見つめ、真っ黒のマスカラを塗った睫毛は目に隈を作っていたが、地毛を剃ったあとに細く描いた眉毛は以前とはまるで違っていて、それがまた毒々しくも滑稽な印象を見る者に与えた。

「前の手入れをしない眉のほうが似合ったのに」と、私は場違いなことを言った。すると彼女はまるで追い詰められた小動物のような顔で（本当に見ていて悲しくなるほど）私を睨み、なにも答えなかった。

そのあいだ私は勝手な作り話をでっちあげ、厚かましくもこんなことを彼女に言った。

「会いにきたんだ。ずいぶん探した末にここにいるって知ってね、それでさ！　会いにきたってわけ」

察しがつくとは思うが、こんな悪所まで漂流してくる原因となったあの肉欲はとうの昔に消え失せ、私の心は重苦しい幻滅で、かつて味わったことのない不快と失望でいっぱいになっていた。逆に、そんな嘘八百を平気で並べたてることのできる自分の声に自分でも驚いたぐらいだ。だって、そんなに早く立ち直れるような当惑じゃないだろう！　本当に腰を抜かすほどびっくりしたのだから！

入ってきた客が私であると分かったのは彼女のほうだった（当たり前である、私は外から入ってきたわけだから)。その目に現れた驚きに気付いた私はすぐ彼女に注意を向け、そして難なくそれが――信じがたいことに!――マリア・ヘスースであるということを見抜き、眉毛こそ冗談のように細く描いてはいるが、その下には昔と変わらぬ彼女の目があることを、前より若干ふっくらして頬紅をつけてはいるが、その昔と変わらぬ真っ白な頬っぺたがあることを、全体に肉付きが良くなり肥えたようではあるが、昔と変わらぬその鳩胸の上半身がそこにあるのを見て取ったのだ……。彼女には私がどう見えただろうか? すぐ私と分かったからには、彼女の眼にはそう変わってはいなかったに違いない。彼女は、さっき私が言ったこと、君に会いにきた、わざわざ会いにここまで来た、という言葉を聞くと、妙ちくりんな形に結い上げた大きな髪の毛の下の顔を上げて、とても真剣な顔で、目に見えてホッとした様子で、私のことをじっと見つめた。男の威厳を保ちたい一心ででっち上げた嘘八百が、慈悲深くも功を奏してくれたのだ。

その勢いを借りて、彼女を本心から納得させるべく、さらに付け加えてこう言った。

「それにしてもずいぶん久しぶりだな……。会いたかったよ、君がどんな暮らしをしているのか知りたくてさ」

間の抜けた言葉だった。可哀そうに、彼女としてはこう答えるしかなかったろう。

「どんなって、見りゃ分かるじゃない」

ところが、実はその少しあと、ほんの少しあと、ほとんど一瞬ののちには二人とも互いに打ち解けた気分になり、また、そんな不似合いな場所であったにもかかわらず、私はそれまで彼女があんなに心穏やかに笑いながら話をしたのを見たことがなかった気さえするし、私の前であれほど落ち着いている彼女を見るのは——彼女の今の境遇はあくまで悲惨であることを断わっておく!——初めてのような気がした。彼女はベッドの端に腰をかけ、私はその前の薄汚れた水色のスツールに腰をおろし、二人で話をした。

彼女を傷つけるのを避けるため、最初のうちは私のほうからごくありきたりの誰でも知っている話題を口にしたが、すぐに彼女が話を引き継いで、悲惨な今の暮らしに対する不平不満を私に向かってぶちまけ始めた。いさかい、悪意、ちんけな盗み、食事のこと、嫉妬など、下らないことばかりを延々と。彼女はそれを自分の言葉、あのマリア・ヘスースの言葉で語るのではなく、体にしみついてもうほとんど取れなくなっている決まり文句だけを羅列して語り、あたかも世間で流行りの言葉でしか話ができなくなっているようであったが、私が彼女自身の言葉で聞きたかったのはそこまで落ちぶれるに至った経緯であり、そして特に兄の居場所であった。マリア・ヘスースがそんな常套句のゴミ溜めみたいな話しかできないことに、私の好奇心は苛立ちを覚えていたが、同時に、それまで抱いていた不安がなぜかすべて解消してゆき、とりあえずその理由は分からないままにしておくこととして、まずは獲物を射程に捉えたからには、もうこっちのものだから、わざわざ捕獲を急ぐこともあるまいとばかりに、アベレードについて用意していた質問を先延ばしにしていた。タイミングを計って「ところでお兄さんのアベレードはどうしたんだい?」といかにもさりげなく尋ねてやるつもりだった。と思っていたところが、私がそれを口にする前に、バラバラで支離滅裂な嘆き節の真っ最中だったマリア・

ヘスース本人の口から「マノーロ」というアベレードの愛称が飛びだし、なにかの事件とか、不幸とか、そんな言葉があとから聞こえた。

彼女に訊いた。

「マノーロだって？　マノーロがどうした？　なんの話だ？」と、私は飛び上がりそうになりながら

「兄に不幸があって」と、彼女はごく自然に、ほとんど関心がなさそうに言って、さらにこう続けた。

「それでひとりになっちゃって、あたし、結局こんな……」

「でも教えてくれよ、なにがあった？　僕はなにも知らない」

彼女は、私が兄の事情を知らないと分かるとキョトンとした顔になり、信じられないという表情で私を見つめ、それから驚くべき真相を語りだし、私は呆気に取られてそれを聞き、聞き終わったときには体が凍りついて、しばらくのあいだ黙りこんでしまった。アベレードは死んでいた。戦争の混乱のさなかに殺され、誰の手によるものかは調べられもしなかった。

その短い知らせに続き、彼女の口からは同じ事件の詳細がこと細かに語られることになるのだが、アベレードが死んでいたという事実に私は呆然となり、そのあとすぐにマリア・ヘスースが遠まわしに脱線ばかりしながらくどくど話し始めたこと、すなわち兄の死後にひとりの有力人物が後見人となってくれたが、そいつのおかげでとんだ屈辱を味わった、最初こそ秘書や配給所といった仕事を与えてくれたが、その後は無残にも見捨てられて「最終的にこんな所まで落ちぶれたわけ」などと話すのも、ほとんど耳に入ってこなかった。彼女があまりに細々と、必要のない明らかに不正確な情報などを交

え、芸のない決まり文句ばかりを並べたてて話を続けるあいだも、私はアベレードの死のこと以外になにも考えられなかった。ここ数日、いや数週間、アベレードと今にも出会うかもしれないという不安に駆られて、怖がるべきか期待すべきかは分からないし、できれば自分から《モトゥ・プロプリオ》はその時期を早めたくないと思いつつも、会えない時間が長引くほどに耐えがたく思われてきて、いずれにせよ、必ず近いうちに奴と出会うという不安に駆られて私は生きてきたわけだが、今分かったところによると、その出会いはもはや不可能、絶対的に不可能であり、そもそも、実はもう何年も前から、内戦が終わる前から、ましてや私がアメリカ大陸へ渡る前から、とうの昔に不可能な出来事となっていたわけだ。サンタンデールの山間部で私がまだ自分の部隊を率いて戦い続けていたころ、アベレードはこのサンティアゴで死んでいたのだ。どうして今の今まで思いつかなかったのだろうか？　第一、戦争中にはそんなことはごく普通、というか当たり前の話じゃないか。いつだって人は死に晒されているものだが、戦争となればなおさらだ……。かくいう私自身が何度も九死に一生を得て……。そう、最後まで私は九死に一生を得たのだ。大西洋を渡り、ブエノスアイレスに住み、新しい知己と家庭用油製造会社の事務職を得て、マリアーナと知り合い、同棲し、結婚を夢見て、最後に破綻した。私がブエノスアイレスのコウティーニョの店で同じく亡命していた同胞と喋り、アメリカ人を相手に議論をし、来る日も来る日も、その年もまた次の年も新聞で世界大戦のニュースを読み、やがて戦争が終わると、同じ新聞をスペインの政情が変わることを期待しつつ読み、そうやって私が青年から大人への道を少しずつ歩んでいたころ、彼は、アベレードは、すでに墓の下にいたというわけだ。

「それで、彼の死の真相は明らかにされなかったのかい？　マノーロを殺した奴のことだけど」と、いきなり私は尋ねた。「誰が殺したんだろう？」

「捜査はまったくされなかったの。みんなどうでもよかったのね。でももし本当のことが知りたいなら……」

ここで彼女は、あれは自分にとってはなんの驚きでもなかった、前から予感がしていたこと、起こるべくして起きたことであり、兄の死はその不安、すなわち彼女の抱えていた不安が的中したというだけの話なのだ、と私に打ち明けた。この話をし始めた最初のうち、彼女は感情を乱して型通りの罵倒の言葉ばかり口にしていたが、そのうちに、少しずつ硬い殻を破るようにして、自分自身の言葉で、だんだんと彼女自身の、マリア・ヘスースらしい言葉で話すようになり、最後はおずおずと囁くような口調になった。彼女の話したところによると、戦争が始まった直後、つまりまだ単なる軍部の蜂起に過ぎなかったころに、アベレードは四日間家を空け（そのあいだ彼女は心が張り裂けそうになったらしい）、それ以降はときたま家にちょっと寄るだけになり、そのときには仕事がどうの、責任がどうの、果たすべき使命がどうのとかいう話を声高に分かりにくい言葉で彼女に浴びせるようになり、身なりもがらりと変わって、新品の制服やピカピカのブーツや革製の肩掛けベルトや記章で身を固め、ふたたび出かけていくときはたいてい一台の車が門の前で待っていて、クラクションを鳴らして彼を呼ぶのだった。兄がいわゆる《浄化》と《掃討》作戦に関わっていると気付くのはそう難しいことではなく、それ以来、兄のことは不幸なマリア・ヘスースにとって絶えざる苦痛の種と化した。ただ、そのいっぽうで、昔の貧窮と生活苦は影をひそめ、それには少なからず救われた思いがした。たとえば、兄が最初の失踪から再び現れたとき、金の管理をすべて兄に預けている彼女がおずおずと無心をすると、アベレードは財布から分厚い札束を抜きだし、急いでいたので額を数えもせずそれをテーブルの上にどさっと放り投げた。それ以来、その財布はいつも札で満杯となり、前はしみったれだったはずの兄が、金なら好きなだけ使え、などと言うようになった。でも、好きなだけ使えと言われたって、この胸の奥に気持ちの悪いものがつかえて取れなくて、もうなにをしようにも楽しむことができないわけ……。こらえきれずにわっと泣くときもあった……。マノーロが家に戻るのはいつも夜明け前で、酔っぱらいみたいに甲高い声で、しつこく、こちらが聞きたくもないようなこと、半分も理解できないようなことばかり話しだして、私、喉がつまった気がした。まったく馬鹿な兄、なんだって妹に向かって自慢話を披露する必要があるの？　もしそれが、最初のうち興奮してものすごく大仰な言葉で私に諭した《大義のために果たすべき辛い義務》であるなら、どうしてその功績を妹にひけらかしたりしなきゃいけないの？　どうして今日の収穫を喜んで自慢したりするわけ？「お願いだから私にそんな話をしないで！」と言っても、あの人、もうしつこくてしつこくて、一向にやめようとしないのよ、それどころかもっとひどい話をこと細かに語っては楽しむようになった。ひどい物まねをするのよ、死にかけている人の脂汗とか、なにかの呟きとか、命乞いの言葉とか。それで私がもう耐えきれなくなって泣きだすと、いつも同じ意地悪な冗談を用意しているの。「ほう、お前も赤《アカ》だったというわけか！　じっとしてろ、動くな、今すぐ一発お見舞いしてやるからな」と言って、伸ばした片腕に頭をもたせかけて、目を細めて架空のライフルの狙いを慎重に定めて、ボン！ って、あいつったら、汚いおならをするのよ。あとは分かるでしょ、神経質な笑い声をたててベッドに潜り込んで、さっさと寝ちゃう。マリア・ヘスースは夢にうなされている兄を見て、いつかひどい目にあうわ、と思ったそうだ。で、実際そのとおりになった！

ここまで語ったところで彼女はためこんできた悲しみを一気に吐きだした。赤く塗った小さ過ぎる唇の端が醜く歪み、やや膨らんだ頬っぺたに隠れ、髪を高く結い上げた頭ががっくりと胸に沈んだ。私はスツールから立ち上がり、自分も泣きそうになりながらベッドに腰かけて「さあ、もういいんだ、もういい！」と言って頭を撫でてやった。可哀そうに、きっと長いあいだ胸の苦しさを打ち明ける相手がいなかったのだろう、アベレードに関する謎が解けた今、私の心は彼女への同情に傾きかけていた。

マリア・ヘスースは狂ったように私に抱きつき、私が着ていたベストを涙で濡らし、高く盛り上がった彼女の髪が私の鼻の下で羽飾りのように揺れた。ああ、神よ、我告白す！ 我ら泥からなる者なり！ その売春宿へ私を向かわせた衝動はマリア・ヘスースとの思いもかけない出会いによってすっかり萎えていたのだが、彼女のふくよかな胸が泣きじゃくるたびに私の体に押し付けられるのを感じているうちに、既に代金支払い済みの眠っていた欲望がいきなりむくむくと頭をもたげてきて、そして、彼女は私の求めに、金ずくでも嫌々でもなく、実に巧みに、何度も応じてくれたのだった。歓喜に震えるその体を見て、私はこの哀れな女にとって自分がどういう存在であったのかを改めて知り、胸が痛くなった。そして、ことが終わって、彼女がひそひそ声で昔のことを語り始め、かつて私がロサリーアと婚約していることを彼女とアベレードが知り、妹と結婚させるという兄の夢が破れたときに、彼がどれほど悔しがりどれほど怒ったかを私に打ち明け――一緒に寝た相手にもはや隠す理由などあるまい――その際にまた彼女が泣くのを見て、ただし今度は嗚咽ではなく静かにぽろりと涙だけを流すのを見て、その大きな涙の粒がゆっくりと流れてマスカラを枕まで運ぶのを見て、私はさらに胸が痛んだ。アベレードは激昂のあまり妹に罪を着せたらしい。「おまえのせいなんだよ、この屑の大馬鹿女、お前が悪いんだ。お前が間抜けだから、いや間抜け以上だ、阿呆だからだ」。アベレードは妹のおずおずとした態度や内気なところ、行儀のよさや身のこなし方を真似して（そりゃ簡単に真似られたろう、兄妹なのだから……）からかうようになり、口をすぼめて腕をだらりと垂らし、こんなことを言ったそうだ。「お堅い女だねえ、なんだってんだ、このお嬢は、お譲ちゃんはよう、いったいどこのお馬鹿な尼さんなんだ！」。そしてこうも注意したらしい。「もう少しアレだよ、レディらしい気品を身につけろってんだ……脳なし女が！」。考えてみればそのような説教、叱責、不平、罵倒、侮辱、批判、侮蔑の言葉は、アベレードにとっては妹に対する日常的言葉遣いに過ぎなかったのだろう。それ以来、彼女はすっかり心が冷え切って、しぶしぶ――「と言ってもあなたは気付きもしなかったわね」――化粧をし始めたという。「ほう、こりゃあいい！　さあ、せいぜい頑張りな、商売女に見えるといいんだがな……」とアベレードは言って、嘲るように手を叩いたそうだ。「でも私はもうどう見られたってかまわないのよ……！」

# 10

さて終章を残すのみとなったが、まず言っておくべきは翌日のこと、ずいぶん遅くに目を覚まし、前日のことを思い出し、目を開き、まるで悪夢から目覚めたかのような気分を味わって、前夜のめくるめく体験と、それも含めてスペインへ戻ってから今に至るまでのすべての出来事が、突然私の意識のなかに、輪郭はとてもくっきりとしているが非現実である塊となってぽっかりと浮かび上がり、それはあたかも、現実と同じぐらいに確かな手ごたえはあるのだが実は日常生活となんの接点もない（ということから紛れもなく夢であることが分かるのだが）はっきりした夢のように思われた。あの地獄のような売春宿への降下が一カ月にも渡った私の放浪の暮らし（なんとほぼ一カ月にも渡って《不在の亡霊》を相手に追跡と逃亡の放浪劇を送ってきたのだった！）にけりをつけ、そこから私を引き離し、恐怖の迷宮に入り込む以前の地点へと私を連れ戻した。信じがたい話だが、今では帰還の直前までの時間、すなわちブエノスアイレスと五月大通り、南埠頭、アンダルーサ印の卓上油製造会社、コウティーニョの雑貨屋、私の家、マリアーナといったものだけが私にとって確かな実体をもち、逆にサンティアゴ・デ・コンポステーラ、二週間にも渡った栄光の門のそばでの愚かな彷徨や、窓の外、この部屋と、この家と蝋燭店の外に広がっているはずの町すべてが、前日の売春宿でのマリア・ヘスースという地獄落ちの女との忌まわしい出会いと同様、幻のように思えてくる。いったいサンティアゴに着いてから私がなにをした？　なにもしていない、まったくの無だ、単なるナンセンスに過ぎない。

悪いことは重なるもので、叔母が私を起こしに部屋へ入ってきて（もう目を覚ましてはいたがまだベッドのなかで身じろぎひとつせずにいた、それほど私の心は萎えていた）、その表情から察するところ、どうやらこれだけ長いあいだ彼女を失望させ続けてきた私に対する愚痴を披露しようと身構えている様子で、その愚痴は、叔母の性格を考えると、当てこすりや泣きごとばかりではあるが、いかにも前もって周到に練られた脚本に則っていそうであった。実際、叔母はまず「おはよう」を言い、ご親切にももう一〇時半であることを教えてくれたのち、やおらベッドの前に腰かけてこう切りだしたのである、あなたもアメリカ大陸ですっかり昔と違う生き方に馴染んできたみたいね、今のありのままのスペインにはまだ慣れていない様子だから、でも思うんだけど、もう少しだけ頑張ればお店への興味を取り戻せるんじゃないかしら、いずれにしたってあなたのお店なんですからね、ほかの誰でもないわ、少なくとも私はそう思っているし、亡くなったあなたの叔父さんともそう話していたのよ、あの人、私にあなたのことを頼むって言って亡くなったのよ、あなた以外の誰にも店を継がせるつもりはないってずっと言ってたわ、このお店はあの人の血と汗の結晶ですからね、だから私が思うのも無理はないでしょ、その……。分かったよ！　翌日からきちんと店の仕事につく、だって自分はそのために帰ってきたのだ、今までそうしなかったのは、ある疑問を解く必要があったからなんだが、それ

については昨夜 —— そのせいで帰るのが遅くなったんだけど —— ようやく解消したから明日からはちゃんと働く、私は叔母にそう約束した。また、普通の生活に戻る前に今日はぜひ大好きな叔父さんの墓参りをしておきたい、とも言った。

叔父の墓参りには確かに行きたかったが、それより私はアベレードの墓を見たかったのだ。叔母と話しているうちに突然に襲われた欲求だったが、あまりに性急であまりに切迫していたため、先ほどまでの気だるさなどすっかり忘れ、こらえきれずにベッドから跳ね起きた。

叔母に道を説明してもらったので、できたての叔父の墓を見つけるのにさほど苦労はしなかった。アベレードの墓を探すのは骨が折れたが、歩きまわっているうちについにその墓碑銘を見つけだした。マヌエル・アベレード・ゴンサレス。小さな墓標にはこう彫られていた。《祖国に尽くして逝きし同志マヌエル・アベレード・ゴンサレスここに眠る。一九三七年七月裏切り者の魔手により落命》。石と土とに閉じ込められて、アベレードがそこに眠っていた。

私は踵を返して墓地を後にすると、のろのろ町へ引き返した。帰途、ブエノスアイレスに帰って暮らす —— やるべきことを終えるのに手間はかかるまい —— 決心を固めた。

（一九四八年）

前の日の夜に空港から乗ったバスがいくつもの大通りと広場を抜けていくあいだは白い月明かりのもとであまりよく見えなかったその町を、今度こそ輝く朝日のもとで落ちついて見て回ろうと思い、すっかり疲れも取れ、気分も朗らかにホテルから出て、薄暗いロビーから一歩外に足を踏み出して左右を見渡したその瞬間、歩道の縁石に座っていた乞食のような薄汚い身なりのモーロ人がいきなり近寄ってきてお辞儀をし、聞き取りにくいフランス語で話しかけてきた。やや微笑ましく思いながら、仕方なくコインをあて先も定めずポイッと放り投げたが、男はその施しには目もくれず、なおもしつこく私に詰め寄り、訳のわからない言葉を発し続けている。だが、私の晴れ渡る上機嫌を小さな怒りの雲が暗くし始める前に、こちらの様子を見守っていたホテルのコンセルジュが綺麗に飾った植木鉢のそばから駆けつけてきて、私にこう教えてくれた。その男は早朝七時くらいからそこへ座って親戚からの言伝を渡すために私を待っていたらしい。

親戚だと？　でたらめを言うな！　もちろん間違いにちがいない。フェスには知り合いすらいないし、モロッコに来るのも今回が初めてだ。やはり間違いだ、コンセルジュにもそう言った。「誰を探しに来たのかよく訊いてみたまえ」。が、男が探しに来たのはたしかに私で、コンセルジュはそれが分かっていたからこそ、きっとロビーから外へ出ようとする私の背中を見て指をさしたのであり、事実それは間違いではなかった。私がホセ・トーレスその人でなければ話は違うが……。「申し訳ございません、お客様はホセ・トーレス様でございますね、スペインのアルムニェーカルご出身で昨夜リスボンから空路でお着きの?」。というような次第で、ユスフ・トーレスがその伝令の男を介し、私にできれば彼の家まで来て歓迎を受けてもらいたい、と申し出ていたことが分かったのである。

私は探るような目でコンセルジュをちらりと見たが、ホテルマンらしくいかにも従順という風情の彼は、落ち着き払い、恭しく笑みをたたえているばかりで、その表情からはなにも読み取ることができず——この種のでっかい金ボタンと派手な縁飾りの制服を着ている奴らがどんな悪党なのかは重々承知のはずなのに!——とは言え、私はすぐに自分の置かれた立場を冷静に見極めた。いいじゃないか、面白い! スペインへの郷愁に駆られて暇つぶしに自分の家系調べを始めたセンチメンタルなモーロ人というわけだな、きっとそうに違いない。気になったのは、彼が私の名前と出身地と、そして今回のフェスへの到着をどうやって——こんなにも早く——知り得たのか……ということだったが。

その日は祝日で大した予定がなかったこともあり、いったいその親戚のユスフなる男はいかなる人物なのか確かめてみることに決めた。悪くても話の種にはなるだろうし、それにこうも考えた、いやあり得ない話じゃないぞ、このひょんな出会いから棚ボタの儲け話が転がり出てくる可能性もある、と。私は偶然の出会いは原則的にどんなものでも大切にすることにしていて、仕事でよそへ行った際には思いもかけない出来事がその場ですぐ、あるいはあとになって、うまい話に結びつくこともある。

それに今のところこちらでは誰も知り合いがいなかった。フィラデルフィアのラジオ製造会社M．L．ロウナー・アンド・ソンの市場調査という業務で前日の夜遅くフェスに着いたところである。がたがた揺れる空の旅を経て飛行機は大幅に遅れて目的地に着き、ひどい乗り物酔いと頭痛に悩まされ続けた私は一杯の紅茶とアスピリン一錠だけを飲むと、すぐにベッドにもぐり込んでぐっすりと眠りについた。実際ゆうに一〇時間は寝ただろう、おかげで気持ちよく目が覚めた。好きなだけ風呂に浸かり、時間をかけて朝食をとり、テーブルにあった『ラ・デペシュ』とかいう新聞の見出しに目を通し、そうやってのんびりとくつろいでいるあいだに楽しい市内散歩の計画を立てた。というのも、その直前、バスルームの鏡を見ながら髭を剃っている最中に、開いた窓の外から目に飛び込んできた透きとおる青空、その下に広がるピンクと白の家並み、ザクロや糸杉の並木、果樹園のオレンジの木など、美しい町の光景に私はすっかり心を奪われていたからだ。まるですべてが洗いたてのようだった。おそらく前夜海上を飛行する私たちを悩ませたあのひどい嵐がこの町の上空にも差し掛かり、ちょうど私たちが着いた頃にはすべてをピカピカに洗い流していたのだろう。というわけで、目的地に着くのが運良くその地の祝日に当たった場合いつもそうしているように、見知らぬ町を当てもなくのんびりと散歩してみようと思ったのだ、そうすれば飛行機が遅れたのを悔やむこともなく好きに羽根を伸ばせる。そのあと歩くのに疲れたらどこかの名物レストラン――上品だが名物料理を出すというくらいの意味――でも探し、午後は電話帳と商業年鑑かなにかをめくってメモを取り、明日の営業に備えて書類の整理でもして、最後にまだ元気が残っていれば二通ほど本社へ送る手紙を書いて、もういちど出かけて夕食をとる、あるいはもうホテルのなかで夕食を済ませてもいいかも、それからちょっと出かけてどこかくつろげる場所でコーヒーでも飲んで過ごす。

というのが私の予定だった。ところが、予定していた散歩を始めようと思った矢先、ホテルの出口で待ち構えていた先ほどのありがたい出来事がすべてを変えてしまった。

目の前の歩道に立ち私の口許を見守っている二人の男たちを見た。「そこはとても遠いのかね?」と、まだ疑いの眼差しを向けたまま、襤褸をまとった男に尋ねた。すると制服を着たコンセルジュが、男のやたらと長いアラビア語の答えをごく簡潔にまとめて訳してくれた。「一〇分ほどだそうですよ、お客様」。そこで私はそれ以上考えるのをやめ、その案内人らしくない案内人のあとをついていくことにした。

曲がりくねった砂利道を通って連れていかれた先は、とても背の高い正面壁《ファサード》に鉄格子をはめた二つの小窓とそれと対照的に豪勢な木の扉が見える屋敷で、扉にはドアノッカーと飾り鋲が光っていた。男は扉のなかにはめ込まれた小さな勝手口を開けると、先に私をなかへ入れてどこかへ去り、私は、三条の光がかろうじて差し込み奥へ通じる扉を照らしているその玄関ホールの暗闇に、ひとり取り残された。手さぐりしているうちに徐々に目が慣れてきて、壁際のテーブルの上の花瓶にヒヤシンスに囲まれユリの花が活けてあることが、視覚でなくむしろ嗅覚を通して分かり、また反対側の壁には階段があって上の階に通じているのが分かり、襤褸を着た男がそこを上がっていくとき、彼の踵が見えた。長く待つこともなかった。すこしあとで上から呼ぶ声が聞こえたので、階段を上がった。階上で、家の主人ユスフの出迎えを受けた。

言っておくべきだろう。この冒険を始めたときの気の緩みというか面白半分――そう、率直に言って面白半分――の気分は玄関ホールでテーブルの縁を指で叩いていた先ほどの数分間ではまだ完全にはなくなっていなかったが、至って真面目な表情の、静かな目をした、礼儀正しそうなひとりの若者がゆっくり私のほうに向かってくるのを目の当たりにしている今、そのような浮かれた態度は私の全身から完全に消え失せていた。まるで今来た階段を一気に転がり落ち、丸腰の、無力になったような気がした。落着きを失い、どうしていいか分からなかった。そのときになって初めて自分の行動の軽率さに気がついた。誰だかも分からない赤の他人の家を訪れるなんて！　実際訪問する前に相手の素性を調べるのが先だったんじゃないか。だって、あのままついていけば、あの襤褸を着た使いの者でもなければあのコンセルジュでもない別の人物に出会うことになるのは目に見えていたじゃないか……。そして今、その別の人物が私を抱き、私を隣に座らせたが、まだ口は開こうとしない。にこにこしながら私を見つめ、一言も口を利かない。結局私のほうから声をかけるしかなかった。「いやあ、驚きだな……！」。

だな……のあとの沈黙が虚空に漂ったが、相手は途切れた会話の糸口を急いで引き取る様子もない。私が解いた結び目をもう一度結び直すそぶりを微塵も見せない。ようやく彼の穏やかではあるが部屋いっぱいに響き渡るほどの朗々たる声が聞こえた。「実に感謝いたしますよ、かくも貧相な拙宅にわざわざお越しいただきましたあなた様を、こうして主としてお迎えすることができ光栄至極」。もちろんその台詞は前もってきちんと準備されていたものであったが、発音は確かで、言葉の間合いも途切れ途切れというほどではないし、いかにも自然な調子で、ただ同時にアクセントに少しだけ奇妙なところがあり、それがお決まりの歓迎の台詞から文章本来のもつ硬い刺《とげ》を抜いているというか、要するに文章があまりにゴテゴテと丁寧過ぎたことで、逆にその内容の堅苦しさが抜け落ちていた。もっとあとで分かったが、この家の主人のスペイン語は古風な文語で、その特徴は語彙というよりむしろ関係節のつなぎ方にあり、あるいはひょっとすると彼のその気取った言葉遣いは、最近の新しいものを表す言葉の多くが――フランス語風に発音される英単語とか、始終乱入してくるフランス語の語彙などが――同じ彼の口が発する今では非常に珍しくなったスペイン語の語彙とのあいだにギャップを生むことに起因するのかもしれない。ちなみに昨今のスペインでは、現代生活の多くの必需品や道具を表すのに外国語語彙と新語が大流行していて、本来は新しい状況に適応できるはずの――おそらく純粋主義者の言葉を借りれば適応「すべき」――古くからあるスペイン語がどんどん駆逐されつつあるようだ……。

とりあえず、相手の極めて礼儀正しく荘重な言葉遣いに私はますます緊張し、この面会の最初に放たれた自分の下らない感激の言葉がいかに軽率であったかについても疑いの余地がなくなった。まったく軽々しい言葉を吐いたものだ！　今ごろになって真面目で品格があり謙虚な、つまりこの場にふさわしい態度というものを大急ぎで、駆け足で演じねばならなくなり、そうやってせいぜい威厳のある風体を醸し出そうとしている自分自身がなんとも哀れであった。いっぽうの若者はクッションに深々と腰を埋め、三七歳にして世界中を回ってきたはずの私にはない風格すら漂わせている。

とはいえ、そのまま社交辞令を永遠に繰り返しているばかりでは相手方に優位に立たれる一方であるから、私は意を決して本題に入り、どうして私のことを探そうという気になったのか大いに不思議であると言い、私のこと、それからこの町への訪問のことをどうして知ったのかを尋ね、私という人間に関心をもったそもそもの理由《わけ》を聞かせてほしいと伝えた。「おそらく共通の姓をもつことに対する興味なのだろうね……」

と言って私は黙り、仮に一時間が経とうとも彼が口を開くまで待つことに決めた。しばしの沈黙のあと、彼は話を始めた……。その言葉をそのまま記すつもりはない、出会ったときの最初の挨拶こそ一言一句覚えているが、今回みたいにフランス語の言い回しと黴の生えた本でしかお目にかからないスペイン語がごた混ぜになった文章の再現はまず無理だ、なにしろスペイン語の《オトローラ（いにしえの）》とフランス語の《アエロドローム（飛行場）》が、英語の《オフィス》とスペイン語の《ベニア（赦免）》が平気で共存しているのだから。というわけで彼の話をこちらで簡単にまとめると、だいたいこうなる。彼は現地のフランス航空会社に勤務している近い親戚の青年を通じて、自分の一族の生地であるアルムニェーカルの出身でトーレスという姓をもつスペイン人乗客が近々フェスに着くという情報を前もって入手し、ひょっとしてそのような偶然の一致は二人が同じ血を引いていることの証ではないかと思い、というより確信し、その男——つまり私——と連絡を取ってできる限りもてなしてやることに決めた。彼が正直に打ち明けたところによると、その決意に至るまではそうとう迷ったらしい。いやそれどころか、一家の長であり、それゆえもっとも責任感の強い彼は、その件で家族が話し合いをしたときには頑として反対したくらいなのだが、最後には母の強い求めの前に折れた――そして今ではそれでよかったと思っている――と言い、どうやら彼の母親は女特有の好奇心から、その異国人との血のつながりがひょっとするとあるかも、いやおそらくある、いや確実にある、と言いだして一歩もあとへ引かなくなったらしい……。

「でもトーレス姓はスペインならどこにでもいるよ」と私は口をはさんだ。「偶然じゃないかねえ……」。そうなんです、まさにあなたと同じ反論を母にぶつけたのですよ！　スペインでもモロッコでもごくありきたりの姓である、と。だが母はこう主張する。「アルムニェーカルのトーレスさんなんだよ、お前、あのアルムニェーカルのね！」。母のこの主張にも一理あった。というのも彼の一族が元はアルムニェーカルの出身であることは周知の事実であり、そのことが代々伝えられてきた結果、今ではある種、一家を支える核のようなものになっているからだ。「かくなる次第で」とユスフは嬉しそうに付け加えた。「いつの日かアルムニェーカルに参上の暁には勝手知ったる光景ばかり目にするとまで思うわけであります。広大な葡萄畑と葡萄圧搾機、そこでは毎年真っ赤な葡萄が車に何台も積んで運ばれ、踏まれます」。ひょっとしてあなたもあの名に聞えたトーレス葡萄圧搾機と広大な葡萄畑をご存じなのでは？

彼のあどけなさに思わず微笑んだが、いっぽうで彼の発言のなかに単なる言葉遊びのような余裕が、わざと作った無邪気さがあるのも感じ取っていた。「そりゃあ、ひょっとするとね！」と私は答えた。

「でもあちらには葡萄圧搾機も畑もトーレス姓も五万とあるわけだから！　それに君たち一族がアルムニェーカルを離れたのはもう何世紀も前のことだろう、あそこで生まれたこの僕ですらかなり前に……」。（本当だ、一八のとき母とマラガへ引っ越して以来戻ったことはなく、それからもう二〇年が経つ。）「つまり」と私はさらに言った。「私だってアルムニェーカルでの記憶はそう新しくもないんだ。たしかに家と門の上についていた剣《つるぎ》の紋章や、裏庭や、桜の木の下で映えていた真っ白の土壁などは覚えているがね、それだってもはや記憶の断片のようなものに過ぎないんだ……」

私は脱線を始めていた。若きユスフはなにかを考えるように、心配そうな顔で、たぶん退屈しながら聞いていた。しばらく間があってから、彼は私に、やはりあなたも故郷に郷愁をお感じか、ムハンマドのトーレス一族のあいだではもう何世代にも渡って彼の地に思いを馳せては溜め息をついてきたのであるが、と言った。そしてその郷愁は――彼は私に打ち明けた――代々受け継がれてゆく義務のようなものであり、習慣、儀礼としての郷愁である、と。「と申しますのは、私たちはスペインに我らの偉大さの最良のものを置き忘れてきたからなのです。そしてそれ以来私たちは負け続きで、今は貧しい……」。彼が明かしたところによると、その貧しさこそが、前日に私を彼らの家に招待するか否かで話し合ったときに一番の問題になったらしい。彼の妹は――妹がひとりいるそうだ――できればやめてほしかったらしく、「いったいなんのために？」と訊いたそうである。だが前向きな母がこう言って説き伏せたそうだ。「仮に親戚でなかったとしてもかまわない。でも彼には同じ血が流れていると信じている、私たちに金があろうがなかろうがそれがなんなのか、たとえ一輪の花でも一杯の水でもおもてなしには十分だ」

　私はその話を聞きながら、彼らが話題にしている私との血縁を疑わしく感じていた。そういうこともあるかもしれないが、現実にはあまりに突飛な話に思えた。あり得ない、まずあり得ない話だ、たしかに経過している時間が時間だから大きな家系樹のどこかでつながっているという可能性はある、それにしてもだ……！　この人々は一族の生地がアルムニェーカルであると信じ、名前を私の家族と同じトーレスという。だからなんなのだ！　どんなに遠い親戚であっても身内にモーロ人がいるとかそんな話は聞いたこともないし、母にそんなことを少しでも言えばきっと卒倒していたことだろう……。だが、仮にそうだとしても、なんの説明にもならない。なぜならば、私の家庭でそのような血筋の話題がのぼることは一切なかったし、親戚にも、一族の過去を詮索する趣味のある者などいなければ、そのような興味も趣味も共有する人間すらいなかったからだ。あるいは意図的に話題にしないようにしていたとか？　そんなこと知る由もない。正直言って最初に聞いたときは特に彼らの主張に反対する理由も見つからなかったが、それでも少し抵抗を覚えた、というか、要するに彼らと血縁があり得ると認めるのを私の心が拒んだわけだが、それはもちろん偏見からではない、偏見など私は持っていない、そうではなくて、結局のところ、彼らモーロ人と遠くて疑わしい血のつながりがあるなどと考えるのはいかにも突飛で、滑稽にすら思えたからだ。こういう場合往々にしてそうであるように、きちんとした論証を経たわけではなく、恣意的ではあるが非常に強力な直観というものが働いて、そのような血縁という考え方へ傾くのを思いとどまったわけだが、今から思えば、たとえ明白な証拠があったとしてもその直観は働いていたのではなかろうか。

当然ながら証拠など無かったが、そうかと言って——敢えて認めておこう——まったくあり得ない話でもなかった。もちろん、自分の家族のあいだで、古いイスラムの血がまことしやかに語られていたとかいう記憶はいっさいないし、また——仮に私の家族特有のあの先祖に対する徹底的無関心がなかったとしても——そのような疑いを抱くことすら認められなかったろう。ただし、徹底的無関心というのは少し言いすぎかもしれない、すぐに思い直したのだが、たとえば叔父のヘスース——父方の長男、古風で頑固な、猛烈な伝統主義者で、一時は穴居人の綽名もあったこの叔父ただひとりであるが——彼が酔狂にも古い文書《もんじょ》や羊皮紙に凝っていて、それらを蒐集してときどき眺めるという趣味をもち、我が家の高貴な出自について研究を深めたとか吹聴していたからだ。そうだそうだ、彼がいた、ヘスース叔父だけはあの《かつては村の郷士《ごうし》様》の類のありふれた先祖のご威光にご執心であった。ヘスース叔父の話では、私たちの血筋は、ドン・ロドリーゴ(八世紀の西ゴート王国(当時のスペイン)最後の王)がスペインを失う前にアルムニェーカルの町を建設した一族にまで遡る(ということはモーロ人が来る前の話である!)。よくもまあそんなデタラメな作り話を人に聞かせられたものだ! ヘスース叔父はこの話になるとすっかり貴族を気取って、自分の声にうっとりし、目が爛々と輝いたものだが、いっぽうの私たち甥っ子や叔父自身の二人の息子たちは彼の話をまるで雨音のように聞き流していた。たしかに話は楽しかったし、ヘスース叔父も愉快な人ではあったが、私たち子どもは彼の話を眉唾だと思っていたし、ちょびっと馬鹿にもしていた。ヘスース叔父なら今回の私の出会いを知ってなんと言っていただろう? どう受け止めたであろうか？　誇らしげに喜んで受け止めたであろうか、あるいは、もしかすると、一家が異教徒の誇りを受けたとして屈辱に震えるであろうか……？　いずれにせよ、叔父ならものすごく興奮したことであろうし、血のつながりに関する話も即座に信用し、まさに金科玉条のごとく受け入れたにちがいない。それに――あの空想癖を別にすれば――ヘスース叔父だけがこういうことを明らかにできる人だった……。彼だけがこの種のことに関心をもつ親戚であったが、もう亡くなっている以上……。

とはいえ私は――ここまで疑いを抱いていたにも関わらず――青年ユスフから目が離せなくなっていた。私は彼に対して好奇心を抱き、そうやって見ていれば彼の主張する血縁なるものがその顔の動きから垣間見えるのではないかと期待した。内心では、見せるなら見せてみろという気持ちで、彼を挑発していた。確たる信念があってのことではなく、ある種の遊びというか時間つぶしだったが、ぞくぞくするような期待感がなかったわけでもない。最初のうち――当然ながら――彼の表情にはなにも読み取れなかった。それどころか彼の体のすべてが奇妙きてれつに見えた――輝く黒い瞳と黄色く濁った白目も奇妙、大きいがどこか臆病そうな額も奇妙、細い鷲鼻も同じく細い唇も奇妙で、そして、その唇の一方の端がなにか言葉を発するたびにまるでためらうかのように僅かに震えるのも……。だが、その少しあと、彼の顔のなかの私と似ていない部分を私がすべて――喩えだが――消化しつくしたころ、その顔がまるで違って見え始め、つまり、微妙なラインや光の加減や動きが私たちのそれであるように思え始め、いきなり合図と見えにくいサインを送って来たかと思えばすぐに消える、という具合で、まるで水面のざわめきように、それが風によるものなのか、あるいは私たち自身の息によるものなのか、あるいはじっと見過ぎたことによる単なる錯覚なのか、それが分からない。

だが違う、錯覚などではなかった、ユスフのまだ幼さを残す感情を表に出さない落ち着いた顔つき、微動だにせず、先ほど自分が述べた爆弾発言にもまったく無関心そうですらある彼の顔つきに、なにか私たちと同じ要素が必死で表に現れようとしていた。親戚にいそうな顔というのはおそらく言い過ぎであろうが、どことなく類似している、どことなく似通っているというのは間違いない。なので、そうした類似点が少しずつ私の目に明らかになってきた経緯をこれから説明しようと思う――いやいや、その前に物事はきちんとした名で定義しておこう、類似点というより、彼はまさしく私たちのそっくりさんであるということだ、完全なそっくりさんというわけではなく、いくつかの部分で完全にそっくりだったのである、そう、青年ユスフ・トーレスの顔に私が見出したのは要するにそういうことだった。この私自身に似ているのではない（そのような比較をすること自体が不適格な人間である。なぜなら、お前は全体的に母方の血を濃く引いている、頭からつま先までバレンスエラ家――私の第二の姓だ――バレンスエラの人間だ、生粋のトーレス家の血を引くと自称している何人かの従兄弟とは全然顔つきが違う、という話を、それこそうんざりするほど――私としてはかなり嫌になるぐらい――聞かされてきたからだ。）、私や私の顔つきに似ているのでもなければ、近い親戚で親しくしていた人々に似ているわけでもなくて、実際のところ誰か特定の個人に似ているのではなく、おそらくキャンバスや板に描かれ家の壁を飾っていた先祖たちの肖像画、なかでもとりわけアルムニェーカル在住の二人の叔父の家にかけられていた凡庸な肖像画のなかの人物とユスフは酷似しているのだ。そう、あれは率直に言ってできの悪い肖像画で、単に個人を偲ぶ記念に過ぎず、そんな三流芸術作品を私は、おそらくそれらをやたらとありがたがる二人の叔父、とりわけヘスース叔父への反発から、大して評価もしていなかったし、人生の浮き沈みのなかでもう何年も前に別れたきりで、最後にはおそらく内戦の混乱のさなかにほかの多くの物といっしょに紛失してしまったに違いない(正確に言うと、紛失したのか、もうひとりの叔父のマヌエルが船に乗る際にかき集めた持ち物のなかに紛れこませたのかは分からない。もし後者だとすればマヌエル叔父の手許にあると考えるのが普通だろう、私はおそらくそうだろうと考えている)、違いないのだが、それにもかかわらず私はそれらの絵のことを鮮明に記憶していた。で、そうした肖像画に描いてあった顔を抜き出してきて、私に語りかけている青年の顔にそっくりそのまま重ねることができるというわけだ。とりわけ、ユスフの真ん中が縮れてこめかみに向けて弓なりにつり上がった細くて短かい眉毛、きりっとした野性的と言ってもいい瞳は、黄褐色の胴着に身を包んだ少年時代の曾祖父の肖像画のそれに、まちがいなくなにからなにまでそっくりであった。軍服姿の祖父の絵にもそっくりだ。祖父の絵から頬の肉を少しそぎ落とし、おちょぼ口を覆う巨大な口髭を剃り、頑丈な顎を削り、最後に飾り帯をかけた幅の広い胸の上でよく映える威圧的な頭部を少しだけ縮小すれば、その眉毛のところなどは今目の前に座っている憂鬱な顔の青年とその独特のラインがそっくり同じだし、さらに、いかつい外見できっと画家を萎縮させたであろうその肖像の老人の頂点に輝く額は、その下に描かれた顔があまりにふくよかでゴテゴテとし過ぎているせいで目立たなくなってはいたが、その額を絵から取り出して、今このこの痩せぎすの神経質そうな青年のさっぱりした顔にはめ込んでみれば、今にも爆発しそうな不安を抱えたあの祖父の表情を見事に再現することになる……。だが、嗚呼、こんなことはすべて不確かな憶測だ！　そういう風にひとつずつ似ているところを見つけるたびに、逆に、すべてが恣意的なこじつけで、私の勝手な思い込みに過ぎないのでは……という気がして、がっかりしてしまう。そもそもどうしてそのように勝手な思いこみをするのか？

で、当のユスフのほうは、彼らモロッコのトーレス家と私たちアルムニェーカルのトーレス家が同じ血を引くと本当に納得し、本当に信じているのであろうか？　彼の語り口から察するに、さほど自信があるとも言えまい。いや、正確に言うなら、彼の言葉に欠けていたのは確信というようなものではなく――どう言えばいいだろう？――その事実に対する関心、熱意……。彼は一分の隙もなく身がまえたまま黙って私を見ていた。

「君は」と私は尋ねた（俺、お前で呼び合う気にはなれなかった。モーロ人特有の俺、お前呼ばわりは慣れるまではけっこう煩わしいものだ）。「君は、私たちが同じ家族に属していると言われて、納得しているのかい？」。「私は」と彼は答えた。「母の意見から判断してそうにちがいないものと理解しております」。「それでは君のお母さまにお目にかかるという栄誉に与ることは可能かね？」と私は再び尋ねた。そして「可能であればかくも光栄なことはないのであるが」と付け加えた。自分でもほとんど気付かぬまま相手の仰々しい丁寧語を真似てしまって、自分でも言っていることが白々しく聞こえたが、モーロ人の習慣では客に女性が会うのはご法度であり、それゆえ自分がかなり無体な要求をしていることも分かっていたから逆に敢えて大げさな文章にしたというのもある。急な思いつきで、あまり考えもせずに行なった質問だった。いっぽうでは、今回の件については多少大胆かつ向う見ずになってもかまわない、外国人という立場では彼らの習慣に疎いことも許容範囲内になるだろう、という確信もあって、とりあえずあと先構わず前に進む決心をしたというのが理由であり、またいっぽうでは、その私が会いたいと言った母親本人がどこかに隠れて私たちの話を聞いているのではないかという印象を抱いていたからだ。この私の印象——ものすごく強い印象、あまりに自信があるのでなにを賭けてもかまわない——は安易な推測(今回のことすべてを後押ししたのは彼女であろう、だって彼女の好奇心の強さには息子自身が先ほど言及していたではないか)のみに基づいたものではなく、直観という強力な援軍にも支えられている。誰になにを言われようとも、すぐそこ、二、三歩向こうのカーテンの裏に、ずっしり分厚い生地に隠れて見えないが、ひとり、いやおそらく二人の人間が私たちの会話に耳を澄ませていることはまず間違いない。

誇張した敬語で相手をからかって喜ぶ、というより、私の要望を通す、彼に行動をうながすのを目的として、私は丁重なお願いの言葉をもう二、三言口にした。だがその必要はなかった。冗長な言葉で幾重にも包まれた私の要求を聞くや否や、若者は、私が予想していたような驚きや疑念の表情を一切見せることなく、ごく自然に椅子から立ち上がり、ものも言わずにゆっくりと、慌てず、その部屋から歩いて出ていき、そしてその表情は嬉しそうであった。その言葉を待っていた、それこそ最初から望んでいたことなのだ、という彼の気持ちがうかがえた。

私はひとり部屋に取り残された。時計を見るともう一一時を回っていた。待っているあいだに辺りを見回すと、それまで気付きもしなかったたくさんの物が目に飛び込んできた。銅製の盆、多角形の小テーブル、壁にかけられた巨大な気圧計、タペストリー、金色の飾り房のついたクッション、なにか小さな櫃のようなもの……。

ユスフはすぐに戻ってきて、果樹園に行き母と妹と合流しないか、と言った。親戚ゆえの愛と信頼の証のような言葉だった。「しめたぞ！」と私は考えた。私は主に従って階段を降りた。玄関ホールを横切ると、入口の反対側に小さな扉が開いていて、その向こうに陽光が燦々と降り注ぐこじんまりとした中庭と木々が見えていた。そこへと向かった。葡萄棚の下の金属製の小さなテーブルのそばにあった椅子に腰かけたが、落ち着く暇もなく再び立ち上がり、ひとりの若い女に導かれてきた高齢の女性、ドアから出てきた瞬間からなにかを言って笑いかけてきた女性を迎えねばならなくなり、若い娘のほうはすぐに後ろへ下がったが、その高齢の女性は私の周りをぐるぐる歩いて手を握り、顔を上げてまじまじと私の顔を見つめた。「さあ、さあ！　顔を見せておくれ、息子よ！　どんな顔をしているんだい、我が庭のジャスミン、我が庭の月桂樹は？」というような、そのほかにも同じようなことをいろいろ言った。私は落ちついて彼女の検査に耐えた。「ああ、嬉しい、なんて嬉しいことだろうねえ！」と彼女は最後に叫ぶと息を切らして籐椅子の上にどさりと座り、娘はそのうしろにそっと立ったままで、そして息子はテーブルの私の正面の椅子に再び腰をかけた。

さっきと同じく私のほうから話しかけるべきと考えた。「ということは奥さん、私たちが同じ家族であると信じておられるわけですね？」。「ええ、ええ、名前と出身地が分かっていましたからね、あとは顔を見れば十分ですよ」。私のほうは、彼女があまりに顔や体をよく動かすので、これなら、息子のほとんど無表情な顔にもいくつか見出したあの昔の先祖の肖像画に似た特徴に、いつか必ず出くわすだろうと期待して、彼女のその、丸く明るいころころと表情を変える顔を、じっと見つめた。すると――予想外だったのでこれには大いに驚き、また少なくとも私の想像をはるかに超えていた、というか、それ以前は情報が少なくて確信を欠いていたに過ぎないのだが――その善良な夫人の熱心な話し方や、とても激しい身振り、口をついて出てくる言葉にいちいち反応して動く手や頭、また、話につじつまが合わないところとか、違う話題が入れ替わり立ち替わり現れるところとか、さらには、長い演説をひとしきりぶったあとでそれが相手にどれほどの効果をもたらすのか知りたくなると、一瞬目を細めてじっとこちらを睨みつけるその不安で哀れを誘うような恰好などを見ていると、それらがすべて、私の叔父マノーロ（マヌエルの愛称）に酷似していることを発見したのだ。正直に言ってこのうえもなく不愉快な発見で、それはその二人が――今度は本当に――そっくりそのままだったので、私はモーロ人一家との想像上の血縁関係を確認して和やかな気分に浸るどころか、彼らを飛び越えて、いきなり、もう何年も前から会ってもいなければ会うつもりもさらさらないあの叔父、大西洋だけでなく血の海によっても引き裂かれているあのマヌエル叔父の前に再び立たされたからだ……。夫人の身ぶり手ぶり、夫人の生き生きした仕草、夫人の論理の飛躍が多い話し方は、私の記憶のなかで、最後はしばしば罵倒と喧嘩別れで終わった、あの思い出すのも不快なマヌエル叔父との辛い政治談議に結びつくのである。私はその苦い連想からどうにか立ち直り、その原因となった過去から眼前の現在へと戻ったが、ここまで来た以上、私の一家とフェスのトーレス家とのあいだになんらかのつながりがあるに違いないと内心では認めざるを得なかった。

それを喜んでいいのか嘆いていいのか分からないと思っているうち、私はいきなり場所もわきまえずに思いきり吹き出してしまった。これにはお喋りな夫人も困惑し、どうしていいか分からない表情で長話を止め、いったいなにを笑っているのか私に問わざるを得なくなった。「いやいや」と、一瞬間をおいて私は答えた。「誰が似ているとか、家族みたいな雰囲気だとか、そんなのは茶番ですよ。笑ったわけをお話ししましょう。いいですか、私たちの出自が同じだという御説に感心しましてね、私もその説が正しいことを確認したくて、記憶にある色々な顔を比べながら私たちの血のつながりを示すような証拠がどこかに書かれていないものかと懸命に調べてみましたよ。それで、光栄にも奥さまへのお目通しがかないました瞬間に、奥さまのお顔が、父方でいちばん若く、現在はアメリカ大陸のどこかに住んでいるマヌエル叔父にそっくりだと思ったのですね、そして、そのような生きた証拠が得られて私としても大変満足に思ったわけです、とても嬉しく、とても……。ところがです、ふと気づいたんですが（いわゆる糠よろこびってやつですな）、仮に我々の血がつながっていたとしましても、それは奥さまには関係ありません、なぜなら互いの父方の血縁の話をしているのですからね。ですから奥さまと叔父が似ているとかいうのは私の勝手な空想に過ぎなかったわけですよ。自分の誤解に思わず笑ってしまいました」と言ってから私はもう一度笑い、今度は不承不承こう付け加えた。「でたらめな想像もほどほどにせねばなりませんな」

「ちょっと待ちなさい！」と、彼女が慌てて手を振りながら答えた。「ちょっと待って、あなた！　私も生まれつきトーレス姓よ、夫と私は従兄妹どうしだったの、だからうちの子どもたちにはトーレス家の血が二倍になって流れているわけ」。彼女は勝ち誇ったように表情を明るくした。

そこで私は二人の子どもたちに救いの手を求めることにした。兄妹をひとりずつ見つめていると、今度は――切れたと思った血縁の鎖がまた同じ場所で繋がっていた――二人とも私の従姉妹、つまりマノーロ叔父の二人の娘たちにまたもやそっくりであることが分かり、挙句の果てには哀れなヘスース叔父にまでそっくりであることが分かった。

そのあいだに娘は頭を前に傾けて――丸い頭に真ん中で一直線に分けた真っ直ぐな黒髪というのがその瞬間の私に見えた姿だった――母親がなにか小声で指示するのを肩越しに聞いていた。特に内緒の話でもなかった。冷たい飲み物でも作ってきなさいという指示だったようで、娘はすぐに顔を上げると私たちの周りをぐるりと回って、井戸の縁に並べてあったレモンを二、三個拾い上げてエプロンに包むと家のなかに入り、少ししてから大きな水差しを運んできて、それを綺麗に磨いたグラスといっしょにテーブルの上にきちんと並べた。

そのあいだ夫人は熱のこもった話を再開していた。あらゆる親戚たちの人生や現状や浮き沈みなどをこと細かに語ってくれた。なんでも彼女とムレイ・ベン・ユスフ・トーレス、すなわち、先ほど近くの薔薇園を通ったときに摘んできた薔薇の茎を母親の前で黙々と齧っているこの青年の父親、彼との結婚式をめぐっては家族のあいだである深刻な不和、ひどい諍いが起きたらしい。もめごとのあいだに色々な出来事が起きたが、ご多分にもれず暴力沙汰や利害絡みのトラブルもあったそうで、内輪の人間や家族と関係のない人間までもが介入せねばならず、結局は足の不自由な曾祖父が年の巧からくる分別を発揮して采配をふるい、人々のあいだに積もった怨恨をかなり和らげた——消したわけではない……ということである。だが私は夫人の込み入った話になかなかついていけなかった。大勢の登場人物が出てきたし、全員耳にするのも初めての名前ばかりである、どれがどれだか分らなくなってしまった。まるでつむじ風のようにまくし立てる彼女の話についていけるはずもない。彼女がもつれた話を丹念に解きほぐしているあいだ、私は彼女の話し方と身振りとさらにはその容貌に、叔父たちの話し方と身振りと容貌を見つけようと躍起になっていた。そしてそうやっているうちに、まったく予想だにしなかったのだが、今や私の前には用心深いが極めて情熱的なマヌエル叔父の姿ではなく、ヘスース叔父の姿が、そのお人よしゆえの乱暴さと愚かさ、というか執拗さと言ってもいいかもしれない、それと狂信的な性格などのおかげで、あの暗い内戦の時代に、実に馬鹿げたやり方で命を落としたあの哀れなヘスース叔父の姿が浮かんで来たのであった。可哀そうなヘスース叔父！　彼が目をぐりぐりさせるのが、すぐにカッとなって怒りだし神に誓って本当だとか言いだす姿が、ひっきりなしに動かしていた手が、哀切感たっぷりの震える声がいきなり人を小馬鹿にする乾いた笑い声に変わるのが、まるでオペラのファンのような身ぶり手ぶりが、というのは私が彼を評してよくそう言っていたのだが、そう、実際に彼はオペラファン、熱烈な（あの叔父で「熱烈」という言葉に縁のない特徴はないけれど）熱烈なオペラファンだった、とはいえ私が思うに人生でせいぜい四回か五回ぐらいしかオペラの公演を見たことはなかったはずだが……いずれにせよ、ヘスース叔父のそんな様々な姿が目の前に浮かんできたのである。夫人はヘスース叔父より声を抑え気味に、そして少し優しい皮肉をまじえながら、その昔に鼻たれ小僧だった私を相手にヘスース叔父が披露した話し口をそっくりそのまま繰り返していた。そして、実を言うとこの新しい発見は、先ほど夫人がマノーロ叔父に似ていると感じた際のそれより大きな喜びを私にはもたらさなかった。開けっぴろげで物おじしない夫人の様子を見ていると、彼女がどうしてマヌエル叔父の外見の下にヘスース叔父の人格を隠し持つことができたのか分からなくなる。ひょっとして——と私は考える——夫人の顔の丸い輪郭に、全体としてどことなく叔父と似ている部分があるのだろうか？　あるいはひょっとすると夫人は、この会話を始める際に、その生来の激しい性格を少しだけ抑制し、マヌエル叔父の悪意に満ちた皮肉をヘスース叔父の純粋な熱意になんとか競わせるべく、それまで完全に心から切り離していた言葉巧みな悪知恵を働かせることに敢えて決めたとでもいうのだろうか？

だが、善良な夫人はふいに黙り込み、期待するような目で私のことを見ていた。なにか質問をされたらしい。しまった！　私は彼女の言葉ではなく彼女の仕草、手、声の調子、眉の震え具合に注意を向けていたのであり、そのような身体言語こそが私の受け取った彼女の言葉——本当に私にとって意味を伝達していた言葉——なのであって、彼女の口からあぶくみたいに発せられていた怒涛のような訳の分からない奇妙な言語などではなかったからだ。「なんですって？　申し訳ありません、なんとおっしゃいましたか？」と私は彼女に尋ねた。夫人のいたずらっぽい目に優しい邪気がきらりと光り、その直前の質問をもう一度繰り返した。あなたのスペインのご家族のお話もしていただかないと、お互いのことがよく分からないでしょ？

回答代わりに私は先ほどの質問をもう一度繰り返した。「でも、みなさんは私たちがみな同じ家族だということに本当に確信をお持ちなのですね？　どうしてそこまで？」

「一目見てもう間違いないって分かったわよ」と夫人は熱っぽく断言し、指輪がいくつもはまったぶよぶよの指を私に向けた。「一目見てもう！　だってわかるでしょ、もしそうでもなければこれほど腹を割っておもてなしなどしていないわ。でも、見ただけで私には分かったのよ！　あなたを見たとき私の魂がこう言った。なにしてるの、さあ、駆け寄って抱きしめてあげなさい！　って。でもがまんしたのよ、あちらが嫌だったら？　って考えちゃって。実はね、私、あなたが怖かったのよ（仮にそうだとしても既に彼女からその恐怖は消え失せていた、笑っていたので）、怖かったの、疑っていたんじゃないのよ、そうじゃなくて、そう、あなたの雰囲気ね、そっけないというか、淡泊というか、プライドが高そうで……どう言えばいいのかしら、ほらトーレス家特有の雰囲気よ。そういえば……あなた、ご自分の肖像画を見たくない？　待ってて！」

と言った本人はなにも待とうとはせず大慌てで家のなかへ行ってしまい、残された私は彼女の気まぐれに少しいらいらし、彼女が戻ってくるまで少しのあいだ重苦しい沈黙に包まれた――というのも二人の子どもたちがまるでそこにいないかのようだったからで、青年は薔薇の茎を歯でくわえたままずっと無表情でいるが、おそらく内心では不安と不快感を覚えていそうだし、娘に至ってはまだその声さえ聞いておらず、母親がいた椅子の後ろにぼけっと突っ立ったままでいる。ちらりと見ると、娘の視線の先の果樹園に —— それまで存在にすら気付いていなかったが —— 私を連れに来た例の襤褸をまとった使いの男が畝道の上に前かがみになって、スパッドで土を耕しながらこちらの様子をうかがっているのが見えた。男の近くで杭につながれた一匹の仔羊が草を食んでいた……。まもなく夫人が肖像画をはめ込んだロケットを手にして戻り、見るからにわくわくした顔でそれを私に手渡した。それは私と同年輩の —— 認めざるを得ない —— 私にかなり似ている男の肖像画だった。唯一、髪だけが私よりずっと濃い金髪で（たぶん私の二〇歳ぐらいのころと同じ色だ、私はその後に色が落ちて今では茶色がかっている）、そしてやさしく遠い目を（画家のマンネリタッチなのかもしれないが）していた……。

夫人はもじもじと警戒しつつ、まるで猫みたいに目をまん丸にして、自信たっぷりに、少し皮肉っぽく、私の顔色をうかがいながら反応を待っていた。私が肖像画から顔を上げるのを見ると、どうだと言わんばかりに落ち着き払って大声を出した。「どう？　それは誰？　あなたじゃないわよ、違うわ、私の曾祖父モアメー・ベン・ユスフ、一族でいちばん偉い人物、一族がアンダルシアで成し遂げた偉業をここアフリカで再建した立役者なのよ。そうそう、あなたに知っておいてもらいたいの、この我が家もかつてはフェスでいちばんのお屋敷だったの。そうなのよ、今でこそこんなに落ちぶれていますけどね、それもこれもあいつらフランス人どもがやってきて、ありとあらゆる災難に見舞われたせいなのよ、あれ以来、破廉恥な連中とか、強盗みたいなインチキ野郎とか、もう平気でどんな悪事も企みかねない最悪の悪党ばっかりがはびこっちゃって、こっちはもう……」と、ここでまた迷路のようなとめどない愚痴が始まった。

「……あちらのトーレス家のその後がどうなっているのか教えてくださる?」。放心状態だった私は、夫人の問いかけにいきなり我に返った。少々うんざりするほどくどい饒舌にくるまれて放たれた質問にどうにか我を取り戻したが、その夫人の言葉は太い鉛筆で書かれた文字のようにぼんやりと私の耳に反響し、そう、たしかに「で、あなたがた、アルムニェーカルのみなさんはどうなの? あちらのトーレスさんのその後がどうなっているのか教えてくださる?」と言っていた。その文章に至る前の、夫人の長く込み入ったわけのわからない説明は完全に私の理解の埒外であったが、その私に向けられた質問、それに続く私の答えを今か今かと待ち望む沈黙により、いっそう際立つことになったその質問の声の抑揚に、まだしつこく手のなかにあったロケットの肖像画に見入ったままぼうっとしていた私は、ふと我に返ったのだった。私はその肖像画に描かれた人物の存在すらまったく知らないし、その人物は私が物心のつくもう何年も前に死んでいるはずなのだが、その絵は今なお疑いようもなく明らかにこの私の姿かたちにそっくりで、仮につい昨日描いたばかりの私の肖像画だと言っても立派に通用していただろう、で、その絵を見ていると、急の不思議な吐き気を催して、内臓が自分の体から飛び出ていきそうな、私という人格と肉体から逃げ出していきそうな、もう見飽きたこの顔立ちを見限って今にも抜け出ていきそうな気がし、さらにはこの名前、このホセ・トーレスという、私にシールのように貼り付いた名前からも遊離していくような気が、そのホセ・トーレスという名前とはもういかなる縁をも深められなさそうな気になってきた。それは一瞬のこと、当然だ！　ある種の眩暈のようなものだった。私はぼんやりとした連想を引き起こしてくれそうな思い出に逃げることで、肖像画のイメージを断ち切った。どうしてかは分からないが、私の記憶に別の肖像、すなわち、もう歳老いて髭が真っ白で尊大な表情をしているが、なぜかアルハンブラ宮殿の書き割りの前でおかしなモーロ人の格好をしているヘスース叔父の写真が、ふと蘇った。引退した第一審裁判所判事、真面目で人からも尊敬されていた男が、ターバンにスリッパというおかしな格好をしてアラブ風の長い小銃をそばに置き、ボール紙で作った宮殿風のセットの前で、古びたサテンでコーティングした多くの箱に囲まれて立つなどという奇行に走るなんて、写真屋のカメラの前で得意げにポーズをとるなんて、私には到底そのわけが理解できなかったし、ヘスース叔父が彼と同じくアラブ風にしつらえたセットのなかで自慢げにしているその阿呆らしい写真を見るたびに腹を立てたものだった。そう、もう何年も忘れていたはずの、今目の前にあるロケットの肖像画とは似ても似つかないその馬鹿げた写真がいきなり記憶に蘇った。いっぽうのロケットの肖像画のなかにいるのは若い青年で、派手な衣装も着ていないし、頭部だけが簡素に描かれていて、自分が妙な人物に似ているのを明らかに気にしているようないし、頭部だけが簡素に描かれていて、自分が妙な人物に似ているのを明らかに気にしているような……。私たちのトーレス家の近況を教えろだって？　その許し難く嘘臭い写真を思い出したときに覚えた不快感があまりに強烈であったため、かつてヘスース叔父の死体を思い出す際に——このときもすぐに思い出したが――私のなかに湧き起った同情と怒りの気持ち、多くの遺体がまるで市場の品物みたいに地面の上に並べられ、行方不明になった自分の家族がいないかと不安げに探しまわる人々や、それに野次馬たち、死体を見ては下品なことやしばしば冗談めいたことや乱暴なことや、とにかくむかつくことばかり言う、まるで野次馬が趣味のような下司な連中でごった返すなか、後頭部に銃弾を浴びて死んでいたヘスース叔父の亡骸を思い出すにつけ感じていたあの気持ちは、もはや私のなかに湧いてこなかった。今や私の心のなかで、あの忘れ難い光景を前にした恐怖が馬鹿げた写真に対する憤りと混ざり合い、それが奇妙な麻酔剤の役割を果たして、心の痛みを消すことなく括弧のなかにくくってしまっているのだが、以前はむしろ逆で、そういう連想は私の心の痛みを際立たせ、耐えがたいものにしたものだ、けれども、あれは今現在の心の痛みとは似ても似つかない、まったく違う。私たちの近況はどうかだと！　朝起きたときの上機嫌はすっかりぼろぼろ、徹底的に破壊されてしまっていた。ああ、なのに、私たちの近況を教えろだと！

時計に目をやり、一二時半を過ぎているのを見て立ち上がった。「もう遅いですね」と言いわけをした。「それについてはまたの機会に話しましょう」。「遅いですって？　じゃあ今晩うちに夕食にいらっしゃい」と夫人が決めつけるように言った。「いいわよね？」と夫人はユスフに同意を求めた。「あなたからも言ってあげて」。私は招待を受けざるを得なかった。私の新たな親戚たちは、競うようにしてこの上なく親切な言葉で私を誘い、そんな彼らが仕掛けた巧妙な言葉の隘路から私はもはや逃げ出せず、ましてや先ほど失っていた落着きを取り戻したとはとうてい思えなかった。気を滅入らせる神経戦に終止符を打つべく私は彼らの言葉を遮った。「わかりました、いいでしょう、みなさんと夕食をご一緒します、でもその代わりユスフ君と出かけさせてください。昼食を共にしてシエスタの時間に話をしたいのです」。夫人は笑って頷き、息子は出かける用意をし始めた。

陽光で白く輝く表の通りに出るとすぐに深呼吸をした。ユスフのほうを振り返ると、屋敷の敷居をまたいだ途端に先ほどの重々しさが消え失せたかのように表情が明るくなり、まるで魔法にでもかかったかのように、その辺にいそうな軽い感じの少年というか、ほとんど子どものようになっていた。私はどこかいいレストランを教えてくれとユスフに頼み、一五分か二〇分ぐらい歩いてから、各テーブルに花が活けてあり、ボーイが皆白い制服を着ている、少々気取った広い店に相対して座った。美しい大通りに面した窓よりのテーブルで楽しく食事をしながら——天井と床のやや緑がかった色がテーブルクロスの白と好対照をなし、天井についた扇風機の音が耳に心地よかった——ゆっくり時間をかけて食事をし、今後の商売のことを考えてフェスやその地域一帯に関する質問を彼にした。正直、彼からもらった情報は大いに役立った。彼は私を招待したことですっかり舞い上がっていて——舞い上がると言っても、抑圧気味の性格であるユスフにしては、という意味であって、目の輝きと、先ほどより若干口数が多くなっていることから楽しい気分になっていると分かっただけのことだが——丁寧というよりむしろ親しげな態度を取り始めていた。彼はラジオに興味を寄せ、質問を山のように浴びせてきた。すでに各会社の機種名や特徴に精通しており、話が進むにつれて、かつて無線電話機の作り方を習った、受信機を一台自らの手で作った、しばらく家でそれを使っていたが最後には壊れてしまった、などということを話してくれた。「まだ家のどこかにしまってありますよ……」と彼が言うのを聞いて、私はその親戚なのかそうじゃないのか分からない哀れな連中に情けを覚え、心のなかで、この青年にいちばん小型の奴でもいいから持参してきたロウナーラジオを一台進呈することにしよう、彼なら間違いなく喜ぶだろうし、私にも大した出費じゃないから、などと考えた。「そうしよう」と心に決めた。「それぐらいは進呈してやろう……」

間ができて長い時間が経った。話を継ぐため、こんなことを大きな声で言った。「それにしてもこんな遠い親戚と出逢うとは驚きだな！　君たちの先祖はいつスペインを出たんだろう？　モリスコ（レコンキスタ後にスペインに残留しキリスト教に改宗したモーロ人）が追放されたときかな、そうだろうね。ひどい話さ！　ある日いきなり生まれ育った土地や友だちや財産を捨てて、ほとんど着のみ着のままでよその国へ移住しなけりゃならないなんてね。なんでも大勢のモーロ人が財宝を隠してあとでこっそり取り戻しに来るつもりだったそうじゃないか。ひょっとして君の先祖もどこかにお宝を埋めていったのかもしれないぜ」と、笑いながらそんなことまで言った。彼は私を不審そうに眺めてからこう断言した。「ええ、実際にそういう話はあります。ですが本当かどうか！　あらゆる一族がその種の宝を隠してきたと主張していますから」。「だが」と今度は私が力説した。「言っておくけど、アンダルシア、いやスペインには、そもそもその種の噂が尽きないんだ、ほとんど国民的妄想と言ってもいい。みんな宝探しにばかり血道を上げている。ここらに隠し財宝がないとは面妖な……。畑を耕していたら百姓が金メッキを施した甕を発見……。こんな古い家ならお宝のひとつもあってしかるべき……。こんなのは、ほんのときたま紛れ込んでいる僅かな真実がみんなの空想を膨らませているだけと考えてまず間違いないんだがね。いや、僕自身、祖父の身に降りかかった事件を実際に聞いているんだ ―― 祖父と言っても父方じゃないよ、トーレス一族の叔父たちでもない、母方バレンスエラ家の祖父であるアントニオ・バレンスエラ、僕が生前に会ったこともない人のことだ ――。聞きたいかい？　面白いぜ。いいかい、ある日のこと ―― 僕の計算じゃ前の世紀の終わりごろのことなんだが ―― ひと気のない路地を歩いていた祖父は突然便意を催して、奥まった壁の隙間に入り込み、そこにしゃがんだ。糞を垂れながら気慰みに杖で壁を目的もなく引っ掻いていたら……チャリン！　いきなり金貨が土の上に転がり落ちてきた、最初は二、三枚だったのが、次から次へと……。祖父は立ち上がって慌ててズボンを履き、輝く金貨を大急ぎでポケットにしまった。丹念に壁をつついてみると、なんと出るわ出るわ！　ズボンとフロックコートとベスト、あらゆるポケットに詰め込んでそれでもまだ足りないと分かると、とりあえず壁に彫った穴に蓋をして家に戻り、金貨を引き出しのなかにすべてしまい込んだ。家人にはなにも告げず、すぐ同じ壁の場所へ戻り、またポケットをいっぱいにして、今度はわざわざ持参したずた袋にもがっぽり詰め込んだ。そして三回目もあらゆるポケットと袋をいっぱいにして、ようやく金貨は掘り尽くされた」。ユスフは好奇心で目を輝かせながら私の話を聞いていた。「この祖父というのがまた変りものでね」と私は話を続けた。「妻である僕の祖母と離婚した後、娘たちとも別れ、ひとりで荒れ果てた屋敷に住んでいた。そして、この大発見の直後のある朝、ベッドの上で誰かに殺されているところを見つかって、誰の仕業なのかは結局分からなかった。たぶん屋敷の使用人だろう！　でも、確かなことはなにひとつ分からなかった。モーロ人の金貨は跡形もなくなっていた。やはり、人間、金があっても幸せとは限らないってわけだ」

私たちはほかの話を続けた。ユスフは昔話より現代のことに、そしてスペインよりアメリカに関心があるみたいだった。彼は先の大戦中にモロッコ人が抱いた印象や希望や苦悩について、また、足の悪いルーズベルトがチャーチルとフランス人たちに会うために空路北アフリカまでやってきて行なわれたカサブランカ会議と、それに至るまでの動乱について私に語り、アメリカ兵に関する笑い話を何度も繰り返した……。最後、レストランでの長い食後のひとときを過ごしたあと、あるカフェに行き、そこの赤いビロードの長椅子に寝転がってシエスタに入った。

一日でもっとも暑い時間帯ということもあり、気を利かせたユスフは無理に話しかけてもこず、カフェは人でいっぱい、モロッコのカフェ特有の雑多な群衆でいっぱいになっていて、煙草の煙が辺り一面に立ち込め、会話に興じる客たちの姿が壁鏡に映し出されて何倍にも増殖し、客がコインを入れるたびに八枚入りのジュークボックスが流行歌をがなり立てていた。大音響にもかかわらず不思議とくつろぐ空間だった。私たちはうとうとしながら――少なくとも私はそうだったと断っておくべきだろう、少し寝かけていた――ときどき親しげに見つめ合って下らない話をした。ユスフはあちこちの外国の話、往々にして他愛もないことなのだが彼には未知の世界への抑えがたい熱い興奮を掻き立てる材料である外国の話を私から聞きたがった。彼の歳では仕方のないことだったが、私は答えるのが面倒で、次第に飽きてきた。とはいえ、誰も知り合いのいないこのフェスで暇な一日をひとりで過ごせと言われていたら、今頃いったいなにをしていたか想像もつかない。そのカフェでそうやって寝転がり、二杯目のコーヒーを飲みほしたあとブランデーをまだ半分ぐらい残し、私はくつろいだ気分になり、このあとの暇な時間をユスフの隣で過ごすのも悪くはないと思い始めていた。

　ユスフが私のそばでおとなしく、謙虚に、子どもらしく、こちらの話に耳を澄ませながらコーヒーをうまそうにすすっているのを見ると、従弟のガブリエリーリョ（ガブリエルの愛称）のこと、彼が父親に連れられてマラガへ来た際に、ラリオス通りのカフェに誘ってテラス席でいっしょにシャーベットを食べたときの記憶が蘇ってきた。まだほんの子ども、私より五、六歳年下でまだ半ズボンを履いていたガブリエリーリョが従兄の私にいかに敬服していたか、私に調子をあわせて粗相をしないよう厳重に気を配っていた彼の健気な姿、アイスの先端をスプーンですくい、そのぐちゃぐちゃになったヘーゼルナッツのシャーベットをそっと口に――周りにうっすら髭の生えはじめたあどけない口に――運ぶときの様子を思い出す。私はよくある冗談で彼をからかってやろうと思い、朗らかにこう尋ねた。「あのな、シャーベットのてっぺんはどこだか分かるか?」。ガブリエリーリョはスプーンを宙に止め、まるで数学の先生に予習していない方程式を問われた生徒のような顔をして、真剣な表情で考え込んだ。「知らない、分からないよ」と、彼はおかしいぐらい悲しそうな顔をして答えた。「分からないのか? 馬鹿だなあ! 今すくった部分がそうだろう、なのに分からないなんて!」。彼は耳まで顔を真っ赤にし、悔しくて目からは今にも涙がこぼれそうだった。「まあまあ、気にするな、さあ食えよ」と言って私は笑い、彼のむき出しの膝をポンポンと叩いた……。私にその気はなかったが、あの日、結局そのあとが気まずくなってしまったように思う。可哀そうな奴！　可哀そうな従弟！

「君に僕の従弟ガブリエル・トーレスの悲しい運命を話してあげるよ、今ちょうど思い出していたところなんだ」と、私は葉巻を二、三口吸ってからユスフにそう言った。ちょっと間を開けてコーヒーを一気に飲み干し、こう切り出した。「その子は内戦の最中とても若くして命を落としたんだ、父親が愚かなほどに頭の固い男だったことが彼を死に至らしめた原因だ。この父親のマヌエル叔父が平生から頭に血が上りやすいタイプだったことを断わっておく必要がある、彼は共和国が次第に弱体化するにつれて時代遅れ《デモデー》の反教会主義を激化させていったんだ——もちろん口だけだったがね。それがあまりにひどかったので僕たち親戚はついに彼と縁を切ったぐらいさ。なにしろマヌエル叔父の過激な発言のおかげで一族が会うたびに喧嘩になっていたからね。悪い人だったわけじゃないよ。ただ、いったん逆上すると口がとまらなくなるんだ。まあ、考えてみればどんなに汚い言葉を連ねたって世界が滅びることはないんだけどさ！　当然ながら息子のガブリエルも父と同じ轍を踏んでいたんだね、だって、それから何年も経たないうちにアレに加入を——これについて家族は知らなかったと思う、もちろんお母さんはまったく知らなかったろうね——騒乱が始まった直後に青年社会主義党に加入をしているからな。もしガブリエルが共和派の支配的な赤《アカ》の地域にたまたまいたら、いったいなにをやらかしていたか僕には想像もつかないよ、きっと滅茶苦茶をやっていただろうね。でもマヌエル叔父の一家はグラナダに住んでいたし、グラナダは内戦の初期から反乱軍の支配下にあった。ガブリエルはあっという間に刑務所に送られた。それが彼の運のつきさ！　普通はしばらく経てば反乱軍に入隊させられて懲罰として前線に送られる、彼といっしょに捕まった多くの若者がそうなった。あいつが捕まったのはグラナダで唯一の少年刑務所で、拘束された連中はみな一八歳以下だったからね。寝返るのが普通なんだよ。ところがガブリエルは違った。それでどうなったか。ある朝ひとりの看守が、自分のマントの裏側に囚人の誰かが鎌とハンマーの落書きをしたのを見つけ、当然ながら囚人を集めて尋問を始めた。落書きの犯人は名乗り出ず、想像どおりり、黙っている奴は共犯者という類の脅しが始まった。そして一人ひとり尋問が行なわれたあと、落書きの犯人はガブリエルのいた監房の二十三人のうちの誰かに違いないという結論が出た。二十三人がひとりずつ尋問され全員が無実を主張した。ことがことだ、いくら傷めつけられたところで誰も自供すまい。だが見過ごすわけにもいかないということで、下手人が現れるまで全員が毎日ムチ打ちの刑を受けることに決まった。命令どおりに刑罰が始まった。囚人たちは毎朝それぞれがムチを打たれたあと、鼻や口から血を流すなどボロボロの体で監房内に輪を作り、かくも高くついた悪ふざけの張本人がいったい誰なのかを互いに問いあった。八日が過ぎ、一〇日が過ぎ、一五日が過ぎ、怪我をする者や血反吐を吐くものまで現れ、犯人が名乗り出ない限りは永遠にその苦行が続くということを彼らは理解した。だが犯人は依然として口を割らない。それがどんな恐怖か分かるだろう！　ひょっとすると実際には誰も犯人じゃなかったのかもしれない、分からんがね、ほかの看守の仕業だったかもしれないし、ひょっとすると告発した看守自身の仕業だったかもしれない（ありそうなことだ、奴らは悪意の塊、心のねじ曲がった愚か者だからね！）……。やけになった囚人たちは、ある日とうとう、その看守本人の仕業であると訴え出た。だが、功を奏さなかったんだ、看守は異動が激しくてね、件の兵士も囚人たちが訴えた日の午後にはその刑務所から既にいなくなっていて、結局真相は闇に埋もれたままとなり、唯一残されたのは、誰が犯人なのかを突き止めるまで毎朝全員を殴るという命令だけになった。囚人たちは犯人が自分たちのなかにいないという結論にすでに達していて、そのまま殴られ続けて全員が犬死にするぐらいなら、たとえ無実の罪でもひとりが死んでくれた方がましということになり、全員でくじを引いて当たった者が自首するということに決めた。くじ引きが行なわれ、で、信じられるかい？　それが従弟のガブリエリーリョに当たるなんて。翌朝、いつものように看守たちが彼らの監房に入ってきて、兵士のマントの裏に鎌とハンマーの落書きをしたのは誰かと問いかけたとき、ガブリエルは《描いたのは僕だ》と言った。ガブリエルは看守たちに連れ出されて中庭で銃殺され、彼に救われた仲間たちはみんなで涙を流した。可哀そうに、なんて運の悪い奴なんだろう！」

「彼の家族はどうなりました？」と、短い沈黙のあとで、ユスフがわざとらしい無関心を装いながら尋ねた。

「母親はついていた、なにも知らずに亡くなったから。父親と二人の姉たちは、内戦終結直後に裏取引きか賄賂かなにかを使ってスペインを脱出してアメリカに渡り、その後の消息は知らないね。きっとうまくやっているさ、生きていればね。あの人のよいマヌエル叔父も頭に血が上ることなんてことはもうなくなったろうよ。叔父だって投獄されるとどんなに楽しいことが待ちうけているか知らなかったわけじゃないし……。ねえ、そろそろここを出ないか？」

カフェのなかは煙で息苦しく音がうるさくて、とてもそれ以上はいられなかった。午後のいちばん熱い日差しも和らいできたので、ちょっと市内を散歩しないか、とユスフにもちかけ、結局そうすることにした。ぶらぶらと中心街を歩き、アイスを食べ、映画館のポスターを見たが入りはせず、そして最後に私の連れが思いもかけない提案を、最初はなにを言っているのか分からないことを述べた。モーロ人墓地へ行きましょう。ユスフはたしか墓地を《埋葬地《カルネーロ》》と呼んでいたように思う。墓地だって！まったくとんだガイドだな！　いやいや、待てよ、ひょっとすると珍しいものでもあるのかもしれないぞ、あるいは着くまでの道のりが名所なのかも、などと私は考えた。そこはかなり遠いのかと彼に尋ね、その答えを聞く前から「よし、行こう」と言っていた。路面電車に乗り、道中ユスフが丹念に、面倒な顔もせず、通りや町の名前を短く教えてくれたほかは、特に話もしなかった。

墓地に着いたが、目の前には特段珍しいものもなく、どうやら彼の提案の真の目的は、父親のムレイ・ベン・ユスフに始まる亡き親族たちの墓を恭しく私に紹介することであったという結論に達した。心地よい気だるさを感じつつ墓のあいだを歩き回り始め、ときどきいかにも偶然その場所に来たかのようにユスフが立ち止まって――私は彼のそばに立ち――トーレスの名が長い詩文とともに刻まれた墓石の文字を私に読み聞かせ、その人物の簡単な紹介をし、それからまた一緒に歩を進めた。私が明らかに退屈していたことはお察しいただけるだろう。ユスフが墓石の説明をするのもたいした刺激にはならず、そもそも彼自身が退屈しているような、別のことを考えながらお決まりの長話を繰り返している美術館の学芸員みたいな表情をしていた。

私は、壮大な夕陽に照らされて徐々に紫色になってゆく辺りの景色の美しさに気を取られ、彼の話をよく聞いていなかった。その寂しい墓地の高みから夕陽を眺めていると、あることが思い浮かんだ。「祈祷は？　君たちイスラム教徒は夕暮れどきにお祈りをしないのかい？」。私は半分面白がって、半分意地悪な気持ちでそう言い、彼の答えを待った。「そうですね、お祈りをすべきでしょう、そうすべきだとは思います」というのが彼の答えだった。真面目な顔をしていた。それからピンクと黄金に染まった夕空に憂鬱そうな目を走らせ、ふたたび墓のあいだを歩きはじめた。私は黙って彼のあとを追った。

　かなり経ってから彼は振り返ってこう話した。「ここです、この墓」と言い地面を指さした。「脱獄王、トーレスが眠っているのです、別名天使のトーレス。正確に言うとここに埋まっているのは彼の体だけ、つまり胴体と両腕両脚だけなんです、首は見せしめとして一ヵ月間公衆の面前に晒されていましたから」

「もう昔の墓だね」と、私は問いかけるように意見を述べた。

「一世紀以上前、およそ一世紀半前のアブドゥラマーネ王の時代です。この王が私の先祖の斬首を命じました、どうやらその理由ははっきりしているようです。ここに眠る私の先祖はたいへんやんちゃな男でした。そのことについては昔も今も多くの逸話、多くの伝説が語られています」。ユスフは微笑んだ。「彼は宮殿の女性たちと次々に関係して王に不安と動揺をもたらしたのです。と言いますのも、彼がアラーの思し召しで生来巨大な逸物をぶら下げているというのはもっぱらの噂で、あまりのことに、彼はもうひとつの非常に下品な綽名でフェス中に知られておりましたが、それがついには君主《スルタン》の奥方の耳にまで届いたわけですね。彼が国王夫人を満足させられたのかは分かりませんし、これについては淫猥な噂が数々流れておりますが、分かっているのは彼が投獄されたということです。そしてここからが伝説の始まりです。噂によりますと、彼が投獄されて一年以上が経ったある日のこと、ひとりの天使が現れて彼を夢から覚まし、静かについてくるよう合図して、廊下と壁を誰にも邪魔されることなくすり抜けて彼を外へ導き出したというのです。翌朝看守たちが牢獄に入ると、そこには半分空になった水甕しかありません。門は手つかずのままでした……。とはいえ、そんな伝説は嘘だ、彼は王のハーレムに出入りするのに隠し持っていた合鍵を使ったに過ぎない、と主張する人もいないわけではありません」。ユスフは生き生きと、見るからに嬉しそうにこの話を語り、私はそんな彼をまぶしく眺めていた。すると、彼がいきなり声をひそめて表情を一変させ、こんなことを言った。「もちろん母は、そんなのは全部作り話だ、脱獄王トーレスは甥である追放中のアブダラ王を思い暴虐なアブドゥラマーネ王への陰謀を企てた罪により、あのような残酷な刑を受けたのだ、と言い張っています。その陰謀には何人かキリスト教徒の捕虜も加わっていたそうです」

　これがおおよそユスフが私に語ったこと、というよりむしろ、彼が言ったと記憶している内容である。彼の実際に使った言葉はそのまま思い出すことはできない。なにしろ、先ほどまでとは違って、ユスフは愉快な気分で楽しげに、しかもなんの気兼ねもなく語っていたため、そのスペイン語はほぼチンプンカンプンであったからだ。

「しかしその脱獄の話は……」と私が質問をしかけると、彼がすぐに話を引き取った。「嘘じゃないですよ。天使と一緒にか、ひとりで勝手にかは知りませんが、いずれにせよ彼は監獄から抜け出し、リフ山脈を越えたカビル人の集落に紛れ込んで、彼らとともに反乱の機会をうかがいながら、ラマダンまでに蜂起を起こすべくいろいろな画策をしました。ところが裏切りにあい、こうして脱獄王トーレスはあえなくフェスへと戻り、木挽き台の上に両手を縛られた格好で町の門をくぐらねばなりませんでした。その二日後、彼の首は市場に立てられた棒の上に吊るされたのです」

もう帰りの出口に向かって私たちは歩みを進めていた。「ユスフ、お母さんのロケットの肖像画にあった私そっくりのお祖父さんだか曾祖父さんだかのお墓はどこなのかな?」と私は尋ねてみた。「まだ見せてもらってないね」。「あの人はここには埋葬されていません」というのが彼から返ってきた答えのすべてだった。

家に戻るともう辺りは暗く、半開きの小門から中へ入ると、玄関ホールの階段下でユスフが立ち止まって、スペインでの昼食の時間帯はいつぐらいなのかと私に尋ね、その声が静かな部屋のなかに響き渡った。いきなりそんなことに関心を示したのは、誰にも気付かれなかった帰宅をさりげなく家人に知らせる意図があったのだと思う。私は彼につきあうことにし、大きな声で詳しくスペインの食事に関する話をしてやりながら、壁際のテーブルにもたれて、陶器の花瓶のなかで萎びていたシラユリの花から舞い落ちたのであろう、そこらに転々と落ちている黄色い花粉を指の腹で潰して遊んでいた。

「あちらの庭のほうがくつろいで夕食ができますね」。ユスフに導かれて菜園に行くと、もうすっかり夜も更けて、石灰の白壁も暗い青色に見え、花々もほとんど見えなくなっていたが、それ以上に昼間はうるさかった小鳥たちの声がまったく聞こえなくなっていた。午前中と同じ葡萄棚の下に行って座り、互いを見つめ合い、私は自分の目が、今目の前にあるくすんで色を失い輪郭のぼやけたユスフの顔に光る眼と同じぐらいぎらぎら輝いているのだろう、と考えた。この場所はとても気に入った、こんな立派な屋敷があって、しかも目の前の菜園には果物や薔薇の花や、さらにはレタスやひよこ豆までが植えてあるなんて、この場所は幸せに心安らかに暮らしたいと思う者にとってはなにからなにまですべてがそろっている理想の場所だね、ちょっと羨ましくなるぐらいだよ、と言った——この最後の台詞を彼は信じてくれた！　彼は同意して頷いてくれたが、私がなおも続けて賞賛の言葉を並べ立てたのも仕方のないことである。私はさらに、すべてが素晴らしい、思い出をたっぷり抱えて隠遁生活を送りたい人にはうってつけの場所かもしれない、などとお世辞を言ったが、ユスフは世界を旅して回っているあなたがここの生活を羨むなんてあり得ない——いっそのこと二人の人生を取り換えますか？——と言って笑った。

私たちの会話にかぶさるように、家のなかからは私の歓迎の準備をする物音が聞こえてきた。ユスフは扉に背を向けていたが、私はそのままの姿勢で、自分の座っている場所から片目で、一階の鉄格子をはめた窓と、二階のもっと小さな窓、そしてその二階の窓の灯りの下にときどき人影が横切るのを見ていた。台所の物音やアラビア語のやり取りが途切れ途切れに聞こえてきたが、内容はむろん分かるはずもない。みんなが私を一生懸命もてなそうとしている、それでいいじゃないか。

ようやく中庭に私の叔母が娘に手を引かれて登場し、私の腕をとると、まるでそれが優しく抱き締めてやらねばならない小さな赤ん坊であるかのように胸にぎゅっと押し当てた。「いらっしゃい」と彼女は言った。「さあ、食事にしましょう、もう時間よ！」

というわけで午前中に待ち時間を過ごした二階の居間へ上がると、その低いテーブルの上では、階段からすでに良い匂いが鼻まで漂っていた肉料理が私たちの到着を待ちうけていた。それは、細工を施した丸い金属皿の上にあらかじめ小片に切り分けて盛られた仔羊肉のローストで、巨大ないくつもの肉塊が山盛りのライスと交互に並んでいた。金属皿の中心には、縦半分に割った仔羊の頭が載っていた。

ユスフは好きな場所に座れと言い、自分もさっそく私の正面に陣取った。二人の女性はそれぞれの側にひとりずつ立ったままで、私はどう振舞っていいのか、なにを言えばいいのかすら分からなかった。慌てて彼女らに気を遣って立ち上がったが、すぐにイスラムの風習が女性に排他的であることを思い出した。が、いったいそれがどの程度までなのかが分からない。よく見れば三人も私と同様まごついており、顔を赤らめて緊張した笑みを浮かべていることに気がついた。私はこの人々の風習も儀礼も知らない、だが、今はむしろ彼ら三人のほうが、私がごく自然に思える風にことを進めようとしている、けれどもそのやり方が分からずにいる、ということに私は気がついた。私はようやくもごもごと次のように言った。「でも、あなた方女性は……そういうことに慣れておられないのは分かりますが……ですがその……」。「ええ、ええ、いいのよ」と、慌てて夫人が言った。「ほかならぬあなたがお客様なのだから、今日は私たちも席につきましょう。でもお給仕するのは私たち女ですからね、ときどき席を外すのは仕方のないことよ……。ほら、ミリアム、あなたも座りなさい」と娘に命じ、自分は私の右側の席につきながらアラビア語で従順な娘にまだなにかを言いつけ、娘はおとなしくそれに頷いていた。

いよいよ全員が仔羊の周りに着席！　私は差し出されたフォークとナイフを手にとり、いちばん近くにあった肉と戦闘を開始した。テーブルの背が低すぎ、椅子も同様であったから、座ってしまうと肘と膝がぶつかって、ナイフを扱うのは骨が折れた。それに、あまり食欲がなかった。まだ夕食には早かったし、仔羊の肉はすでに冷めていて、脂が皿にべったりと層をなして凝固しており、堅い筋も黄色っぽい肉の繊維も干からびた皮も、どこをとってもその黒ずんだ仔羊の肉は美味そうには見えなかった。正直かなり抵抗があった。なかでもとりわけ皿の真ん中に鎮座する仔羊の頭、眼窩にぽっかりと穴が開き、肉がそげ落ちて歯だけが笑っているその頭が私から食欲を奪っていた。だがせっかくのご馳走を無碍にするわけにもいかない。ひょっとしてライスと一緒なら行けるかも、と思い、ためしに一口食べてみたが、これまた肉と同じ脂にまみれていた。私はそれこそ歯を食いしばって一口一口できるだけ時間をかけ、せいぜい祝宴の雰囲気を乱すことのないよう努めていたが、いっぽうの彼らは、わざとらしい素振りをまったく見せず、心から美味そうに仔羊を味わっていたので、これ幸いと、私も彼らの表情を見習うことにし、それはとりもなおさず、彼らがあまりに黙々と集中して仔羊にがっついているものだから、私としては彼らのその満足感と落差のある顔をするのさえ慎んでおけば、本当はいやいや食べていることに勘付かれない可能性があると考えたことにもよる。

「ユスフにうちのお墓を案内してもらったそうね？」。数分後、夫人が食べている最中の獲物ごしに私をちらりと見てそう言った。「はい」と私は言った。「案内してもらいましたよ、ご家族のお墓を教えてもらいました、それぞれの方について詳しく説明してもらいました」。夫人は満足げに笑った。

またしばらく経ってから、夫人は私にも自分の親戚について《スペインに残ったトーレスの家系について》話せと言い、特に現在あちらで我が血統を受け継ぐ者がいったい誰なのかを教えてほしいと言った。「難しいですね」と私は意見を述べた。「小説みたいにひとりずつ紹介していくべきでしょうが、私に作家の才能はありませんし、そもそもストーリーがないですからね、とりあえずひとりずつ挙げていきましょうか、芝居のパンフレットの人物紹介の要領でね、まあどれだけお役にたてるか自信はありませんが」。気は進まなかったが、食事から気を逸らせる唯一の機会でもあった。話の合間にあのひどい肉のなかから綺麗な部分をちょびっと切って呑みこめばいいのだ。少なくとも親切な夫人がいくらでも質問をしてくれるので、こちらとしては大いに助かる。「さあさあ、まずはあなた自身のご家族からよ。どうなのかしら。お父様はご存命？　ご兄弟は？　家族はぜんぶで何人？」

「父は生きてませんし兄弟もいません。私は一人っ子で父のことはほとんど覚えていないのです、まだ小さいときに亡くなりましたから。家庭の思い出は母親に関するものばかりですが、彼女は家系が違いますからみなさんは興味がないでしょう……」と、話を切り出した。それからすぐ、父が三人兄弟の真ん中で、上には長男のヘスース叔父、下に三男のマヌエル叔父がいたこと、長男ヘスースが判事を長年務め、二人の息子がいて、内戦中にマラガで殺されたこと、そのヘスース叔父の二人の息子が寝返って反乱軍に入隊してしまったこと、三男マヌエル叔父が医者であったこと、二人の娘がいたことなどを語り、そしてマヌエル叔父のもうひとりの息子《例の運に見放されたガブリエリーリョのこと》をユスフの顔を見て喋った。「マヌエル叔父はすでに妻を亡くし、娘二人とコロンビアかベネズエラかどこかに住んでいます」。その後もいろいろと細かい話や、あるエピソードや、ややそれらしく誇張した詳細などを語っていったが、それもすべてあのひどい食事から気を逸らすため、まずい肉を見て見ぬふりするための口実であり、同時に、そうやって話すことで、口に入れた肉を噛まずに呑みこむのをできるだけ気にすまい、と考えたわけである。(最終的に気付いてみれば、もらった肉の半分ほどをそうやって呑みこんでしまっていたが。) 夫人はずっと私の話に耳をそばだてていた。私が話すと夫人はまるで鳥みたいに首をかしげてきょとんとした眼になり、一言一句聞き漏らすまいという顔をしてはいるのだが、すぐに話が頭のなかでごっちゃになってしまうらしく、ある人物についてなにか私が語るとそれがほかの人物とすぐ重なってしまい、そして、どうでもいいところで詳しい説明を求めてくるのだが、それを聞いている限り、彼女が私の長く辛抱強い説明をおそらくまったく理解していないことが分かった。

そういうことが —— 何度も誤解を正したあとでなおも —— また繰り返されたのが、彼女が質問をしたとき、つまり、どうしてそんなに心のお優しいお方 —— というのはマノーロ叔父のこと、直前に私がかつて素敵だった頃の彼について話をしていた――が殺されねばならなかったの、と夫人が尋ねたときだ。マヌエル叔父は――それに近いことがなかったわけでもないが――もちろん殺されてはいない。夫人は混同していた。だがいったいどうしてあんな昔話をしていた直後にそんなことを言い出すのだろう？　まだ若い医学生で、すでに結婚までしていたマヌエル叔父が、兄のヘスース叔父をだしにした笑い話――ジプシー男の後悔といった有名な話――をし、真面目なヘスース叔父はそのような悪ふざけを理解もせず聞く耳ももたなかったというような昔話のあとだったのに。そうそう、マノーロ叔父はかつて人生の一時期とても明るく愉快な男であったが、いっぽうであとになってはっきりしてくる彼のもうひとつの性格、つまり不寛容さという点においてもすでにその片鱗を見せ始めていた。彼は才知に溢れる（それゆえに怒りっぽい）心穏やかな人――夫人が言ったように《心のお優しいお方》――だった、それは否定できない、そして、そうした性格が幸いしてあれだけの危険のなかでも九死に一生を得たとも言えるだろう、なにしろ最初は監獄から、次にスペインからまんまと脱出するなど並大抵の仕事ではない。だが夫人は、このマヌエル叔父を、やはりほんの少し前にその恐ろしい最後について簡単にではあるが聞かせてやったヘスース叔父と混同していたのだ。「殺されたのはマヌエル叔父ではなく、長男のヘスース叔父ですよ」と、正してやらねばならなかった。

急に疲労を覚え、目を落とした。いきなり、がくん！　と来た。一瞬の沈黙のあと、ふたたび眼を上げてなにげなく左に目をやると、それまでその存在に注意すら払っていなかった娘のミリアムがこちらを見ているのに気がついた。彼女はすぐに視線を膝に落としたが、顔だけは私の目から逃げられず、その肉の脂でテカテカ光るぽっちゃりした唇が見えた。ユスフを見ると、椅子にもたれて、落ち着いた顔にかすかな好奇心を浮かべて私の顔を見つつ、おそらく少し退屈していたのだろう、こげ茶色をしたスリッパのつま先を立てて、椅子を前後に揺り動かしていた。母親は飽きもせず私に新しい質問をしようとしていたが、ユスフはそれより控え目な態度で、母親にそろそろ仔羊料理を下げさせようと言い、私に向かっては、ごく儀礼的に、最後の一切れをどうぞ、と勧めた。二人の女性は立ち上がって皿を下げ、すぐにマーマレードの壺といろいろなケーキやお菓子を運んで戻ってきた。食欲を覚える前にまずレモネードの大きなコップを差し出され、その濁った冷たい液体でまずは喉をうるおし、先ほどのまずい肉で荒れた胃を鎮めにかかった。マーマレードを味見し、その美味しさに賞賛の声を上げた。材料はなんですか？　薔薇の花だという返事が戻ってきた。「薔薇の花ですって？」。不思議に思って尋ねた。「まさか薔薇の花で作るのですか？」。「ええ、薔薇の花よ、この私の手作りなの」と、夫人が笑って教えてくれた。そして、そのような――《詩的な》と私は言った――マーマレードは味わったこともなければ存在すら知らなかったと打ち明けると、わざわざその秘密の製法を、新鮮な花びらを摘んできて潰して……とかなんとか、懇切丁寧に教えてくれた。実際の味は、たしかに美味しくはあったが、ほかのお菓子と比べて良くもなければ悪くもないという程度のものであり、香りもさほどよいとは思えなかった。

最後にコーヒーが出され、美味いコーヒーだったがカップが小さすぎたので一気に飲んでしまい、おかわりをもらった……。時間を見計らって――疲れ果てていたので必要最小限の時間にした――

翌日は朝からばっちり仕事が入っていると言って別れを告げると、ユスフ・トーレスは形ばかりの引き留めにかかってから、宿まで送らせると言って例の召使を呼びにやった。お辞儀と抱擁を交わし、通りに面した門で最後に手を振ると、黙って案内役の男に従った。口を開く気にもならず、黙って男のあとを歩きながら——月明かりの下で、ほとんど踊るようにひょいひょい先をゆく男の軽やかな姿が家々の影に隠れたかと思ったらまた現れたりするのを眺めながら——これは少々驚きであったが、前を行くその案内役の男が、おそらくみすぼらしい身なりのせいであろう、午前中に見たときの印象とはぜんぜん違って、実際にはかなり年若い青年であることに気がついた。ホテルの入口で男にチップをやると、彼はなにかを言い残してそそくさと帰っていったが、あとでその言葉が「ありがとうございます《メルシ・シシュー》」であると分かった。

おそらくコーヒーを飲み過ぎたせいだろう、前の日はぐっすり眠っていたし、一日中疲れるような運動を一切しなかったこともある、その晩は私にしては珍しく一睡もできなかった。早起きする決意でベッドにもぐりこんだまではよかったが、夜半を過ぎてから目がぱちっと覚めていっこうに眠気が襲ってこなくなった。時計を見ると三時二五分。もう一度眠りたいのだが、これができない。どうやってもだめ！　ぜんぜん無理！　寝る努力を諦めたとき、本当は欲しい眠気の代わりに思い浮かんできたのは、言うまでもなく、モーロ人の親戚をめぐる顛末、フェスの町で私を待ちうけていた予想だにしない驚きのことだった、彼らはもう何年も……いや何世紀も前からそこで私を待っていたのだ！

この尋常ならざる逸話は、今後、私の酒場での小話のレパートリーを豊かにしてくれることだろう。半信半疑で興味を示す誰それや、なんにでも辛辣なことを言うので知られている何某の反応などが目に浮かぶようだったし、なかでもこの私自身がそうした友だちの輪に囲まれて、ウィスキーのグラスを片手にこのエピソードを思わせぶりに面白おかしく語っている姿が見えるようだった。ほとんど自分の言葉が聞こえたほどだ。一瞬のあいだ、前の日に自分が体験したことが――自分とあの善良な家族が体験したことが――私たちが過ごしたまる一日のことが、単なる小話の材料にまで矮小化されていた。

だが、それにもかかわらず、眠れぬ頭でもういちど昨日の出会いを反芻してみると、最初は楽しく微笑ましく思われたはずの出来事のことごとくが、あの明るい興奮を伴っては思い出されず、むしろその逆になっていた。不眠というものが、あらゆる現象を逆さに、白を黒に変えてしまうのには目を見張るものがある。夜の静けさのなか、現実には些細な出来事であったはずのこと、見知らぬ町での休日の暇つぶし程度であったはずのことが、まるで深刻な色に染まって見えてきた……というか、そうだ、すべてが憂鬱で、無茶な感じにすら思えてきて、私の心を支配し、元気をなくさせ、そして――これに対しては冗談も皮肉も利かず、ましてや最初のころに私の心を満たしていた優しい気持ちなどはこれっぽっちも歯が立たず――新しく予想もしていなかった責任として、予想していなかったがゆえによけいに重大な、ほとんど耐えがたいといってもよい責任として、ずしりずしりと肩にのしかかってきたのである。

私たちの会話のひとつひとつが、順序はめちゃくちゃに、互いに何度も入り乱れて次々に現れては、私の不眠の頭を消耗させ、ついにはそれらが奇怪に誇張されて歪められたり、そうでなければ、今この私の心を照らしている邪悪な光のもとで、本来は愛らしくおかしく単純に愉快であったはずの思い出が、実に忌まわしい記憶へと変貌を遂げてしまう。その一例が、薔薇の花のマーマレードという──そう呼んで差支えないのであれば──微笑を誘うあの一件だった。《この私の手作りなの》。見た目は普通の思い出だし、その気になればいつだってあの目にも心地よい真紅の透明なゼリーを思い出すことができるし、私の想像のなかの視線は、マーマレードの入った瓶にじっと注がれているのだが、少し経つと、その同じ場所に、萎びてどす黒くなった薔薇の花弁が見え、そしてその花弁と花弁のあいだに──これがいっそう私の嫌悪感を煽るのだが──指から剥がれた一枚の爪が見え、この爪が、薔薇と同じ綺麗な色をしてはいるのだが、その硬質の表面はマーマレードのネバネバ液のなかでも紛れようもなく目立っているわけである。なんとも不条理であろう? だが、どうやってもそういう展開になってしまい、想像のなかの汚物に口のなかが唾液でいっぱいになって、起き上がる元気もないので、ベッドのそばの床に思わず吐いた……。そう、そうやって私の不眠の想像のなかでは、ごくつまらない物事までもが、思わず嫌悪感を催させる特別な邪悪さを帯びるのだった。

しかしながら、なんといっても、私の叔母(と呼んでおこう、そうじゃなかったとしてもほかにふさわしい名が思いつかない)に見せてもらった肖像画、もうずっと昔に亡くなっているその男と私がそっくりであると言って見せられたあのロケットの肖像画が、私を容赦なく苦しめた。あの肖像画を、私はそれこそ矯めつ眇めつ眺めた。なのに、今それを思い出すと、記憶しているのは半分ぼやけた顔でしかない。ただ、ユスフ・トーレスの悲しげな眼の上にアーチ状の眉毛がくっきりと線を描いていたことだけを覚えているが、そのユスフの顔自体は、まるで絵画の上に水滴が落ちて、色が混じり、線がぼやけたかのように、その輪郭自体が失われている。私の叔母が目の前に立ちはだかり、意地悪な笑みを浮かべてこう言う。《これは誰？　あなただけどあなたじゃない、死んだあとのあなたよ》と、彼女がそんなことを言うなんて残念だ、だってそんなこと彼女は一度も言ってないのだし、そんなことを彼女が一度も言ってないことはこの私がよく知っているからだ。ところが——ここでいきなり——私が見ているのはもはや先祖の肖像画などではなく、奇天烈な恰好をしてボール紙のセットの前でポーズをとっている亡きヘスース叔父の写真である。あの馬鹿なぐらいに愉快な写真！　その写真を思い浮かべていると、それがもたらす懐かしい味だけではまだ足りないとでも言うのか、私には理解できない力がいつも必ず作用して、死んだ叔父を前にしたときのあの恐ろしい光景が想起されるようであり、そして、その光景のなかで、ヘスース叔父はほかの多くの犠牲者たちといっしょに地面に並べられ、野次馬たちの噂話の対象となり、果ては足で蹴られたりしている。そして私は、その前に立ち、ほかの野次馬と同じような無関心を装っているのだ……。その光景からなんとか離れようと、なんとかその場面から逃げ出そうとして、なにかほかのこと、なんでもいいが、たとえば目下の気がかりである仕事のこと、取引先の構築と宣伝活動などの計画などに思いを向けようとするのだが、なにをしても結局は無駄で、すぐにまた戻ってしまう。モロッコで知り合ったばかりの親戚たちを思い浮かべ、するとすぐ《モデルが私であると言ってもおかしくはない》古い肖像画が現れ、するとその背後にモーロ人に扮したヘスース叔父の写真が見え、そして最後にはいつも必ずあの忌々しい地面が、そこに転がる殺された叔父の死体と、その死体の前に立ち尽くし、自分がその死体の知り合いであることを人に悟られないようにしながら、悲しみのなかでヘスース叔父の軽率な性格を咎めている自分の姿が、死体という、まことにもって情けない役を彼に与える原因となったその頑迷な性格を咎めている自分の姿が見えるのだった。

嗚呼！　いったいどうして不眠の夜に思い浮かべることはかくも重く苦しみに満ちたものになるのだろうか？　日中にだって、幾度となくあのマラガでの悲しい事件をふと思い出しはしたが――幸いにもその回数は減ってきている、そういうことはごく稀になってきていて、いわゆる時間がすべてを解決するっていうあれだろうか、あるいは焼灼療法をし過ぎた皮膚と同じで感受性というのもいつかは鈍化するのであろうか、おかげで今では感じる苦痛もずいぶん和らいでいるが――今もなお日中にあれを思い出すときは、自分の行動を冷静に分析することができるし、心静かに自分を正当化することができる。実際のところ、そんなにカッカせず冷静に判断するならば、あの混乱した時代に私がとった行動が理にかなったものであったことは誰の目にも明らかなはずなのだ。結局あれこそがたったひとつの賢明なやり方だった。だって、ほかにどうすることができたというのか？　数字をたったひとつ増やすこと――世界にとっても一だが、この私にとってはそれが全てであり全世界でもあるこの数字一、つまり私ホセ・トーレス（ホセという名とトーレスという姓をもつ人間がどれだけいるのだろう、いったい何人のホセ・トーレスが方々で人殺しの現場に立ち会ってきたのだろう？）の命――この取るに足らない数字一を犠牲者の数に加えるだけで、ほかはなんの得にもならない、せいぜいそれくらいが私にできたことである。死体を指さし自分はこの男の親戚であると言い、引き取ってきちんと埋葬する手はずを整えたところで、そもそも既に死んでしまっているヘスース叔父にとっていったいなんの役に立ったというのか？　もちろん彼にはなんの役にも立たなかっただろうし、私自身の身も危険に晒していたことだろう。あのとき、私の隣にいた汚らしい男が、つま先でヘスース叔父の髭をつついてふざけていたのを思い出すと、今もなお怒りに全身が震えてくるが、あのときもし私がカッとなって男に殴りかかっていたらどうなっていたか……むろん、言うまでもない。そもそもなんのためにそんな真似を？　ああした状況ではちょっとした軽はずみが命取りになるのだ。あれでヘスース叔父が逮捕されていないはずがないんだよ！　どうせいつもの虚勢を貫き通したに違いない！　ヘスース叔父は本性を隠すようなタイプではなく、実は単なるお人よしに過ぎないのだが、ただ、彼はあまりに高慢で……そしてうぬぼれが強すぎた……！　そういうことは単なる性格の問題だと分かっているし、叔父が生まれたままの人間であり続けたからといって別に彼が悪いわけじゃないが、なら、ひょっとして私のせいだとでも言うのか？　ヘスース叔父はいつ逮捕されてもおかしくなかったんだ、そうさ！　で、そのとき私のことを思い出して言伝をよこしたのだ、そのせいで、それまで綱渡りのようにうまくバランスを取って生きてきた私が、たったひとりで責任を負い、保証人を探しまわり、叔父の冒した愚行にけりをつけ、彼のために自分の命まで賭けねばならなくなり、そのいっぽうで、ヘスース叔父の二人の息子どもは、自分のことしか考えない親父を見捨てて、戦争を終わらせるとか言ってあちら側に寝返ったあとはなんとも気楽に過ごしていやがった、戦争が終わったときには国民軍の将校様ときた。あとからやってきて私に罪を着せるのはさぞや楽なことだったろう、ひょっとしてお前が密告して父を殺させたんじゃないか、とか遠まわしに言いやがって、あの悪党どもが……！私はできるだけのことはやった。叔父の節操のない饒舌ぶりは身の危険を招くだけだし、ついでに私の身まで危険に晒しかねないから、私は言伝が来たのと同じルートを介して彼に冷静さと沈黙を、特に沈黙を心がけるように、またなにがあっても私の名前は出さないようにと忠告したのだ。私の立場も万全ではなかったし、そもそも万全な立場にいられる人間などいない時代で、誰もが自分の命を守るので精一杯だったが、実際にはそれすら容易なことではなかったのだ。だったら、お前はびくびくと身をかがめて嵐が過ぎ去るのを待っていただけか、などと私だけを非難できようか？　私は自分の命を守り、さらには会社の利益もできる限り守った。それ以上なにを要求するというのだ？　実働部門のトップであった私が、ある朝いきなり労働委員会を率いて会社を差し押さえにきたときの社長の顔は見ものだった、あのイギリス人社長がどんな顔をしたかを思い出すと今でも笑ってしまうぞ、労働者執行委員《レスポンサブレ》に肩書きを変えた私が、その辺の無政府主義者顔負けの勢いで現れ、ポケットから組合員証をちらつかせ、ベルトにピストルを挟み、好きなように部下を使い、ほかの社員たちの前で自分をなめた態度をとるのを見て、あのイギリス人社長がどれだけ目を丸くしたことか。私がそのような猿芝居に打って出たのは、会社の利益をでき得る限り維持しようとしたからだということは、ちょっと頭を使えばあの馬鹿だって分かったはずなのに、結局あいつには理解できなかったのだ。もちろん維持すべき利益など大してなかった。ただの一輸出会社——さらに言うとただの外資系の一輸出会社——にしてみたら、営業停止によって被った損害を除けば（といってもこれだって利子つきで返済されたわけだが）そう大した被害があったわけではない。たしかに会社は差し押さえられたが、なにも根こそぎもっていかれたわけではないんだ……！　それに、差し押さえられた品物は戦利品として丁重に扱われ、戦後にはかなり水増しすらされて戻ってきたのである。開戦時に備蓄していた在庫は内戦中にワインと良い酒の需要が急激に高まったことからすでに捌けていた。さらに従業員に給料を払う必要もあった……。というわけで、やはり私は巧くやったのだ、巧妙に会社を支えたし、そうだ——これは否定できないな——私は運に恵まれていた。従業員がそのまま経営に携わっているあんな小さい輸出会社などではなく、もっと大きな企業であったならば、私のように、重役の立場でありながら身分を偽って、差し押さえにあった会社を実質コントロールし、そうすることで国家権力による最悪の介入を妨げるという離れ業はまず実現が困難であったろう。私にはやるべき手続きが分かっていただけの話だ。だが、結局のところ、すべては私に都合よく動いたのだ、実際のところ、かなり都合よく。私は内戦の最後まで会社をうまく操縦することに成功し、やがて戦後になって、そのために冒した危険や費やした労力といったことを誇張して話すのも、まったく苦ではなかった。だって、みんなが話を大げさにするか嘘をついていたし、みんなが自分を英雄か殉教者のように仕立て上げ、死んでいった犠牲者の軍勢を自分に都合のいいように脚色して利用していたが、私のように赤《アカ》のごろつきどもに殺された叔父――可愛そうなヘスース叔父！――をもつ者などそうはいなかったから。いっぽう、例のイギリス人社長のことだが、最初のうちは不安げに私を見守っていた彼も、そのうちに平静さを取り戻し、私が新たな状況下でうまく立ち回っているのを見て取ると、近寄ってきて助言を求め、イタリア軍によってマラガが赤《アカ》どもの手から解放されたとたん、真っ先にすべての事業を私の手に委ねてしまったのである。あれはまさしく我が世の春だった、けれど、社員の数名――早いところずらかるべきところを怠っていた数少ない馬鹿な連中――が連行されて銃殺隊の前に並ばされるのを見たときには少し苦い思いを味わった。あの哀れな連中は、つい前の日まで一緒に在庫のシェリーやコニャックを飲み交わした間柄の同志執行委員がいきなり社長側についたのを見て呆気にとられ、苦悩に満ちた眼で私を睨んだっけ……。でも、いったいどうしろと言うのだ？ 他人の命を守るために立ち上がるチャンスだったとでも言うのか！ 馬鹿な、そんなはずはないだろう、あいつらにしてやれることはなにもなかったのだ、間抜けなあいつらに、とっとと逃げろ……と何度言いそうになったか分からないが、結局そんなことを言っても――もちろんそんな分別のないことはしなかったが――やはり無駄であったのだ。このことだ、このことだけが我が世の春に影を落としている。このこと、そして二人の粗暴な従兄がヘスース叔父の身に降りかかった不幸の責任を、私ひとりの背中に負わせようとしたことだ。あいつらは、ヘスース叔父のあの自分で自分の死を招くような不寛容さも、出世欲に駆られたあいつら自身がよその戦線へ移動し、機嫌の悪い叔父を混乱のなかにひとり置き去りにしたことも、すべてが私のせいであるかのように言いやがった。私だってことがあんなに早く展開するとは思ってもみなかったし、叔父に救いの手を差し伸べる余裕はまだあると思っていたのだ。叔父にはちゃんと、冷静さと沈黙を心がけるよう進言していたのだ、あのときの選択肢としては間違っていない。ただ、その沈黙というのが……結果としてまさに文字どおりの沈黙になってしまったというだけの話じゃないか。どうやったら叔父の死を防げることができたのか、できることなら誰かに教えてもらいたいものだ。私の行ないのどこに非があった？　私の置かれた境遇で、あんな難しい特殊な状況下で、いったいなにができたというのか？　知性のない獣でもない限り、冷静に分析をしてみれば、誰でも私の行動が正しかったと分かるはずだ。私の良心は理性の光に照らして一点の疚しいところもないと言っている。

ただ、問題は、夜、不眠というへまをやらかしたとき、理性が曇り、判断が鈍って、あらゆることが混乱し、腐敗し、気持ち悪いぐちゃぐちゃの様相を呈することだ。いったんそうなると、ごく単純な問題までもが、普通とは違った外見、本物とは異なる外見を帯びるようになり、悪夢の霊気で醜く歪んで現れ始め、それにには普通まず耐えられない……。それこそまさしくその夜の私の身に起きたことであり、殺されて地面に横たわるヘスース叔父の死に顔が想像から離れず、いくら頑張っても逃れられなかった。その間、ベッドのなかで煩悶しながら、私の神経は徐々に高ぶっていった。すでにシーツは皺くちゃで、足を左右に広げて何度も伸ばそうとするのだが、一向に直らず、皺は逆にどんどん増えるばかりだった。何度も姿勢を変え、仰向けになったり、うつ伏せになったり、ベッドの片側に寄ってみたりするうちに、だんだん気分が悪くなってきて……。いったいどうしたっていうんだろう？

なんだこれは？　口が唾液でいっぱいで、胃がひどくもたれる。食事か……。何度もあの食事を思い出しかけては押し留め、敢えて自分の内面に没入し、それでもなお不意打ちを食らったときには、心を閉ざして別のことを考えるようにしていた。ところが今、いきなり藪から棒に、ある馬鹿げた考えが私のなかに入り込んできた。非常識な考えだった。思うに、人のなかでもっとも突飛な印象に過ぎないことが、その実体をもち、理性というものに対して信じがたいほど執拗に抵抗をするようになるには、ひょっとすると智慧の光などはなんの意味もなく、要するに単なる胃もたれさえあればよいのだ。私の愚かな思いつきとはこのようなことである。この胃に感じている耐えがたい重みは、ほかならぬあの仔羊の頭、白い歯を見せ、眼窩が空っぽの、あの頭蓋骨なのだ。デタラメ言うのもいい加減にせよ、などと指摘するのはやめてほしい。私だって、自分があの仔羊の頭に手も触れてもいないことを、知らないわけじゃないからだ。冷めたベトベトの脂にまみれたまま、食時中、ずっと皿の上に載ったままだった。頭が一番のごちそうだから召し上がれ……とか言われるのじゃないかと一瞬恐れたが、実際には誰も触れなかった。そして、結局、皿の真ん中に乗っかったまま、台所に戻っていった。それなのに今――胃もたれが心にもたらす戯言だと思ってほしい――胃に巨大な仔羊の頭蓋骨がすっぽり収まっているという感覚があまりに明確で真に迫っているから、私は思わず「頭は誰も触れていない、手つかずのまま台所へ戻っていったんだぞ！」と自分で自分に言い聞かせたぐらいだが、それでもなお、胃の入り口から下腹を締め付ける気持ちの悪いしこりはいっこうに消えることがなかった。

つまりはあの食事が石みたいに胃にもたれていたわけで、要するに消化不良である。眠れなかったのもコーヒーの飲み過ぎではなく、これが理由であり、またあんな暗いことばかり考えてしまったのも明らかに消化不良が原因だった。「せめてぜんぶ吐いてしまえたら！」と考えた。いや、無理だ、不快感はあったが吐き気までは来ていない。五感を駆使して自分の体に相談したが、まず吐けそうもなかった。まあいつかは治まるだろう、それまで気を紛らしておけばいい。紅茶を一杯もらえば一息つけると思ったが、時刻も時刻なのでそれはあきらめた。仕方なくうつ伏せになり、膝を丸めて、頭の片側を枕に載せると、気持ちの悪さが少しは軽くなったような気がした。

　今さらながら、顔も知らないモーロ人の親戚にのこのこ会いに出かけたり、挙句の果てにはこんなに体に悪い最低の夕食への招待をも受けてしまった自分の軽率さを、私は呪った。それにしてもあの善良なる一家のなんとしつこかったことか！　彼らのせいで、危うく仔羊を丸ごと平らげてしまうところだった。まったくしつこいにもほどがある……。最初は本当にぜんぶ食わされるかと思ったほどである。と、ふとこのとき、胸を締め付けるような幸福感が襲って来て、そして、ついに私はうとうとし始めた……。ユスフの屋敷の入口の隙間に立っている自分の姿が、いつまでも話をやめない私のモーロ人の叔母の姿が見え、私は彼女の思いを、握った私の手をなかなか離そうとしない彼女の熱い思いを感じ取り、そして彼女が喜々として私の世話を焼きたがっているのを知り、いっぽうで我が身の浅ましさに恥じ入った。そんな連想をしているうち、いつの間にか、昔あの太陽の燦々と輝くアルムニェーカルに暮らしていた幼少期に飛んでいて、それはマノーロ叔父の家に食事に招かれた日で、叔父の軽妙なジョークは相変わらず楽しく、彼の妻のアニータは息子のガブリエリーリョの手を引いて、いや彼をスカートにぶら下げて、しきりと別れの言葉を繰り返しながら、オリーブを混ぜた焼きたてのパンを「お母さんに渡してね」と言って私に預け、それでもなお誰それへの言伝、誰それによろしく、とかを言い続けている……。優しかったアニータ叔母さんはもう何年も前から土の下だし、母親に始終つきまとって面倒がられていたあの遠い日のガブリエリーリョも――例の悲しい事件のせいで――今はもういない。マヌエル叔父は生きているだろうか？　あの不幸な叔父も相当に苦しんだことだろう、二年以上拘束されていた監獄であれだけひどい仕打ちを受けたばかりか、息子には死なれるわ、また彼の不在のあいだに娘たちが凌辱されるは、まったく散々な目にあっている。今頃アメリカ大陸のどこかで元気にやっているかもしれないな、と私は考えた。自分には彼らの足跡をたどることはできない、たぶんそのほうが彼らも幸せさ。

嗚呼、また胃だ！　気持ち悪さはぜんぜん消えていない、それどころか、だんだんひどくなってくる。仔羊の頭が我慢できないほどずっしりと胃にもたれ、あの白い歯が胃の壁をカリカリと齧り、吐き気がした。ベッドから跳ね起き、もどしそうなのをこらえながら浴室へ走った。「走れ、走れ、やばいぞ！間に合わんぞ！」。頭から便器に飛び込んだときにはもう喉元までこみ上げ、今にも飛び出す寸前だった。「くそ、くそ、さあ、とっとと出ていけ、この野郎……ああ……ああ……神様……」。涙と大粒の冷汗があふれ出し、死にそうな気がした。まったくなんて顔だ、なんてひどい顔だ！　洗面所で口をすすぎ、便器を洗い流し、浴室のドアを閉め、よろつく足取りでベッドに戻り、すぐに眠りこんだ。

翌朝、バルコニーに出る鎧戸を開けると、日光が部屋のなかほどまで差し込んできた。目が覚めたのは遅かったが、頭はすっきりしていた。実に爽快で、気分もよく、まるで視界が洗われたようだった。前夜の心の曇りは一掃され、あらゆることから解放された気分は最高だった！ 実際、驚くほど頭が冴えていた。愚かな消化不良が原因の悪夢から立ち直ったばかりではなく、その時点までおぼろげだった今回の出張計画が、具体的に納得のいくきちんとした形になって、今まで以上に見込みのありそうなものに思われてきた。モロッコでM．L．ロウナー・ラジオ社の販路を広げるための最善の方策が今やありありと目の前に見えたが、つい昨日までは、いくつかの詰めの部分に関して疑問を拭い切れないことがなかったわけでもなく、詰めの甘さが気になるというか、いやむしろ、お前は専門家なのだから、直観に頼って仕事を止めていいんじゃないか、と甘く自分に囁く、要するにある種の気の緩みから、仕事をずっと先延ばしにしていた。今はもうそんな戯言とはおさらばし、風もほとんど感じられず、体が無重力空間のようにフワフワと弾むこの快晴の朝、すべての主導権は私の手にあった。旅のぬるま湯ですっかり伸び切ってしまったというか、心配ごとや些細な気がかりのせいでやりかけては放っておかれた解決すべき問題と考えごとが、その晴れ渡った朝に、いきなり私の頭のなかで綺麗に整理され、もう頭がすっかり仕事態勢に切り替わっている、まさにそんな感じだった。

そもそも、フェス行きの飛行機に乗る気になったとき、自分はいったいなにを考えていたのか？ って……別になにも考えてなかったんじゃないか！ 実を言うと、本当になにも考えていなかった。仏領モロッコの首都に行き現地支社を立ち上げる、と、ただ機械的に思いついただけであって、そういうことをするのにお上の許しは必要ないということ、現地の有力者であろうがフランス保護領事であろうが商売にはまったく関係ないということに、頭が完全に回っていなかった。考えれば考えるほど、自分の軽はずみな決断が馬鹿馬鹿しく思えてくるし、まったく我ながら無駄なことをしたと、今さらながら呆れてしまう。いったいフェスなんかでなにをしたかったのだろう、なんだってこんな所にのこのこ来てしまったんだ？　この地域の商業の真の中心はマラケシュであって、フェスではない。マラケシュに直接行くべきだったのだ。そうだ、これからマラケシュへ行こう。結局のところ、今からでも遅くはないんだし……。

コンセルジュを呼び付けて切符の手配をしようと思ったが、もう身支度を済ませていたので、そのままロビーに降りることにし、いつもの場所にいるあの巨大な金ボタンを見つけた。訊くと、マラケシュ行きの列車は一九時二五分に出るが、二時間おきにバスの便も出ているという。じゃあ次のバスは？　次は（と言ってコンセルジュは時計を見た。九時一五分。それからカウンター奥の紙がいっぱい貼られた壁の時刻表を見て）次は一〇時三〇分ですね、今から一時間と一五分後です。

コンセルジュは特に驚いた顔もせず、次のバス便のいちばんいい席を電話で予約してくれ（日陰側の席がよろしいですよね、お客様？）、そのあいだに、私は余裕をもって荷造りを――私にとっては実に簡単な作業をして、それをロビーに運ばせ、チェックを済ませ、のんびりと朝食をとり、慌てることなくバスターミナルへと移動することができた。

満足だった。ターミナルでお決まりの乗車手続きを済ませ、半分ほど埋まったバスの自分の席に落ちつき、手帳と鉛筆を取り出し、使った金のチェックでもして時間をつぶすことにした。ホテル代、昨日のレストランとカフェでの飲食代（ユスフ・トーレスは墓地へ行くバス代しか出してくれなかった）、数人分のチップ、マラケシュ行きのバス代――というのはフェスでの出費に含めるべきではないかもしれないが――を合わせたフランを米ドルに換算するとちょうど一二ドルと三〇セントになる。高くはない。無駄にした時間だってとるにたらぬものだ。

運転手が座ってエンジンをかけたとき、外をうろうろしている一群のモーロ人たちのなかに、二四時間前にへんてこな親戚からの言伝を携えて私の前に現れたあの男――私の叔母の召使、下男だか庭師だか知らないが、あの男の姿が見えたような気がした。ぎょっとして（そんな馬鹿な！）反対側を見てから、やはり気になってもう一度そのあたりに目を向けたその瞬間、やはりあの男だった、向こうもこっちが分かったみたいで、こっちへ近寄ってきそうに見えた。男はそうせず、逆に踵を返して走り出し、バスがやっと走り出したときにはもうすっかり遠くにいた……。バスはすぐに角を曲がり、先へと進んでいった。

（一九四八年）

これは作り話ではない。さて、その激しい気性ゆえか、いやひょっとすると市民としての経験不足ゆえか、これまでスペイン人はとかく政治というものに熱くなり過ぎる傾向にあった。先の内戦はスペイン人を精神的に疲弊させ、すこぶる尊大にし、また自分たちが世界中の笑い者にされたという屈辱的感覚を植え付けた。自分を笑い者にした連中が今度は同じ忌まわしいゲームに巻き込まれるのを見て——すなわち第二次世界大戦と呼ばれることになる戦争が始まったのを見て、彼らは恨みがましい顔で多少なりとも留飲を下げたわけである……。

私はそんなスペイン人のひとりだ。職業的関心からマキャベリは読んでいるし、また単なる興味から考えても、政治というものにはそれなりの法則があり、それはある種のチェスのような駆け引きであって、ボードをひっくり返したところでなにも始まらないことぐらいは知らないわけでもない。だが、生きる術を知るイタリア人の戦争に関する巧妙な智恵を羨ましく——日に日にいっそう羨ましく——感じつつも、自分たちは自分たちでこの救いようのない国民性がけっこう気にいっているということ、またいつでも自分で穴を掘って墓に飛び込む覚悟があるということにも気付くのだ。私たちはいくらひどい目にあってもまったく懲りず、政治と道徳を区別する術をいっこうに学ぼうとしない。

内戦でぼろぼろになった直後、私たちは、先ごろ自分たちの手足を縛ってファシストどもに餌食として差し出したあの同盟国側の勝利に、もしかすると未来のあらゆる期待を託していたのではなかったか？　そうなのだ、ほかの多くの亡命者たちと同様、私もまた、イベリア半島に残った何千何百万のスペイン人たちと同じこと、すなわちベルリン・ローマ枢軸がスペインに設置したファシスト支部の崩壊という、当の政権内部の要人やその支持者や受益者までもが大胆にも望んでいたのと同じことを大西洋の反対側から願っていたわけである。

　この見通しについて我々スペイン人は左右両陣営ともに誤っていた。見通しとしては正しかったし、その見通しの根拠についても非の打ちどころはなかったが、まったく違う分野である論理学と歴史学を混同していたのは少々いただけない。ムッソリーニとヒトラーを除去したあと、西側民主主義勢力はこのまだフラフラしている若い蕾に愛の手を差しのべ、ああ神よ！　蕾が倒れないよう支えてしまったのである。以上のことから、読者諸氏よ、今現在この国の門をくぐる者は《すべての希望を捨てよ《ラッシャーテ・オンニ・スペランツァ》（ダンテ『神曲』地獄篇の冒頭部の引用）》というわけだ。

　当時――つまり一九四五年――私はリオデジャネイロに住んでいたが、あの地獄から逃れてきた人々がそこの港を経由して、さらに南へと向かっていった。その大勢と話す機会があった。なかでも三〇歳かそこらの、いつもおずおずとして、こちらが話しかけるといちいち驚いて飛び上がったひとりの男のことを覚えている。だいたい想像はつくだろう。九年間びくびくしながらスペイン中を偽名で渡り歩いてきたような男だ。彼はアビラの学校の先生で、一九三六年軍部による蜂起が発生した直後に町から逃げ出し、実質それ以来ずっと逃亡生活を続けていたことになる。なにもやみくもに逃げたわけではない――と彼は私に説明した――社会党員だったから、あのまま残っていれば確実に殺されていただろう。アンドレス・マンソ議員[38]と親交があった家族も同様だった。（その家族になにがあったのかは結局聞き出せなかった――それに、そんなことをしつこく問い質すのが節度ある慈悲深い行為とも思えなかった。ちなみにマンソ議員と言えば、その性格穏《マンソ》やかという名につけこんだ新しい政権がこのか弱き牛を闘牛場に引きずり出して公衆の面前で殺してしまったことは周知のとおりである。）というわけで、コパカバーナ大通りのバーでコーヒーを一緒に飲みながら、船が出るまでのあいだ、彼は近くのテーブルを横目でちらちらとうかがいつつ、常にオブラートにくるんだ言葉遣いで、それでもできる限りのことを私に語ってくれたのだが、それは彼曰く流浪の航海《オデュッセイア》――スペイン内陸部の放浪――に関する話であり、その寄港地はほとんどがラマンチャ地方やアンダルシア地方の小村で、彼はそうした村でやっと食べていけるだけの（というのがいちばん適当だったそうだ）細々とした仕事をしながら、これまた適当と判断する時期がきたらそこを去るということの繰り返しだったらしく、ほとんどの場合は徒歩で行き当たりばったりに次の村を探したそうだが、それは、田舎ではどんな村にも必ず試験勉強に追われる落第生や、彼のように金に困った教師を喜んで雇う郵便局とか税関の職員がいたからだった。

　なぜこれまでスペイン脱出を試みなかったのか？　世界大戦が終わって民主主義陣営が勝利するのを待っていたからですよ……。ならば戦争が終わった今になってなぜスペインを去るのか？　そこそこ、そこなんです。

先生は苦笑いを浮かべて甘ったるいコーヒーをひとすすりした（彼はカップに異常なほど大量の砂糖を投入していた。スペインではもう何年も砂糖が不足している）。その後の話によると、イギリスで労働党が勝利したという知らせに触れたが（といっても大した驚きではなく、前から予想していたそうだ）、そしてそれは、コルドバ地方のたしかルセーナと言ったと思うが、ある村で、ひとりの悪名高い（といってもさほど悪い奴でもなかったらしい）闇商人の男に本を調達する仕事をしていたときのことだったそうだ。[39]ニュース映画の上映があった映画館では、その夜、やんやの拍手と怒号と万歳の声、くたばれ！　だの下品な言葉が飛び交い、ついには上映中に電気が付けられたがそれでもなにも起きはしなかった。翌日村ではいつもの見せしめが行なわれることはなく、代わりに信じがたい現象が起きた。村にいた体制側の連中が急に恐れをなしたのである。当然の成り行きだった。マドリードではすでに軍部の大物たちが慌てて荷物をまとめているはずだったが、金も大してもっていない田舎の有力者たちはあらゆる村人に対して媚を売らざるを得なくなり、殺された敵方の人々の親戚たちのもとを訪れては、求められてもいない釈明をし始めたり、食事に誘いだして様々な言い訳を口にし始めた。

「ねえ、君、ちょっといい酒でも飲まないか、話があるんだ……。ねえ、分かっておいてもらいたいんだがね……。君は私についてきっとこんな噂を聞いていると思うが……。いやいや、分かってるんだ、否定しなくたっていい。分かってるんだよ、君がその種のデマを吹き込まれているってことはね、それを吹き込んだのがあいつだってのも分かってる。あいつがなぜそんなことをしたのか分かるか？まさに死人に口なしというわけだよ。いいか、よく聞いてくれ。いったいなにがあったのか君もきちんと知っておくといい。要するにあの悪党はだねえ……。ところでもう一杯飲むか?」といった具合だった。彼らがそうやってだらだらと友情の押し売りや「君にふさわしい」仕事の斡旋や、あるいは「今後は持ちつ持たれつということでよろしく」と言って商売仲間に引き込もうとするいっぽう、申し出を受けた人々は、よもやそう易々と人に騙される連中ではなかったとはいえ(そもそも今のスペインに簡単に騙される人間などひとりもいまい)、さすがにそのような好条件を前にするとみな密かに期待に胸を膨らませたのか、黙って頷き、もじもじとつま先を眺めるばかりだったらしい。

だが実際はどうなったか? どうなったかと言えば、スペインにおける体制側の死のぎりぎり直前になって、外相に昇格していた同志ベヴィン[40]がイギリス下院で立ち上がり、新英国政府はフランコに対し一切不利な干渉を行なわない旨を宣言してしまったのである。これが八月で、九月にはニュールンベルグ裁判が始まり、ロシアの同志たちもまた、かつて聖なるロシアの大地を宣戦布告もせずに荒らし回った《青い師団》[41]の存在を寛大にも綺麗さっぱり忘れてくれたのである。

「それで僕は仕方なく」と、アビラの社会主義者の先生は続けて言った。「ポルトガル国境へ向けて歩きだし、国境を越すのに成功し、で、これから親戚のいるブエノスアイレスへ向かうというわけです」

その後の彼の消息は分からないが、元気にやっていてくれたらいいと思うし、今ごろは心安らかでいてくれることを願う。

最初に言ったようにこれは作り話などではない。つまりは私たちスペイン人がゲームの規則をいっこうに学ぼうとせず、政治を理解する能力をもたないということだ。私たちは政治というものに熱くなり過ぎる。政治に執着し、固執し、その挙句……。

仮にここで短編を書くというのであれば、右の話から数ヵ月後に旧友の紹介状を携えて現れたある別の亡命者から聞かされた話を元にするのがいいだろう。これについてはいわゆる《名誉に関わる話》になるから、短編の題名は古典的な「名誉のためなら命も」とでもなろうか。でもどう書けばいいのだろう？　その単純な過酷さがどんな文学的加工よりもずっと多くのことを教えてくれる実話を、虚構に歪曲することが果たして可能なのだろうか？　私としては彼が実際に話したことを再現するに留めたい。

今度の客は、小太りで毛深く、目の青い、太陽と海風で茶色く焼けた肌をもつセビーリャ出身の男だった。私の家にやってきてソファに落ち着くと、それから五時間そこを離れようとしなかった。彼はなによりもまず新大陸での身の処し方を知りたがり、私にいろいろとアドバイスを求めた。煙草をすすめると、笑って首を振った。「前は吸っていたんですけど」と彼はわけを言い、私はその前というのが戦争の前であることを理解した。「でもやめました、まさしく火のないところに煙は立たないというわけです。うっかり灰皿に吸いがらを残したり、いや、煙草の香りが漂っているだけでも、あの家に男がいることがばれていたでしょうね」。それから彼はその話を始めた。

だが、それをここに書き留めるにあたって、まず、それが到底本当とは思えぬ話であることを断わっておくべきだろう。文学的創造には本当らしさというものが求められるが、現実の人生ではそれほど厳密な要請はないのかもしれない。

その小太りの男は教師でもあったが（またである、教師万歳！）、アビラの先生のような小学校の先生ではなく中等教育の先生、つまり当時のスペインで見習い先生《クルシジスタ》と呼ばれていた、共和国政府の創設した中等学校の欠員を埋めるための急造教員で、栄誉ある運動《グロリオーソ・モビミエント》（フランコ率いる国民軍は自らの軍事蜂起を十字軍になぞらえてこう表現した）という名のあの舞踊が始まったとき、カディスかその近所の学校に勤務していた。もちろん隠れざるを得なくなった。直前の選挙で共和国政府側の政党のために熱心に働いていたからである。

できたてほやほやの学校のできたてほやほやの急造教員であった彼は、同時に新婚ほやほやでもあった。数週間前の夏休み初頭に結婚していた二人は、件の運動、というか死の舞踊が始まったとき、父の亡きあとセビーリャにひとりで住んでいた母親宅に愛の巣を構えていた。忘れもしないあの日、彼らはセビーリャにいた。

セビーリャと言えば、市街での戦闘が長引き、混乱を極めたことが思い出されよう。その展開を先読みした若き先生は、自分が生き延びるためある巧妙な策を講じ、それを実行に移した。つまり近所の左官屋に、誰にも言うなと厳重に口封じをしたうえで、新婚夫婦が寝室として使っていた部屋の薄暗い隅に、井戸のような、床のタイル四枚分ぐらいの面積で、立てば頭が隠れるほどの深さをもつ穴を掘らせ、そのうえに床板を貼りつけたタイル四枚をかぶせて蓋代わりにし、上にベッドを置いて、誰にも絶対に見破られないように細工した。

こうして妻と母以外には誰も自分が家にいること、隠れていることを悟られないようにしたわけである。友人だった左官屋は、自分も命がかかっていたから決して人に喋ったりはしなかったが、いずれにせよ彼はその地域がファシストに占領された直後に殺されてしまったから、母と妻の二人だけを除いて秘密は完全に守られることとなった。兄弟や叔父や従兄弟といったほかの親戚たちが彼の居場所を知りたがると、二人の女からは、近所の野次馬やファランヘ党の巡視隊が同じ質問をしたときとそっくり同じ答が戻ってきた。フェリペ（という名だ）はある日行方も告げずに出かけたまま行方不明で、それ以来消息をつかめていません、おそらくもう今頃あの不幸者はどこかの土の下に埋まっているのでしょう。こんな作り話が、質問者が聞いている前で、二人の涙とため息交じりに、まるで芝居のプロンプターのように繰り返された。

こうして彼の生活は、ちょっとでも警戒するとすぐ穴に逃げ込むというネズミの生活、というよりモグラの生活になってしまった。穴へは誰かが家に来たときだけ入り、それはたとえばファランヘ党の飼い犬であったり、ときには得体のしれない探偵であったりし、そういう連中が色々と嗅ぎまわって母や妻を脅したりひどい目にあわせるのを穴から聞いて、彼は恐怖と怒りで心臓がばくばくしたが、本当に自分の命を狙っていた連中（女たちの釈明に納得して諦めたが）が来訪したときのみならず、自分のことを愛する既婚の兄たちや舅や無鉄砲な友人たちが探しに来たときも彼は穴にもぐり込んだ。そして二人の女たちは、ひとり死にそうに怯える彼を家に残し警備隊に連行され尋問を受けたときですら、口裏を示し合わせて否定を貫き、また彼の行方を真剣に案じる人々の前でも否定を貫き通した。

そんな訪問客たちからほんの数メートルのところに身をひそめ、母と妻と客が外の様子をぐずぐずといつまでも話し合ったり、知り合いが敵の手に落ちたことを涙ながらに憤慨したり、最後には必ず「可愛そうなうちのフェリペ」の話題に戻って、いったい今ごろどうしているんでしょうね、などと話しているあいだ、その可愛そうなうちのフェリペ本人は、そこから数歩のところに隠れて彼らの話に興味深く耳を澄ませ、長い沈黙にうんざりし、不安を覚え、とにかく一刻も早く彼らの話が終わって客が帰り、自分が穴から外へ出られることだけを願っていたわけだ。

　とはいえ、穴に潜るのは来客があったときだけではあったが、彼はそれ以外の時間も家から一歩も外へ出ず、まさにモグラのように薄暗い部屋に閉じこもったきりであった。用心にも用心を重ね、通りに面する玄関は一日中半開きにしておき――それが要らぬ疑いを晴らす絶好の方法なので――彼はずっと奥の寝室に閉じこもっていたというわけだ。そこが彼の生活の場になったが、それは生活というよりむしろ軟禁状態であったから、彼は気を紛らして頭がおかしくならないようにするため、毛糸の肩掛けをちまちま編んでは母親の小遣い稼ぎにさせたり、穴のそばの本棚を飾っていた辞書から修道士のような忍耐力で希少名詞と希少形容詞を抜き出し、それだけを使ったチンプンカンプンな文章を、虫眼鏡でも使わないことには読めないほど細かい字で延々と綴っていくといった、普通では考えられない仕事に精を出した。《肺魚亜綱魚《ディプネーオ》》《迂愚な《グルド》》《臍下丹田《ベルトラ》》といった言葉を何時間もかけて丹念に拾いだし、聞いたこともないようなその語義を記憶に留めつつ、一冊のノートに――誰かが来たら一緒に穴に持ち込んでいた――正真正銘の正当なスペイン語で書かれているにもかかわらずまったくもって意味をなさない不条理な物語を書いていった。

彼は書類入れに挟んでいたそのノートを私に手渡し、うちの二、三段落を読めと言い、満足げな笑みを浮かべて私の反応をうかがった。私はまさしく心を打たれていた。そこにあったのはひとつの謎、純粋詩だった。「この作品をどうにかできないですかね？」と彼は私に尋ねた。どう答えていいか分からなかった。「捨てるには忍びないんです。ほぼ九年をかけた労作ですから」

ほぼ九年です、と彼はふたたび呟いた。いやはや人間にそんな我慢ができるとは！　ほぼ九年。最初は共和国政府が内戦に勝つのを期待しながら、その次は民主主義陣営がベルリン・ローマ枢軸を破るのを期待しながら。モグラのような九年。そのあいだまったく埋め合わせがなかったというわけでもない。家の財政は苦しかったが、女たちはなんとかやりくりをして彼に美味い食事を出していた（これについて彼は楽しげな顔で文句を二人に言ったそうだ。「いったいどれだけ太らせたら気が済むんだい、このままいけば穴に入れなくなる。これじゃお伽噺のネズミと同じ目に遭うよ、ただし向こうは中から出られなくなったが、俺は肝心のときに穴に入れなくなっちまう」。女たちは笑い、同じような冗談を彼に言い返したそうだ）。フェリペは仕事もせずに、イータの首席司祭[42]の言う男のやるべき二つのこと、すなわち食と女色にうつつを抜かした。夜な夜な夫婦の営みを楽しみ、また逃亡者特有のスリルまで味わったが、それは夜にも少なからず客が訪れる可能性があり、現に何度か本当に客が来たときには慌ててベッドから飛び出して、裸のまま床に掘った穴に頭から飛び込まねばならなかったからだ。

九年間、毎年のように、日の光の下へ安心して出られるようになる時が来るのを今か今かと待ち続けた。そしてようやく長いトンネルから出られそうな気配が見え始めた。連合国軍がアフリカに上陸し、同じくノルマンディー海岸にも上陸したのだ……。その瞬間が近づき、今にも勝利の時計のベルが鳴り、ほとんどゴールは目前かと思われた。民主主義が全体主義を撃破し、さらには、前々から共和国寄りでスペイン情勢を宣伝として大いに利用していた英国労働党が総選挙に勝利した。

セビーリャにこの知らせはまたたく間に広まった。哀れなフェリペの母は感激のあまり涙を流し、その日、息子のために美味しい牛の睾丸と脳のピリ唐揚げを作り、リンゴ酒を開けてみなで乾杯をした。その夜、夫婦は、誰に気兼ねすることもなく、心おきなく自然の欲求に身をゆだねたが、それもこれも自由と幸福が目前に迫っていたからである。

自由と幸福はもう目前……と、彼らは考えていた。だが実際に起こったことは周知のとおりである。あれほど確実視された見込みは見事に吹き飛んだ。こうしてフェリペは怒りに震えながら再び辞書の前に戻り、珍奇な言葉を拾っては不条理な作文の原稿をどんどん分厚くしてゆき、ついに怒りっぽく気難しい性格に変わって、それ以上ものを考えないようにすることに決めた。

ものを考えないだと！　そんなことができるとでも言うのだろうか？　ノートはどんどん分厚くなり、なおも膨張し続けた。ところがここにきてもうひとつ膨張し始めたのが粗忽者の妻の腹、すなわちあの束の間の希望の瞬間が決してすべてに渡って不毛ではなかったということの栄えある証が、目に見えて現れ始めたのである。

そしてこのことは——仮にその腹のなかの子どもができた日のあの希望が地に落ちたりしていなければ——彼の幸せな人生計画を完成に導いていたはずであったが、実際の状況があああであった以上、我らの哀れなモグラ男に深刻な苦悩をもたらしたに違いないのである。フェリペは名誉を重んずる男であった。みんなが、いや、セビーリャに住んでいる人間全員が、自分はもう町にいないと考えているのに、妻のお腹が目立ち始めて妊娠が隠しようもなくなれば、いったいその名誉とやらにどう顔向けができよう……？　名誉どころか大変な不名誉になるのでは？　今やすべては明白であった——この男が頭脳明晰でとにもかくにも先見の明があるということは既にお分かりと思う——一家三人が不安に駆られて見守るなか、カレンダー上の記述欄に妊娠を示す最初の兆候が現れ、夫と妻と姑の不安が的中したとき、彼はすぐにこれが大問題となることに気がついた。そこから先はまさに時間との必死の競争になった。戦争の勝者である連合国側にはこれまでいろいろと騙されてはきたが、まさか彼らがあんなムッソリーニとヒトラーの出来損ない野郎を支持するなんて、あってはならない話だ……。ニュールンベルグ裁判はもう始まっているのに《青い師団》の隊長はマドリードで涼しい顔をしてる、なんと軍の総指揮官までやっていやがるぞ、あいつらにひどい目に遭わされたロシアの奴らはなにを呑気にしてるんだ……？

なにもしてないと思うべきだ、とフェリペは考えた。最悪の事態を想定したほうがいい、戦勝国はことを急いていないようだ。様子を見る限り、あと数週間、いや数ヵ月、この国はなにも変わらないように見える、そうこうしているうちに俺の嫁の妊娠がばれちまう。で、仮にそうなった場合、種馬の正体が正式な旦那だったなんて気付く奴がどこにいる？　フェリペは逃げたはずだ、フェリペはセビーリャを去ってもう二年になる、なのに奥方のあの大きなお腹はなんだ……。ああ、いかん、いかん、そんなことは絶対に許しがたい。だめだ。死んだ方がましだ！　負け犬の遠吠えになってもいいからとにかく声を出すべきだ、みんなが変な想像をするまえに自分の姿を見せておかねば。よし、外へ出るぞ……！　それに——とフェリペは考える——このまま時間が経っても外の状況が一向に変わらない場合、俺はこんなウサギみたいに情けなく縮こまった姿で、ネズミみたいにびくびくしながら、こんなモグラみたいな穴倉暮らしをずっと続けねばならんのか？　もう二度と陽の光を拝めないのか？　そんなのは死んでもお断りだ！　よし、いちかばちかだ、出るぞ、仮にそれで殺されても仕方あるまい。

というわけで隠れ家から出て行く決意をした我らが主人公は、特に金に困っていたわけでもないので、家を出るにあたって一計を案じ、自分にとって有利になるようシナリオを描いたうえで、裏から手を回すことにした。お上にコネのある親戚の前に姿を現し、当局に探りを入れてもらった。機は熟しているようだった。政府はここのところ続いた国際情勢の激変による狼狽からまだ立ち直っておらず、他国の顔色をうかがってはびくびくし、戦勝国になんとか取り入ろうと右往左往しつつ、まるで滑稽な猿芝居を演じているらしかった。フェリペが裏でどう手を回したのか正確なところは分からない。彼はこの点について詳細を語ろうとせず、私の質問もはぐらかした。だが、確かなことは、潔癖過ぎる名誉心のせいで穴倉を出ざるを得なくなったこの小太り紳士が正式なパスポートを入手し、アメリカで売るために木彫りの聖像とかアンティークの箱とか、他に彼がなにを言ったか忘れたが、いくつかの骨董品をかき集めたということだ。いまや世界中にそういうお宝が流出している。一九世紀以来、ずっとこんな風にして、スペインの芸術的価値のある財宝は著しい損失をこうむってきたのに違いない。教会に行って、昔は立派な祭壇彫刻かなにかがあった場所に新しい油絵や安手のイラストがあったら、あるいは（仮にあったとしても趣味の悪い）象牙の十字架が仮にひとつでもなくなっていたとしたら、それを略奪したのはきっと昔ならナポレオン軍、今ならぜんぶ赤《アカ》の泥棒連中であろう。私は彼の脱出に役立った貴重品など見たくもなかったし、また彼が知りたがっていたことについてなにを教えていいのかも分からなかった。彼は持ち出してきた骨董品を一刻も早く処理したがっていて、それを売らないと、セビーリャに残してきた家族、すなわち母と妻と生後間もない可愛い娘を連れ出す資金をやりくりできないのだ、と言った。

「ほう、女の子だったのかい？」と私は言った。「とっても可愛らしい女の子ですよ、コンチータは。このコンセプシオンってのもスペイン的な名前[43]でしょ、ね？　いかにもセビーリャ的とも言えます、ムリーリョ[44]は無原罪の御宿り《インマクラーダ・コンセプシオン》ばかり描いていましたから。ただね――と彼はここで付け加えて――ただ、私はこの娘の名前にいつも心のなかで別の形容詞をつけるんですよ、軽率な、間の悪い、いや、その、最低でも《うっかりの御宿り《インカウタ・コンセプシオン》》ってな具合にね……」

　もちろん彼は、渡航の前の一ヵ月、セビーリャの町中を大手を振って歩き、みなが彼の姿を目撃したから、妻の妊娠に関する不名誉な疑惑を抱く者はもはや誰もいないし、妙な噂話もきっちり封印されている。「出て最初の数日はとてもまぶしくてお日様に顔を向けることができませんでしたよ、目がくらんでなにも見えないのでサングラスをかけなきゃならなかったくらいだ、それにね、何年も暗闇のなかに閉じこもってたんで肌の色も海藻みたいに苔むしてました」

今、大西洋を渡って来た彼の肌は小麦色に輝いている。別れ際、彼はその毛深い手で例の意味不明の文章の書かれたノートをまだ愛おしそうに撫でていた。自分でも惚れこんでいたのだ。「九年ですよ、あなた、青春の真っ盛りの。だからこれ、なんとか形にしてもいいんじゃないかなあ、なんてね……」

## 訳註

＊1　ベニート・ペレス・ガルドス［一八四三〜一九二〇］。スペインの一九世紀写実主義を代表する小説家。

＊2　一八九八年の米西戦争敗北というスペインの象徴的衰退に対する危機感の共有を背景として生まれた文学グループ。

＊3　ラモン・ペレス・デ・アヤラ［一八八一〜一九六二］。スペインの作家で、九八年世代のあとを受けて一九一〇年代に活躍した。

＊4　ガブリエル・ミロー［一八七九〜一九三〇］。同じく一九一〇年代に活躍したスペインの作家。

＊5　オルテガ・イ・ガセーの主催していた思想文芸誌で、一九二〇年代にヨーロッパの最新文化をスペインに紹介した。アヤラ自身も執筆者として雑誌に積極的に関わっている。

＊6　オルテガ・イ・ガセーは一九二〇年代のスペインに勃興しつつあった難解な前衛芸術・文学をヨーロッパ全土的な時代的要請として肯定的に捉え、それを著書「芸術の非人間化」のなかで分析した。

＊7　ルイス・デ・ゴンゴラ・イ・アルゴーテ［一五六一〜一六二七］は難解なバロック的作風で知られるスペインの古典詩人。一九二七年に行われた没後三百年記念祭では、ガルシア・ロルカをはじめとする当時の若手前衛詩人たちが中心となって、ゴンゴラの再評価を積極的に行った。

＊8　クリストファー・イシャーウッド［一九〇四〜八六］。イギリスの作家。

＊9　ホセ・オルテガ・イ・ガセー［一八八三～一九五五］。主著『大衆の反逆』（一九三〇）などで知られるスペインの哲学者。一九二〇年代に青春を送った若きアヤラにも大きな影響を与えた。

＊10　ミゲル・デ・ウナムーノ［一八六四～一九三六］。スペイン九八年世代を代表する作家、思想家。後のオルテガ・イ・ガセーと並んで世紀初頭のスペイン文学界に大きな影響を与えた。内戦勃発直後に病没。

＊11　ラモン・デル・バリェ・インクラン［一八六六～一九三六］。独自の作風の戯曲を得意としたスペイン九八年世代の作家。

＊12　本名ホセ・マルティネス・ルイス［一八七三～一九六七］。随筆を得意としたスペイン九八年世代の作家。

＊13　アントニオ・マチャード［一八七五～一九三九］。スペイン九八年世代の詩人。内戦直後にフランスへ亡命、亡命先で死亡。

＊14　ピオ・バロハ［一八七二～一九五六］。スペイン九八年世代の小説家。

＊15　フランシスコ・デ・ケベード［一五八〇～一六四五］。セルバンテスらと並んでスペイン黄金世紀を代表する作家のひとりであり、ピカレスク小説『大悪党』（一六二六）はスペイン語圏全般に今もなお強い影響力を及ぼしている。

＊16　フアン・バレラ［一八二四～一九〇五］。一九世紀スペインの作家で、書簡体小説『ペピータ・ヒメネス』（一八七四）はスペイン語圏でよく読まれている。

＊17　バルタサール・グラシアン［一六〇一～五八］。バロック期スペインの作家で奇想主義の作風で知られる。

＊18　ラモン・ゴメス・デ・ラ・セルナ［一八八八～一九六三］。スペインの作家でグレゲリーアと呼ばれる独

自の短文形式を創始した。
＊19 ゴンゴラ没後三百年記念祭に集結したいわゆるスペイン二七年世代を指す。
＊20 プリモ・デ・リベラ［一八七〇～一九三〇］。スペインの軍人政治家で一九二〇年代に政権を取ったが世界大恐慌で失脚。
＊21 ウルトライスモ。一九二〇年代にスペインのギリェルモ・デ・レ・トーレやアルゼンチンのホルヘ・ルイス・ボルヘスらによって起こされた詩の前衛運動。
＊22 ゴンゴリスモ。ゴンゴラ風の誇飾主義の文体を指す。
＊23 フェデリコ・ガルシア・ロルカ［一八九八～一九三六］。スペイン二七年世代の詩人。スペイン文学における花形であった彼が内戦初期にファランヘ党員によって殺害された事件は、この時代を生きたスペインの文学者たちにとってもっとも象徴的な悲劇とされる。
＊24 ラファエル・アルベルティ［一九〇二～九九］。スペイン二七年世代の詩人。内戦中はスペイン共産党の闘士として共和国のために活動したが、一九三九年にアルゼンチンへ亡命。
＊25 ヘラルド・ディエゴ［一八九六～一九八七］。スペイン二七年世代の詩人。内戦後にもスペインに留まった。
＊26 ホルヘ・ギリェン［一八九三～一九八四］。スペイン二七年世代の詩人。内戦中の一九三八年にアメリカへ亡命。
＊27 具体的にはアンドレ・マルローの小説『希望』（一九三七）、アーネスト・ヘミングウェイの小説『誰が

ために鐘は鳴る』(一九四〇)に言及している。
＊28 レオン・フェリペ[一八八四〜一九六八]。スペインの詩人。内戦時には共和国側に立って戦い、一九三八年にメキシコへ亡命。
＊29 この序文は一九四九年の初版に掲載された。初版には五つ目の短編「名誉のためなら命も」がまだ含まれていなかったため、この序文にも同作品に関する言及はない。
＊30 スペイン内戦において、共和国側兵士はフランコ率いる反乱軍(国民政府軍)側から共産主義者との揶揄も込めて「赤」と呼ばれ、反乱軍側は青い制服から「青」を名のることが多かった。
＊31 トレドにある歴史的城砦で、内戦時に反乱軍が立てこもり死守したことから、今現在も軍人や右派ナショナリストにとっての聖地となっている。
＊32 モーロ人(los moros)とはスペインにおいて主にアフリカ北部のイスラム教徒を指す言葉。内戦勃発時、フランコはモロッコからクーデタなど反乱軍の指揮をとり、ドイツ・イタリアの支援を受けつつモーロ人部隊を率いてスペイン本土に侵攻した。スペイン国内に親族のいないモーロ人兵士たちの狂暴さは特に共和国寄りの民間人から非常に恐れられていた。
＊33 トレド近郊の美しい伝統的別荘地区で、ここに住んでいたサントラーリャ一家はそれなりのブルジョワであったことがうかがえる。
＊34『ラーラの七人の王子』はスペイン中世から伝わる武勲詩の有名な復讐譚で、ムダーラはその登場人物。
＊35 セルバンテス作『ドン・キホーテ』のなかで床屋の桶を主人公が兜と思いこむ有名な場面がある。

＊36　レコンキスタ時代の武将が自らの息子の首を差し出すというスペインでは比較的よく知られた故事にちなんだ表現。
＊37　カトリック的宗教規範と義務が相反する事態を想定したスコラ哲学の実践的判定法。
＊38　ホセ・アンドレス・イ・マンソ［一八九六～一九三六］。スペイン社会党の有力者であったが内戦勃発直後に反乱軍によって殺害された。
＊39　一九四五年七月のイギリス総選挙でクレメンス・アトリー率いる労働党が政権を握った。
＊40　アーネスト・ベヴィン［一八八一～一九五一］。イギリス労働党政権で辣腕を振るった外相。党内で反共産主義を唱える陣営の急先鋒だった。
＊41　第二次大戦中のロシア戦線においてドイツ軍とともに戦ったスペイン義勇兵の師団。
＊42　中世スペインの作家フアン・ルイス［一二八三?～一三五一?］のこと。その作品『よき愛の書』に言及している。
＊43　コンセプシオンは女子の名前で懐胎を意味し、カトリック信者にとっては聖母マリアの《無原罪の御宿り》を連想させる名である。その愛称がコンチータ。
＊44　バルトロメ・エステバン・ムリーリョ［一六一七～八二］。スペインの画家でセビーリャを活動の拠点とした。

# 訳者あとがき

本書はフランシスコ・アヤラによる短編集『仔羊の頭』*La cabeza del cordero* 全訳である。アリアンサ社、一九九八年版を底本としている。

二〇〇九年十一月三日、セルバンテス賞受賞作家フランシスコ・アヤラがマドリードの自宅で一〇三歳の生涯を閉じた。スペインにおける前衛主義運動を推進した「二七年世代」の最後の生き残りの偉大な文学者であり社会学者でもあった作家の死に、スペイン中が大きな悲しみに包まれた。

スペインの二十世紀初めから約三十年間は、セルバンテスを初めとするスペイン文学の最高の盛り上がりを見せたスペイン黄金世紀を継承しているという意味で、別名「銀の時代」と呼ばれ、アヤラの属した「二七年世代」が活躍した時代でもある。一九二七年は、黄金世紀の代表的な詩人であるルイス・デ・ゴンゴラの没後三百年忌にあたり、長らく評価が低かったこの詩人の功績を再評価するために講演会や朗読会などのさまざまなイベントが、新しい詩の形をめざす詩人たちの手によって催された年だった。「二七年世代」の詩人たちはシュールリアリズムの影響を受けながら自由自在な芸術の有り様を探っていたのである。この催しを中心的に行った十人の詩人の中には、内戦中にグラナダで暗殺されたフェデリコ・ガルシア・ロルカをはじめ、ホルヘ・ギリェン、ラファエル・アルベルティ、ペドロ・サリーナス、ダマソ・アロンソ、ルイス・セルヌーダ、ビセンテ・アレイクサンドレの名前が見られる。詩の分野で始まった前衛主義運動はその後、小説、随筆、戯曲などの他の文学ジャンルやサルバドール・ダリに代表される美術、ルイス・ブニュエルに代表される映画などの分野にも広がっていった。アヤラはこういった前衛派の作家グループの若手メンバーの一人として活動を開始した。しかし生涯を通して前衛主義文学の作家だったわけではなく、本書のテーマであるスペイン内戦（一九三六〜一九三九）とその後の約四十年間にわたるアメリカ大陸での亡命生活がアヤラの作風を変えていくことになった。アヤラの波乱万丈な人生の端緒となった内戦を題材にした本書は、フィクションであるものの、随所に作家自身の内戦の体験が散りばめられている。本書に収録された短編の登場人物と家族の間に見られる思想的な対立、内戦をめぐる苦悩と悲劇は、まさにアヤラが身をもって体験したものであり、この短編集においてアヤラは自分の実体験を創作上の、そして芸術的な現実に変容させたのである。

スペイン内戦は一九三六年に社会労働党、共産党、中道左派による左派連合の人民戦線政府（第二共和国政府）に対して、右派のファシズムと結びついた軍がスペイン全土で軍事蜂起したことが発端となった。人民戦線政府に対する反乱軍（のちの国民戦線）を指揮したのは、内戦終了の一九三九年から一九七五年までの三十六年間、軍事独裁政権を敷いたフランシスコ・フランコ将軍である。スペイン内戦といえばパブロ・ピカソの描いた『ゲルニカ』が日本では有名だが、家族、隣人、同胞など社会のあらゆるレベルにおいてスペイン人を二派に分裂させ、スペイン全土が焦土となった悲惨な戦争でもあった。戦闘は市街地でも行なわれ、一般市民の眼前で多くの非戦闘員である市民や両陣営の兵士たちが命を落とした。スペイン人は三年間にもわたり「血で血を洗う戦い」を目の当たりにしながら生活を送っていたのである。共和国支持者であるアヤラは内戦中、文筆活動を一時休止し、人民戦線政府の外交官、また共和国議会の顧問弁護士として活躍をしていたが、内戦の悲劇が彼の家族にも襲いかかった。内戦開始の年に父と弟が反乱軍の手にかかって死亡したのである。

本書は市井の人々が体験した内戦とその後の生活を、抑えた調子で描いており、表面だった明白な戦争批判はしていない。それにもかかわらず、文学作品に対しての検閲や出版の自由に制限があったフランコ政権下のスペインでは、本書が完全な形で出版されることはなかった。フランコ将軍の死去により政権が一九七五年に終焉した後になって初めて本書の完全版がスペインで出版された。本書『仔羊の頭』は「序文」と五つの短編「言伝」、「タホ川」、「帰還」、「仔羊の頭」と「名誉のためなら命も」から構成され、アヤラの亡命先のアルゼンチンで書かれた。したがって初版の『仔羊の頭』は一九四九年に亡命先のブエノスアイレスのロサーダ社から出版された。初版には後に書かれた「名誉のためなら命も」（一九五五）以外の四編「言伝」（一九四八）、「タホ川」（一九四九）、「帰還」（一九四八）と「仔羊の頭」（一九四八）が収録されている。四編の中で「帰還」と「仔羊の頭」のみが初版のために書き下ろされた。「言伝」と「タホ川」はすでに雑誌に発表された作品であり、「言伝」はブエノスアイレスでビクトリア・オカンポが創刊した文芸誌『スル』一七〇号（一九四八年十二月）、そして「タホ川」はアヤラが同じくブエノスアイレスで創刊した文芸誌『レアリダー』六巻一六号（一九四九年七・八月）に掲載されていた。第二版は、ブエノスアイレスのファブリル社から一九六二年に出版され、その折に五編目の短編として、一九五五年に書かれた「名誉のためなら命も」が加わった。その後、『全作品集』の出版計画が持ち上がり、スペインでの出版が予定されていたが、内戦を描いた『仔羊の頭』が検閲で問題となり、『全作品集』は結局、メキシコのアギラール社から一九六九年に出版された。しかし『仔羊の頭』をめぐる出版のいざこざはこれで終わらなかった。『仔羊の頭』のスペインにおける初めての出版は一九七二年バルセロナのセイクス・バラル社からだったが、この時は内戦中から内戦後にかけてスペイン国内に潜伏していた共和国派の男たちの身の上を綴った「名誉のためなら命も」が削除された上に、本の自由な流通が制限された。本書よりもさらに内戦を批判的に描いたスペイン在住の作家たちの小説の出版が許可されていたにもかかわらず、そして一九七二年はフランコ政権末期の時期だったにもかかわらず、である。『仔羊の頭』に対する当局の厳しい姿勢は亡命作家たちに対する警戒と、本書の内容が人々の日常の体験を描きながらも確実に内戦の本質を捉えていることを証明するものだろう。実際、検閲当局が問題視したとされる「名誉のためなら命も」に登場する元共和国支持者たちの体験は実話をベースにしたものである。内戦後にフランコ政権の追及を逃れるようにしてスペイン各地で身を隠していた共和国支持者たちは、フランコ政権が一九六九年に発布した「一九三九年以前の犯罪は時効にする」という特赦令を機に世間に出現した。短編が書かれた後の一九六〇年代には彼らのことが新聞にも取り上げられ、戯曲や小説の題材になった。短編の中での男が語った経験は、実話に基づいてアヤラがフィクションに仕立てたものであり、さらに特赦令の発布よりずっと以前に書かれたものである。しかしフィクションであったとしても、フランコ政権の目から逃れてきた共和国支持者たちを描いた本短編が検閲当局の目を引いたことは想像に難くない。こうした背景も少なからず一九七二年の出版の際には影響をしたのだろう。紆余曲折を経て、第二版と同一構成の『仔羊の頭』の完全版がスペインで出版されたのはフランコ死去から三年後の一九七八年、マドリードのエスパサ・カルペ社とカテドラ社からだった。

本書に収録された短編をアヤラがどのような意図をもって執筆したかという点については、「序文」で作家自身が解説を行なっているので、ここではそれ以外の特徴に触れることにする。短編集『仔羊の頭』に収録されている五つの短編は「言伝」が内戦直前、「タホ川」が内戦中と内戦後、そして「帰還」「仔羊の頭」「名誉のためなら命も」が内戦後を舞台としている。各作品は内戦と関わる人、関わった人の日常生活での出来事を描いているが、スペイン各地で繰り広げられた激しく悲惨な市街戦や戦闘場面は登場せず、その代わりに平凡な市民の中に潜む非人間性、諦観、後悔が内戦によって露になったことに焦点があてられている。これはアヤラが「序文」の中で述べているように、五編の短編はすべて「人々の心の中の内戦」を描くことに軸足がおかれているからである。「タホ川」だけが戦地に赴いた主人公の体験を描いているが、具体的には主人公が戦闘のない戦地で遭遇した偶発的な事故をめぐる話である。一方、「帰還」「仔羊の頭」「名誉のためなら命も」では、内戦は主人公やその家族たちの現在の生活と密接に結びついたものとして、そして記憶の中の出来事として、内戦を経験した主人公の視点から描かれている。五編とも内戦を現在進行形の事件ではなく、内戦後も人々の記憶に深くとどまる過去の事件として描くことで、相当な時間が経過してもなお、内戦が人々の心の中に深い傷を残し、その後の人生を大きく狂わせた根源となったことを浮き彫りにしている。こうして読者は内戦中の人々の恐怖の体験と同様に内戦がもたらしたその後の影響の大きさを主人公たちの日常から窺い知ることができるのである。

「言伝」は田舎の村を訪れたよそ者が残した判読不能な謎めいた手稿をめぐって、村人たちの困惑と騒動を描いている。手稿に書かれた内容は最後まで明かされず、さらに手稿そのものも姿を消してしまう。作者の弁によると謎の手稿にかかれた「言伝」は来るべき内戦だという。この正体不明の手稿を前に村人たちは狭い村の中で友人や家族の中で諍いや騒動を起こすが、短編で描かれた人々の対立や騒動は、その後スペイン全土に展開した内戦中のさまざまな対立や騒乱を矮小化してたとえたものと言えるだろう。

「タホ川」はフランコ将軍率いる国民戦線の若手将校であるサントラーリャが共和国軍との緩衝地帯となっているブドウ畑で、共和国軍の若い民兵を衝動的に殺害するところから話が始まる。大学卒業したばかりでブルジョア家庭に育った善良な将校は、内戦後に贖罪の気持ちから、自分が殺害した同郷人の貧しい社会党員の民兵の家族を探し出す。真相と身分を隠して、家族に遺品となった労働総同盟の党員証の返却と金銭的な援助を申し出るが、息子が社会主義者だった証拠となる遺品を家におくことでわが身にも危険が及ぶと考えた母は主人公の申し出を拒絶する。主人公と、民兵の家族の間の溝は、単にイデオロギーの違いだけではなく、スペイン社会に深く根付いた社会階級の壁として存在していた。タイトルの「タホ川」はスペインの古都トレドの町の三方をぐるりと囲むように流れる川だが、「タホ」(tajo)は同時に「断面、切断、刃、仕事、作業、峡谷」という意味ももつ。家族、友人を二派に分裂させ、深い「峡谷」のような溝を生んだ内戦、戦場という「仕事先」で殺害した民兵の遺族に償いをする将校の「作業」、「タホ川」に囲まれたトレドの市街戦において反乱軍に雇われたモーロ人の刀の「刃」によって首を「切断」されていった共和国軍の負傷兵などが描かれているが、このように「タホ」という単語が短編の中では万華鏡のように意味を変えながら内戦の惨状を告発している。

「帰還」はかつて共和国軍の民兵だった男が故郷への郷愁に耐えかねて、亡命先のアルゼンチンから内戦後に帰国する。帰国後、幼馴染の悪友がフランコ将軍率いる反乱軍の協力者となり、自分を捕えにきたという裏切りを知る。悪友の裏切りに復讐するために彼の姿を求めて町を彷徨するが、悪友はすでに内戦開始直後に暗殺されていた。悪友への復讐は売春婦に身を落としたその妹を我がものとすることで果たす。内戦後十年が経ちながらも、旧共和国軍民兵という自分のかつての身分への不安に苛まされる主人公は、悪友がすでにこの世にいないことを知った後、アルゼンチンに帰還することを決意する。ここでは、いつまでも消すことのできない、敗者が抱く不安や自分の心の中に巣食う「敵方に追われる身」という亡霊のような被害者意識に囚われた主人公を通して、不安を抱えながらも祖国への郷愁に身を焦がす亡命者の姿を、そして帰還した祖国に自分の居場所を見つけられず苦悩する亡命者の姿を描いている。

「仔羊の頭」は、内戦後、主人公がモロッコのフェスを商用で訪れた際、自分の親戚と名乗る同姓のイスラム教徒の一家に招待された一日を描いた物語である。十七世紀のモリスコ追放令により北アフリカに渡った親戚と、互いの家が辿った歴史を披露しあう中で、主人公は、内戦中に自分の親族の身に起こった悲劇の記憶の封印を解かざるをえなくなる。町が共和国軍支配から反乱軍支配へと変遷していく中で、どちらの陣営をも支持することなく、うまく立ち回り生き延びた日和見主義の主人公にとって、内戦は思い出したくない過去だった。夕食に出された仔羊の頭の残像と脂っぽい仔羊の肉が原因で主人公はその晩、ひどい消化不良を起こすが、それは単なる肉体的な消化不良ではなかった。封印を解かれた内戦の苦い思い出を消化できずに精神的にも消化不良を起こしたのだった。「仔羊」(cordero)は「従順でおとなしい人」、総じて「弱き者、犠牲となる者」を意味する。またキリスト教における「小羊」は贖罪のためのイエス・キリストの犠牲を表す。つまりタイトルの「仔羊」は夕食の馳走の「仔羊の肉」をさしているだけではなく、内戦で多くの犠牲となった「従順でおとなしい」市民を示唆している。市民の犠牲を強いた内戦を、タイトルからも強調しているのである。

「名誉のためなら命も」はアヤラと推察される主人公が亡命中の滞在先であるブラジルで、共和国支持者だったスペイン人亡命者に出会い、彼らから内戦後まで国内で身を隠しながら生き延びてきた過程を聞くという話である。「名誉のためなら命も」というタイトルは、スペイン黄金世紀である十七世紀の代表的な劇作家ペドロ・カルデロン・デ・ラ・バルカによって書かれた、名誉をテーマとした劇『サラメアの村長』(一六五一)の第一幕第十六景の一節からの引用であり、この短編も共和国支持者だった男の名誉がテーマとなっている。行方不明になったことにして長年、自宅で身を隠していた男は自分の不注意で妻を妊娠させてしまう。「妻を寝とられた亭主」「不貞を犯した妻」という世間の評判から自分たちの名誉を守るため、逮捕される危険を顧みず隠匿生活に終止符を打ち、亡命するのである。『サラメアの村長』では村長の息子である百姓の口から出た「名誉のために命も捨てる」「百姓にも大尉と同じ名誉がある」という言葉は、名誉は身分の上下、思想信条の別なく誰にでもあるべきものをさしているが、ここでは共和国派であろうと反乱軍派であろうと「名誉」は何よりも優先されて守られるべきであるという男の姿勢を示している。

このようにそれぞれの短編では内戦をさまざまな視点から描いているが、もうひとつ特筆すべきなのは短編の舞台となった地方や都市は実際に市街戦などが行われた重要な地であることだ。こうした地方や都市を登場させることで、アヤラは内戦がスペイン全土を巻き込んだ戦争であることを強調している。「帰還」では北部サンタンデールとサンティアゴ・デ・コンポステーラ、「タホ川」では中央部のマドリード、トレド、そして北東のアラゴン地方、「仔羊の頭」では南部アンダルシア地方の主要都市グラナダ、コルドバ、マラガ、そして「名誉のためなら命も」では中央部のアビラと南部セビーリャが登場し、内戦当時の状況が描かれている。「仔羊の頭」の舞台となったフェスは九世紀ごろからスペインのイスラム教徒難民を多く受け入れてきた街であり、またスペイン領モロッコは一九三六年内戦勃発時にフランコ将軍が反乱軍を率いて軍事蜂起をおこした地である。いずれもスペインと関係が深い。それぞれの短編に描かれた人々の言動、舞台となった町の様子から、読者はスペイン各地で暮らす人々の身に起きたことを想像するのは難くない。アヤラが短編という小世界の中にあえて数多くの主戦場となった地方や都市の名前を挙げたことは、内戦がスペイン全体を巻き込んだという事実、さらに田舎町までその影響が及び、共和国軍や反乱軍の別なく悲惨な結果を人々にもたらしたことを示唆している。

*

最後にセルバンテス賞とアヤラについて述べておきたい。一九九一年、スペイン語圏各国のスペイン語アカデミー協会の推薦のもと、スペイン文化省はスペイン語文学に対する最高の文学賞であるミゲル・デ・セルバンテス賞をアヤラに授与した。セルバンテス賞を受賞したスペイン人亡命作家の中でアヤラは四人目となる。「二七年世代」の代表的詩人であり、一九七六年のセルバンテス賞初代受賞者であるホルヘ・ギリェン、一九八三年受賞の同じく「二七年世代」の詩人ラファエル・アルベルティ、一九八八年受賞の女性思想家マリア・サンブラーノに続いて、そして小説家としてはスペイン人初めての受賞である。一九九一年にアヤラの受賞を伝えたスペインのエル・パイス紙は、最終選考にはアヤラのほかに、ノーベル文学賞受賞者のカミーロ・ホセ・セラ、同じく受賞者のガブリエル・ガルシア＝マルケス、マリオ・バルガス＝ジョサ、ミゲル・デリーベスが残り、三回目の投票でアヤラに決定したと報じている。並みいる偉大な作家たちを抑えて、賞がアヤラに授与されたのは、やはりアヤラのスペイン内外での活動が評価されたのだろう。カリブ海キューバ、南米大陸アルゼンチン、一時期滞在したブラジル、そして再びカリブ海のプエルト・リコ、そして北米大陸アメリカ合衆国における約四十年の亡命生活の間、アヤラは常に、居住した国の空気を作品に取り込みながら、小説、随筆、評論を執筆し続けた。作家であると同時に優れた社会学者でもあるアヤラはスペイン人ながら、スペイン語圏全体で見ても偉大なる知識人であるといっても過言ではない。セルバンテス賞がスペイン語で書かれた文学に授与される賞であることを鑑みると、スペイン語圏の国々で活躍したアヤラはこの賞を受賞するにもっともふさわしい作家である。

受賞の翌年、一九九二年に行われた授与式におけるスピーチで、アヤラは前衛文学との出会い、内戦、亡命、帰国というそれまでの文学活動と自分の半生を振り返った。その中で一九六〇年に亡命後初めて一時帰国をし、スペインで段階的に活動を始めた初期のころ、「前衛主義文学の世代の一人」、「アメリカ在住のスペイン人作家」というレッテルを貼られたことに少なからぬ戸惑いを感じたことに触れている。これはアヤラを含め、長い間、亡命生活を送っていた作家たちと当時のスペイン社会との間に距離があったことを示唆している。またスピーチの中で、アヤラは『ドン・キホーテ』の前篇第七章を引用し、読書から得られる「自由に想像する世界」の大切さを説いた。前篇第七章では、ドン・キホーテの狂気の原因は騎士道小説の読みすぎにあると判断した司祭、床屋、ドン・キホーテの姪と家政婦はドン・キホーテが寝ている間に書斎の蔵書を燃やし、さらに書斎の扉を壁でふさいで部屋の存在を消してしまう。冒険で受けた傷から癒え、元気になったドン・キホーテは真っ先に騎士道小説を読みに「夢想の楽園」である書斎に入ろうとするが、当然ながら扉は見当たらない。遍歴の騎士のできることといえば、かつて扉のあったとおぼしき場所を一言も発することなく両手で撫ぜ、眺めることだけだった。読書を通じて「自由な想像の世界」を駆け巡ることを封じられたドン・キホーテの落胆ぶりを表して、アヤラはドン・キホーテが遍歴の騎士として経験した数々の困難な冒険の中で、最も痛ましいものだと述べた。この発言はフランコ政権下の検閲制度によって、多くの人々が読みたい本を自由に入手することが困難だったこと、読書という行為を通じて楽しく自由な想像の世界である「夢想の楽園」にアクセスすることがかなわなかったことに、暗に言及しているように思われる。このエピソードに続き、アヤラはインターネット、テレビなどを初めとするマス・メディアが氾濫している現代社会では、読書を通して想像力を育くむ機会が失われていると警鐘を鳴らしている。この一節からアヤラが社会学者の観点から、常に鋭く社会を観察することを怠らなかったことがわかる。読者の文字離れ、読書離れが大きく進んでいる現代スペイン社会への深い懸念を、世間の注目が集まる授与式のスピーチで表明したのだった。

最後に二〇〇六年という年について述べておきたい。二〇〇六年はアヤラにとってさまざまな点で重要な年のひとつである。まずこの年にアヤラは百歳となり、作家の生誕百年を記念して、さまざまな催し物が開かれ、アヤラに関する研究書が多く出版された。特筆すべきは小説、随筆、社会学や文学評論などを収めた『全作品集』全六巻が二〇〇七年よりガラクシア・グーテンベルグ社から毎年一巻ずつ刊行されていることである。『全作品集』は以前にも出版されているが、収録されていたのは文学作品のみだった。優れた社会学の研究者でもあったアヤラの社会科学関連の評論が全集に収録されることは、作家を百パーセント理解する上で大変意義のあることであり、歓迎すべきことである。二〇一〇年三月の時点で第一巻『文学研究』、第四巻『社会学と社会科学』、第五巻『政治学・社会学についてのエッセイ』が出版されている。『全作品集』とは別に、アヤラが生涯かけて織りなした文学世界を知見するには、スペイン現代文学研究者であり、アヤラ夫人でもあるキャロリン・リッチモンド女史が編集した選集『生涯の作品選集』(二〇〇六)が最良である。作家の作品を節目となる時代ごとに分類し、代表作を数編ずつ紹介し、解説を付している。一九七〇年代以後のアヤラの創作活動を間近で見守り、公私にわたり支え続け、二〇世紀初頭のスペイン文学を第一線で研究してきたリッチモンド女史による鋭い的確な作家と作品の分析は一読の価値がある。またアヤラ自身の手による回顧録『追憶と忘却』も装いを新たにこの年に出版された。生い立ちから亡命生活までを綴った一九八〇年代出版の二巻に、スペイン帰国後の活動を記した二巻が加わり、全四巻となったものが一冊にまとめられた。さらにルイス・ガルシア＝モンテーロがアヤラの百年にわたる人生の軌跡を丁寧にたどった伝記『フランシスコ・アヤラ——作家の百年間』を出版した。また二〇〇六年は内戦勃発七十周年であり、アヤラが百三歳でなくなった二〇〇九年は内戦終結およびフランコ政権開始七十周年である。内戦と密接にかかわってきた作家の人生の節目が奇しくも内戦の開始と終了から、それぞれ満七十年にあたったことは単なる偶然を通り越して、運命的であると言える。

『仔羊の頭』に収められた短編の全編翻訳は本邦初であり、アヤラが存命の二〇〇九年春に翻訳を開始した。現在までに、「タホ川」は「切り口」と題されて『世界短編名作選―スペイン編』（山陰孝夫訳、新日本出版社、一九七八年）に、「帰国」は『スペイン内戦と文学』（野々山真輝帆訳、彩流社、一九八二年）に収められている。しかしこれまで見てきたように『仔羊の頭』は五編の短編で一つの世界をなしているため、今回の短編集全編の初邦訳をもって、アヤラの描いた内戦がより包括的に日本の読者に紹介できることは大きな喜びである。読者のみなさんには、本書を通して、あらためてスペイン内戦がスペインの国民、社会に及ぼした影響の大きさを再認識していただき、世界のさまざまな地域で起こっている内戦、戦争について思いを馳せていただければ幸いである。反戦のメッセージが深くこめられ、戦争の愚かさを描いたこの書が、二十一世紀にあっても大きな価値と意義があることを疑わない。

本書刊行のために、スペイン文化省グラシアン基金から出版助成をいただいた。スペイン文化省グラシアン基金事務局をはじめとして、セルバンテス賞コレクション・シリーズを企画・監修されたフェリス女学院大学寺尾隆吉氏、同志社大学稲本健二氏、そして最後まで忍耐強く温かく見守ってくださった現代企画室編集者の太田昌国さんに深く感謝したい。

（丸田千花子）

【著者紹介】

**フランシスコ・アヤラ**

Francisco de Paula Ayala García-Duarte（1906 ～ 2009）

スペインの作家、社会学者。グラナダ生まれ。保守的で地元資産家の家に育った父と共和国政府支持の家庭で育った母との間に生まれる。自由主義思想の影響は母方の親戚から受ける。高校卒業後マドリードに引っ越し、前衛主義文学を推し進めた「27 世代」の若手作家の一人として活動を始める。1923 年マドリード大学法学部に入学、1925 年初めての小説『魂なき男の悲喜劇』、1926 年『夜明けの物語』を発表。1929 年にスペイン初の映画評論『映画の洞察』と前衛主義文学の影響を色濃く受けた『ボクサーと天使』を、1930 年に『夜明けの狩猟者』を発表。1931 年法学博士を取得後、大学で教職に就く。1936 年スペイン内戦勃発後は休筆し、共和国政府で外交官などを務めた。内戦終了の 1939 年にキューバを経てアルゼンチンに亡命。この後「亡命作家」として新聞、雑誌への寄稿、翻訳、創作などの文筆活動を再開。ブエノス・アイレスではホルヘ・ルイス・ボルヘス、セルバンテス賞受賞者のアドルフォ・ビオイ＝カサーレスなどの作家らと交流を深める。14 年ぶりに発表した『魔法にかけられた者』(1994) は、ボルヘスに「スペイン語で書かれた短編の中で一番印象に残る作品である」といわしめた。アルゼンチン亡命中に短編集『強奪者』(1949) と『仔羊の頭』(1949) を出版する。また 1947 年に文芸誌『レアリダー』を創刊、ハイデッガー、エリオット、サルトル、サバト、コルタサルらが寄稿。ペロン政権に嫌気がさし、1950 年にプエルト・リコに移住。プエルト・リコ時代は文芸批評をはじめ、特に社会科学に関する著書や論文を多く発表した。1957 年に渡米後はスペイン文学の教員として米国の名門大学のプリンストン大学、ニューヨーク市立大学、シカゴ大学などで教壇に立つ。米国滞在中に『犬死』(1958)、『コップの底』(1962)、『快楽の園』(1962、スペイン批評家賞) を出版。1976 年ニューヨーク市立大学を定年退職し、スペインに帰国。回顧録『追憶と忘却』の第 2 巻 (1984) は国民文学賞を受賞。スペイン王立アカデミー会員。1991 年セルバンテス賞を受賞。

【翻訳者紹介】
**松本健二**（まつもと・けんじ）
大阪大学世界言語研究センター准教授。ラテンアメリカ現代文学。訳書にロベルト・ボラーニョ『通話』（白水社）などがある。

**丸田千花子**（まるた・ちかこ）
東京生まれ。米国コロンビア大学大学院博士課程修了（Ph.D. スペイン文学）。専門はスペイン現代文学。慶應義塾大学経済学部専任講師、放送大学客員准教授。『スペイン語入門 I（'07）』『スペイン語入門 II（'07）』（共著、放送大学教育振興会、2007）

仔羊の頭


発　行　2011 年 3 月 31 日初版第 1 刷 1000 部
定　価　2500 円＋税
著　者　フランシスコ・アヤラ
訳　者　松本健二／丸田千花子
装　丁　本永惠子デザイン室
発行者　北川フラム
発行所　現代企画室
東京都渋谷区桜丘町 15-8-204
Tel. 03-3461-5082 Fax 03-3461-5083
e-mail: gendai@jca.apc.org
http://www.jca.apc.org/gendai/
印刷所　中央精版印刷株式会社

ISBN978-4-7738-1010-3 C0097 Y2500E

セルバンテス賞コレクション

①作家とその亡霊たち　エルネスト・サバト著　寺尾隆吉訳　二五〇〇円

②嘘から出たまこと　マリオ・バルガス・ジョサ著　寺尾隆吉訳　二八〇〇円

③メモリアス——ある幻想小説家の、リアルな肖像　アドルフォ・ビオイ＝カサーレス著　大西亮訳　二五〇〇円

④価値ある痛み　フアン・ヘルマン著　寺尾隆吉訳　二〇〇〇円

⑤屍集めのフンタ　フアン・カルロス・オネッティ著　寺尾隆吉訳　二八〇〇円

⑥仔羊の頭　フランシスコ・アヤラ著　松本健二／丸田千花子訳　二五〇〇円

❼愛のパレード　セルヒオ・ピトル著　大西亮訳　近刊

❽ロリータ・クラブでラヴソング　フアン・マルセー著　稲本健二訳　近刊

以下続刊。白抜き数字は未刊です（二〇一一年三月現在）。